王朝百首

tsukamoto kunio

塚本邦雄

講談社文芸文庫

目次

王朝百首

はじめに

かつて咲き匂つた日本の言葉の花を、今日私たちは果してどれほど端《ただ》しく深く享《う》け繼いでゐるだらうか。國文學専攻の人人、あるいは詩歌《しいか》創作をライフ・ワークとする人人を除いては、恐らく教科書の中で出會ふごく限られた古歌や小倉百人一首かるたを記憶してゐるのが精精で、忘れるともなく忘れ去り折にふれて懷しむのみではあるまいか。萬葉《まんえふ》、古《こ》今《きん》、新古今《しんこきん》、あとは芭蕉に蕪村、晶子、啄木の歌や句のいくつかをくちずさむ人も次第に少くなつてゆかうとしてゐる。ましてこれ以外に、たとへば古事記、日本書紀にあらはれるいはゆる記紀歌謠《ききかえう》、あるいは神樂歌《かぐらうた》、古今集と新古今集の間に敕撰された後撰《ごせん》集、拾遺《しふゐ》集、後拾遺《ごしふゐ》集、金葉《きんえふ》集、詞花《しくわ》集、千載《せんざい》集があり、新古今集の後には新敕撰集、續後撰《しよくごせん》、續古今、續拾遺、玉葉《ぎよくえふ》、續千載、續後拾遺、風雅、新續古今等等計二十一の歌集が遺されてをり、他に定家の『拾遺愚草《しふゐぐさう》』や西行の『山家《さんか》集』などのおびただしい私家集、さらにまた、梁塵祕抄《りやうぢんひせう》や閑吟《かんぎん》集、田植草紙、松の葉などの歌謠集があり、これらすべてが私たちのもつ撩亂たる詞華の遺産であることなどほとんどの人に無縁となりつつあるのかも知れない。惜しんでもあまりある傳統の拋棄《はうき》と言へよう。あわただしい日日のひととき、ふと目を瞑《つむ》つて私たちの血のはるかな源にかくもうつくしい詩歌が生れてゐたことを思ひ起さう。古典は意外に親しくかつ新しいものだ。業平も小町も、定家も實朝も、私たちが望むなら明日からでも時間の霞を越えてかたはらに立つてくれよう。彼らは皆私たちの兄となり姉となつて、日本の言葉のさはやかさ、あてやかさを教へてくれるにちがひない。西歐の詩歌に翻譯で親しむのも愉しいことであるが、それと同時にあるいはその前に、私たちの言葉とあたたかい血の通ひあふすぐれた韻文定型詩《ゐんぶんていけいし》を心ゆくまで味はつてほしい。

私は試みにこのたび王朝《わうてう》の歌百首を選んで鑑賞する。ここで王朝とはそのまま平安朝のことであり、詩歌の上では前に記した古今より新古今の期間に相當する。そしてこの間の八つの敕撰集は八代集（次ページ）と呼ばれてゐる。

萬葉の代表歌人柿本人麿《かきのもとのひとまろ》の歌集が成つたのは700頃、古事記が編まれたのは712頃、大伴《おほともの》家持《やかもち》の歿した年が785頃、萬葉集が形を成したのが790頃と言はれる。そして794には都が奈良から京都に遷《うつ》され、いはゆる平安朝が始まるのである。道眞《みちざね》、空海《くうかい》、篁《たかむら》、小町《こまち》、業平《なりひら》、遍《へん》昭《ぜう》らは以後古今集成立の年までに生れ、生き、かつ死んだ王朝初期の賢者、天才であつた。海の彼方ではこの百年の間に唐に白樂天《はくらくてん》が空前の詩作を謳《うた》はれ、サラセン帝國に『千一夜物語』が生れてゐる。西歐のフランク王國が西、中、東に三分され、現在の獨・佛・伊の原型が造られたのがこの期間であり、ヴァイキングが疾風迅雷《しつぷうじんらい》の勢で各地を荒し廻つ

集名	成立		敕・院宣	撰者	代表歌人
古今集	905	延喜五	醍醐天皇	貫之・躬恒他二名	貫之・業平・小町・躬恒・友則・素性
後撰集	951	天暦五	村上天皇	源順・清原元輔他四名	貫之・伊勢・兼輔・躬恒・深養父
拾遺集	996頃		花《くわ》山《ざん》法皇	花山法皇或いは公任(不詳)	貫之・能宣・元輔・順・兼盛・躬恒
後拾遺集	1086	應德三	白河天皇	藤原通俊	和泉式部・相模・赤染衛門・能因
金葉集	1127	大治二	白河法皇	源俊頼	俊頼・經信・公實・顯季・顯輔・基俊
詞花集	1151	仁平元	崇《す》德《とく》上皇	藤原顯輔	好忠・和泉式部・俊頼・花山法皇・匡房
千載集	1187	文治三	後白河法皇	藤原俊成	俊頼・俊成・基俊・崇德院・俊惠・道因
新古今集	1205	元久二	後鳥羽上皇	後鳥羽上皇・定家他五名	良經・定家・式子内親王・西行・慈圓

てゐた。フランスに吟遊詩人《ぎんいうしじん》が現れ『ローランの歌』が成るのはなほ百年後のことであり、カンボジアにアンコール・ワットの建設されるのも十二世紀の初頭、『金葉集』の成る頃の話である。

文治元1185年平家が壇浦《だんのうら》に滅亡し、建久三1192年頼朝が征夷大將軍となつて鎌倉幕府が開かれる。『新古今集』が生れるのはその十三年後、元久二1205年であり、まさに王朝の有終《いうしゆう》の美を飾る巨大な詞華の花束であつた。萬葉後期の讀人不知《よみびとしらず》の作品と六歌仙（僧正遍昭・在原業平・文屋康秀《ふんやのやすひで》・喜撰法師《きせんほふし》・小野小町・大伴黒主《おほとものくろぬし》）の歌を中心に、當時の駿足《しゆんそく》の代表紀貫之《きのつらゆき》が、共撰者紀友則《きのとものり》、凡河内躬恆《おほしかふちのみつね》、壬生忠岑《みふのただみね》らの自信作を鏤《ちりば》めた古今集、王朝の宮廷貴族の榮耀《えいえう》風雅を目《ま》のあたりにするやうなこのアンソロジーと、英帝後鳥羽、天才良經、定家を核として、滅びに向ふ王朝のその夕映月映《ゆふばえつきばえ》の狂《くる》ほしいまでに華やかな光をとりあつめた絶唱の花筐《はながたみ》新古今。その間三百年の間の才媛紫式部《さいゑんむらさきしきぶ》、清少納言《せいせうなごん》、和泉式部《いづみしきぶ》、伊勢《いせ》、赤染衛門《あかぞめゑもん》らを網羅《まうら》し、古今から新古今への歌風の脱皮蘇生《だつぴそせい》の橋がかりをつとめる源俊頼《みなもとのとしより》、藤原俊成《ふぢはらのとしなり》、曾禰《そねの》好忠《よしただ》、西行《さいぎやう》らの輩出する後撰―千載の各歌集には、つぶさに眺めれば驚くばかりうつくしい歌が點在してゐる。現代人の目、現代人の感覺を以てしても息を呑むばかり新鮮な作品は夥しい。私たちはその發見、再確認を怠つてゐたのではなからうか。あるいは先人の選んだ歌にのみ注目し、これらに惑はされてゐたのではあるまいか。

先人撰歌の最も高名なものに『小倉百人一首《をぐらひやくにんいつしゆ》』がある。定家撰と傳へられるが現在の歌がるたそのものを輕率に直接彼と結びつけられるものではない。ただ別に傳はる『百人秀歌』は明らかに定家撰であり、兩者の酷似から推して一般人の鑑賞の際目鯨《めくぢら》立てて神經質に論ずるほどのことでもない。九十%彼の意志による選擇と見ておかう。あまりにも日本人の間に行き渡り過ぎた感のあるこの百首について、私はかねてから少からぬ不滿を覺えてゐた。異論を承知で言ふなら、百人一首に秀歌はない。あるとしても稀に混入してゐる程度だ。秀歌凡作の判定基準は現代人の美學を通してなほ詩的價値を持つ作品を言ふ。當時の和歌は勿論古典文學に精通してゐなければ會得不能の様様な用語技法が驅使されてゐる。縁語《えんご》、懸詞《かけことば》、枕 詞《まくらことば》、本歌取《ほんかどり》はもとより、有職故實《いうそくこじつ》すなはち貴族や武家の風俗、儀式、習慣をことごとく識り、なほその上に作者の傳記を前提としなければ眞に味はひ盡すことのむづかしい歌もある。しかしその約束を超えてぢかに私たちの心を搏《う》ち魂に沁み入る歌、まことに言語藝術の精華と呼ぶにふさはしい名作はたしかにあるはずだ。百人一首にはそれが乏しい。理由はいくつも考へられる。第一に天才歌人定家の實作と歌論、撰歌の間にある理念の背反、第二に彼自身の若年《じやくねん》から老年にかけての作歌、評論基盤の推移、第三に小倉山荘の襖《ふすま》を飾る二枚一對の色紙としての人選、排列の面白さが、作品價値そのものよりも優先すること、それらが微妙複雜に原因してゐるのだ。定家が七十一歳の時一應成つた獨撰の『新敕撰集』と三年後に選んだとされる百人一首は當然不卽不離の關係にある。百人中六十八人までが新敕撰の歌人であり、殘りの三十二人はたとへば、友則、菅《くわん》家《け》、清少納言、僧正遍昭、業平、敏行、忠見等等八代集に採られ過ぎて適當な歌を選びわづらふやうな作者ばかりである。それは別としても新敕撰は成立當時から現代にいたるまで、秀歌名作に乏しいことで悪評紛紛《ふんぷん》、これと軌《き》を一にした百人一首の魅力の無さは當然だらう。

言ふまでもなく百人すべて名匠、一見魅力のない作品も時代、人物、背後關係、詞《ことば》の端《はし》端《ばし》を丹念に解き明すなら、おのづと別の味も生れようし、それはそれとして意義のあることだ。ただ私の欲しいのは一讀目を射、たちまち陶醉に誘はれ、その感動が逆に時代、人物、作歌技法の探求に向つて行くといふ天來の妙音《めうおん》である。流行、傳播《でんぱ》、浸透にはかならずしも名作たることを要しない。むしろその逆のことも多からう。百人一首の人口に膾炙《くわいしや》した最大の要因はかるたといふ遊戲に結びついたことにあらう。なほまた人選について言及するなら九十九番の後鳥羽院、百番の順德院は後で插入されたものか、定家が當初から懸案のものであつたかは問はず、選ばれてゐるからよしとしても、九十一番以後に綺羅星《きらほし》のごとく竝ぶ彼と同時代作家の中、新古今切つての女流歌人俊成卿女《としなりきやうのむすめ》や宮内卿《くないきやう》が洩れてゐるのは淋しくかつ由由しい。共に後鳥羽院女房《ごとばのゐんにようばう》、特に前者は俊成の孫娘定家の姪にあたるから、人物配合の上でも面白からう。また俊成卿女はくだんの新敕撰集には、「侍從具定母」としてわづか八首採られただけであつた。當時は勿論、その後も越部禪尼《こしべのぜんに》として生き、文筆にも携つてゐた彼女を何故かくまで疎外したか興味のあることだ。王朝末期の女流中彼女の歌は特に絢爛として技巧の限りを盡してゐる。その華やかな歌風への反撥も一因であらうし、その因はそのまま百人一首、新敕撰の無《む》味冗漫《みじようまん》に繫るだらう。百人の歌人一人一人、他にこれこそはと言ふに足りる代表作がある。若干の例をとつてみてもこれは判然とする。他も同斷であらう。

定家　春の夜の夢のうきはしとだえして嶺に別るるよこぐものそら
移香の身にしむばかりちぎるとて扇の風の行方たづねむ
百人一首・來ぬ人をまつほの浦の夕なぎに燒くや藻鹽の身もこがれつつ

良經　見ぬ世まで思ひのこさぬ眺めより昔に霞む春のあけぼの
幾夜われ波にしをれて貴船川《きぶねがは》袖に玉散るもの思ふらむ
百人一首・きりぎりす鳴くや霜夜のさむしろに衣片敷きひとりかも寝む

家隆　さくらばな夢かうつつか白雲の絶えてつれなき峯の松風
思ひ出でよたがかねごとの末ならむ昨日の雲のあとの山風
百人一首・風そよぐ楢《なら》の小川のゆふぐれはみそぎぞ夏のしるしなりける

慈圓　心こそゆくへも知らね三輪の山杉の梢のゆふぐれの空
鳴く鹿のこゑにめざめてしのぶかな見果てぬ夢の秋のおもひを
百人一首・おほけなく浮世の民におほふかなわがたつ杣に墨染の袖

寂蓮　おもひたつ鳥は古巣もたのむらむ馴れぬる花のあとの夕暮

たれかまた千千におもひをくだきても秋のこころに秋の夕暮

百人一首・村雨の露もまだひぬ眞木の葉に霧たちのぼる秋の夕暮

實朝　萩の花くれぐれまでもありつるが月出でて見るになきが儚《はかな》さ

流れゆく木の葉の淀むえにしあれば暮れての後も秋は久しき

百人一首・世の中はつねにもがもな渚漕ぐあまの小舟の綱手かなしも

また俊成卿女の作風は次の二首に代表される。

風かよふねざめの袖の花の香にかをるまくらの春の夜の夢

面影の霞める月ぞやどりける春や昔の袖のなみだに

いづれにより多く魅惑されるかは鑑賞者の資質、志向によつて異るだらう。私はあへて獨斷を避けず、私自身の目で八代集、六家集、歌仙集、諸家集、あるいは歌合集を隈《くま》なく經《へ》巡《めぐ》つて、それぞれの歌人の最高作と思はれるものを選び直し、これを百首に再選して『王朝百首』と名づけてみた。私の久しい願ひの一つであり、現代人に贈る古歌の花筐《はながたみ》である。

これに慊《あきた》りぬ人は自身でぢかに古典を獵渉《れふせふ》し、別の私撰詞華集を編むのも面白い趣向であらう。花筐は一つで盡きるものではない。定家とも私とも觀點《くわんてん》を變へ、また時代を近世、近代、現代に移して三百、五百、一千の巨きな花籠を編み出すならば、日本の詩歌の全貌はより明らかにならう。現代人には不當に無縁の狀態で放置されてゐた傳統文學の血脈は、この時春の潮のやうにいきいきと私たちの魂に蘇つてくる。一首のうつくしい歌とはかうして次元を隔てた人と人との交感のなかだちとなり、未來にむかつて生き續けようとするのだ。古典は學生が教科書の中で無理矢理に對面を強ひられたちまちに別れる不可解な呪文でも、專門家が獨占して研究の對象に腑分《ふわけ》を試みるためにあるものでもない。日本語を愛し憎み、これから終生離れ得ぬ私たちの、今日のため、否明日のために存在するものであり、心ある人の手で呼び覺まされる時を待ちわびつつ霞の奥で眠つてゐる。『王朝百首』は全文ことさらに歴史的假名遣ひを採用した。引用揭出の作品、あるいはそれに卽した鑑賞解說との微妙な共鳴效果のためでもあり、傳統的假名遣ひの精妙さと正統性を不知不識に會得するよすがともならう。略字俗字を避けたのもその一助であり、上代《じやうだい》様《やう》の手蹟で平假名散らし書きを添へるならさらにこれにひびき合はう。花筐は今覆ひの下で七世紀の後の子女弟妹《しぢよていまい》に見《まみ》えようと息をひそめてゐる。

1

月やあらぬ春や昔の春ならぬわが身一つはもとの身にして

在原業平《ありはらのなりひら》

照る月よわが春の日よ
還らぬ夜移ろふこころ
残されて今日身は空洞《うつろ》
春の夜にいざ言問はむ
君はいまみ空のいづこ
白梅の知らぬうつつよ

業平の一代記であると傳へられてゐる『伊勢物語』には、第四段でこの歌があらはれる。「昔、男ありけり」のその男が不意に身を隠した愛人を偲ぶ悲戀の插話である。女が消息を絶つたのは去年の睦月《むつき》十日、人傳《ひとづて》に聞けば今は宮中にゐるとのことであるが、男が訪ねて行けるところではない。月は去年のままに照りわたり春は變らぬ春である。折しも梅の花の匂ふ夜、自分の身はまぎれもなくあの日と同じながら、思へば境遇は一變してもはや戀を遂げるすべもない。このやうな物語に添へられると歌は一段とあはれ深いが、一首を切離しても青春への追憶としてひびき高い秀作である。月、春ともに「や・あらぬ」は「ないだらうか・否《いや》ある」といふ意味の反語であり、繰返して存在を強調してゐるのだ。「もとの身にして」も生身《いきみ》は一見もとと變らないが、とりまく環境、内なる心境は昔日の面影もないことを暗《あん》に語つてゐる。「月やあらぬ」と空をふり仰ぎ「春や昔の春ならぬ」で地上を眺め「もとの身にして」とうなだれて思ひに沈む。あたかも早春、梅と月の背景を前に演ぜられるドラマの、それも終幕《まくぎれ》の見榮《みえ》を見るやうな心地がする。

業平は阿保《あぼ》親王（平城《へいぜい》天皇皇子）の第五子、母は伊登《いと》内親王（桓武天皇皇女）といふ貴種《きしゅ》であつたが臣籍に入つて在原の姓を名告《なの》る。三代實録にも「體貌閑麗《ていばうかんれい》、放縦不拘《はうしようふこう》」と記録されるほど抜群の美青年、しかも物語そのままの戀愛遍歴を重ね、素行は治らなかつたらしい。當然宮廷からは迎へられず不遇のうちに、二條后《にでうのきさき》との祕かな戀が露《あらは》れて東國へ流されるにいたつたといふ。古代日本のドン・ファンの趣のある彼は、ドン・ファンがさうであつたやうに一人一人を命懸けで愛し、まことの戀を求めて半生をさすらつたのだらう。

春日野の若紫の摺《す》り衣《ごろも》しのぶの亂れかぎり知られず
世の中に絶えて櫻のなかりせば春の心はのどけからまし
起きもせず寢もせで夜を明しては春のものとて眺め暮しつ
寢ぬる夜の夢をはかなみまどろめばいやはるかにもなりにけるかな
忘れては夢かとぞ思ふ思ひきや雪踏みわけて君を見むとは
紫の色濃き時は目もはるに野なる草木ぞわかれざりける
名にしおはばいざ言問《こと》はむみやこどりわが思ふ人はありやなしやと
狩暮《かりく》らし七夕《たなばた》つ女《め》に宿借らむ天の河原にわれは來にけり

業平集に見える歌はこれらの壯麗典雅かつ悲しみに滿ちた名唱を含み、古今集序文にある「その心餘りて言葉足らず、萎《しぼ》める花の色なくして匂《にほひ》殘れるが如し」といふ批評は全く當らない。王朝初期歌人中ならびのない名手であり、永久に男性理想像の一つとして愛されるに足る人物であらう。

2

盃に春のなみだをそそぎけるむかしに似たる旅のまどゐに

式子内親王《しょくしないしんわう》

陽炎のかげに透く
そのむかし旅は心の
酣《たけなは》の春のつどひに
涙一しづくを添へて
浮く櫻ばな盞の淵

後白河天皇の第三皇女として生れ、以仁王《もちひとわう》は兄、崇徳院（42）は伯父にあたる。保元、平治の亂は彼女の十代のはじめ、兄以仁王を奉じた源三位《げんざんみ》頼政《よりまさ》（13）が宇治平等院に敗死したのは二十代の末であつたらう。血を血で洗ふ悲劇を目のあたりにしながら人となり、賀茂神社の齋院《いつきのゐん》として仕へたのが二十の頃まで、以後病氣勝ちに引籠りそのかなしみを歌に托してたぐひない秀歌を殘した。王朝後期の女流歌人中の白眉《はくび》であり、その玲瓏《れいろう》たる調べは他の追隨を許さぬ。

賀茂の四月の祭には齋院が神山の神館《かんだち》に一夜宿るといふ行事があり、その外出を旅と言つたのだらう。式子内親王の絶唱の一つ、

ほととぎすそのかみ山のたびまくらほのかたらひし空ぞ忘れぬ

も亦その旅であり、紫野の齋院御所から賀茂への道も、鎖《とざ》された貴種の姫君の生活の中では稀な遊山《ゆさん》にひとしく、人人と共に盃を交すことも華やいだ興趣として心も浮き立つたことであらう。「昔に似たる」とはいひながら、世も人も自分自身もすでにその日の面影はとどめない。涙とは若き日、榮華の日を偲ぶほろ苦い涙であり、還らぬものを戀ふはかない心の翳《かげ》であつた。彼女の歌はおのづから鳴り出でる魂の調べをそのまま書き記したやうなうつくしさであるが、實は千五百番歌合當時の爛熟した技法を先取りしたかの纖細微妙

な配慮がうかがはれ、この歌でも「春の涙」など實に新しい用法と言へよう。人生の春や秋を歌つた作品は他にも、

儚《はかな》くて過ぎにし方《かた》を數ふれば花にものおもふ春ぞ經にける
今さくら咲きぬと見えて薄曇り春に霞める世のけしきかな
夢のうちも移ろふ花に風吹けばしづこころなき春のうたたね
花は散りその色となく眺むればむなしき空に春雨ぞ降る
桐の葉もふみわけがたくなりにけりかならず人を待つとなけれど
忘れてはうち歎かるる夕べかなわれのみ知りて過ぐる月日を
生きてよも明日まで人はつらからじこの夕暮をとはばとへかし

等があり燻《いぶ》し銀のやうな沈んだ色調の底に、紛れもなく言葉の花の淡紅、濃紫が匂ふ。天性の歌人《うたびと》であると共におそらくは定家同様一言一句の彫琢《てうたく》に身を細らせた技巧派の一人でもあつた。このやうな歌は新古今以前の七敕撰集にはまづ見られない新風と言へるだらう。

3
春は花散るや千種《ちぐさ》におもへども言《こと》の葉しげしかくてやみなむ

藤原義孝《ふぢはらのよしたか》

朝は朝ゆふべはゆふべ
さまざまのおもひの花は
ちりぢりに散る風の中
うつうつと言葉のしげみ
ゆきかへる人の世の闇

「千種に」とは千草から轉じて多種多様の意であるが、おのづから「春」「花」とひびきあつて華やかに寂しい。戀ふる人への思ひはつのるけれども人の噂は流れてわづらはしく、つひに祕めたままで終つてしまふのだといふ忍戀《しのぶるこひ》の一首である。古今調の理に勝つた歌の榮える時代に義孝のこのあてやかな悲調はまことに瞠目《だうもく》に値しよう。「散るや千種に」とchi音を重ねて心の痛みをかすかに奏でるあたり心にくい。また「かくてやみなむ」の悲痛な結句には唇を嚙んだ青年貴公子の面影さへ浮ばう。

義孝は二十一歳で夭折した天才歌人であり、業平以後にその容姿端麗を謳はれた一人である。謙徳公《けんとくこう》藤原伊尹《これただ》（69）の三男、美貌の上に業平とはことかはり品行方正、信心もなみなみならず、歌については夙《つと》に神童の譽が高かつた。道風《たうふう》、佐理《すけまさ》と共に三蹟と稱された能筆家行成《ゆきなり》は彼の子息であつた。十二歳の折時の帝村上天皇の御前で連歌の催しがあり、連衆《れんじゆう》が「秋はなほ夕まぐれこそただならね」への附句に苦吟散散《さんざん》の體《てい》であつたところ、彼が進み出て「荻《をぎ》のうは風萩の下露」と續け、滿座の喝采《かつさい》をほしいままにしたといふ逸話もある。當時一流の女流歌人中務《なかつかさ》（8）がこれを聞いて「荻の葉に風おとづるる夕べには萩の下露おきまさりける」といふ自作を贈つたとも傳へる。天延二974年天然痘のため兄の擧《たか》賢《ちか》は朝、義孝は夕方相次いで死んだ。後年藤原兼實《かねざね》の子息良通（97）が二十二歳、その弟良經（22・76）が三十八歳で急逝するといふ悲運に通ふものがある。

後後、二十七歳内大臣であつた良經は定家（33・88）に使ひしてこの「秋はなほ」の一首三十一字を頭韻とした鎖歌《くさりうた》の即詠を命じてゐるが、おそらくは兄とほぼ同年で夭死した天才歌人を偲んでのことだらう。歴史書其他には一行の解説さへ見えないが私はそのやうに推察する。

夕暮の木《こ》繁《しげ》き庭を眺めつつ木の葉とともにおつる涙か
ゆくかたもさだめなき世に水早み鵜舟《うぶね》を棹《さを》のさすやいづこぞ
夢ならで夢なることを歎きつつ春のはかなきもの思ふかな
露くだる星合の空を詠《なが》めつついかで今年の秋を暮さむ
時雨とは千草の花ぞ散り紛ふなにふるさとの袖濡らすらむ

藤原義孝集にはこれらさはやかに激しいアレグロ調の歌が光を放ち、百人一首の「君がため惜しからざりし命さへ」など凡作以下の感がある。實方《さねかた》の「かくとだにえやは伊吹のさしもぐさ」との對照を狙《ねら》つたにしても、義孝の戀の歌には他に傑れたものが多多あるのだから不可解な選びと思はずにはゐられない。ちなみに引用歌「夕暮の」は顯輔が詞花集にも選んでゐるが初句は「夕まぐれ」となつてゐる。

4
うすく濃き野邊《のべ》のみどりの若草にあとまで見ゆる雪のむら消え
宮内卿《くないきやう》

淡雪はふる若草の上
斑雪《はだれ》は消える野の末
白妙の繡《ぬ》ふさみどり
まみどりの綴る白銀《しろがね》
春の陽は心にかげり

和歌史上最大の盛儀千五百番歌合中のものであり、寂蓮《じやくれん》（21）の「谷の戸をいでても雪に入りにけり花に木傳《こづた》ふ野邊の鶯」と番《つが》へられて勝となつてゐる。元久元1204年二十歳未満で歿したとすれば十五、六歳の少女、この一首を以て「若草の宮内卿」と謳はれ、一躍後鳥羽院歌壇の名花的存在となつたのだから、まさに早熟薄命の天才の一人であらう。代表作を雅《みやび》やかな綽名《あだな》とする女房歌人は他に「沖の石の讃岐《さぬき》」（89）（二條院讃岐・わが戀は潮干《しほひ》に見えぬ沖の石の人こそ知らね乾く間ぞなき）、「異浦《ことうら》の丹後《たんご》」（59）（宜秋門院《ぎしうもんゐん》丹後・忘れじな難波《なには》の秋の夜半の空異浦に澄む月は見るとも）等幾人かを數へるが、宮内卿の若草はもつとも初初しくしかもはかなく、彼女の歌と人生を現して餘りあるものだらう。兄は和歌所寄人《わかどころよりうど》源具親《みなもとのともちか》、後鳥羽院の女房として出仕し、院にその詩才を認められ寵愛された。おそらくは十數歳年長の俊成《としなり》卿女《きやうのむすめ》を好敵手として日夜競ひあひ、歌の練磨に命を賭けたのであらう。

早春草の芽の若緑に萌え立つ野に降るなごりの雪、若草の伸びの遅速による濃淡と、薄《うす》陽《ひ》にはかなく消える雪の斑《まだら》が一望の中に收められ、さながら六曲一雙《ろつきよくいつさう》を一面とした屛風の大景を見るやうである。それも白と綠二色の世界を、かくも華やかにかつ冷やかに、流麗な調べを以て幻想させる技倆はそら怖ろしいくらゐだ。

またそれに先立つ仙洞句題《せんとうくだい》五十首に召された時にも、すでに定家らに伍して、

花さそふ比良の山風吹きにけり漕ぎゆく舟のあと見ゆるまで　湖上花

逢坂《あふさか》や木《こ》ずゑの花を吹くからに嵐ぞかすむ關の杉むら　關路花

等清麗無比の秀作を見せ、これらも勿論『新古今集』春の部を飾つてゐる。「湖上花」の「あと見ゆるまで」は若草の野を晩春の湖に變へた同工の景色であるが、水面に散り敷いた花の上に一すぢはるばると舟の過ぎてゆく跡を、讀者も亦まざまざと見るだらう。「關路花」はまづ「嵐ぞかすむ」といふ鮮やかな表現が見所《みどころ》であり、仄白い落花に鬱蒼たる杉木立を配した色彩感覺も竝竝ではない。

おもふことさしてそれとはなきものを秋の夕べを心にぞ問ふ
きくやいかにうはの空なる風だにも松に音するならひありとは

これらはまた春の歌とは趣を變へて心に沁み入るやうな嘆きを傳へ、彼女の短い生涯と共に忘れがたいものがある。
なほ千五百番歌合に拔擢される樣子は、『增鏡』の「おどろが下」にうつくしくねんごろに記されてをり、新古今前夜の後鳥羽院歌壇を目のあたり見る思ひがする。

5

見渡せば山もと霞む水無瀬川夕べは秋となに思ひけむ

後鳥羽院《ごとばのゐん》

夢

ならば

君に聞かう

なぜ思つたのか

黄昏《たそがれ》は秋こそなどと

御覧　あの夕霞　花色に

水上《みなかみ》へけむる三月の水無瀬川

『枕草子《まくらのさうし》』にも「秋は夕ぐれ」とあるやうに古來から春の曙に對してその情趣が愛されて來た。「夕べは秋と」とはさういふ常識、定説への反問である。水無瀬川の水上の山山が靉靆《あいたい》と霞んでゐる黄昏の眺めは仄かな艶《えん》を含みむしろ秋にまさる、どうして春曉秋夕などといふ決り文句に囚はれようと、既成の美意識をくつがへすかに「なに思ひけむ」の結句は据ゑられてゐる。

新古今の實質上の獨撰者後鳥羽院の代表作であり、種種の意味合から新古今美學の特徴をも代表する秀作と言つてよからう。すなはち新しい美の發見といふ文學觀の革命の上でも、三句切《さんくぎれ》で上句と下句が對《つい》をなし、後世の連歌につながる構成を持つてゐる上からも、他に類例は夥しいがそれらの典型として恥しからぬ風格があり、永遠に記念されて然るべき一首であつた。

これは元久二1205年院二十六歳の時、水無瀬離宮における詩歌合《しいかあはせ》の折の歌で、題は「水郷春望」、また御製《ぎよせい》に合せた詩は藤原親經作「湖南湖北山千里　潮去潮來浪幾重」であつた。十六年後院は鎌倉幕府追討を企て兵を集め、たちまち敗れ、即刻隱岐へ配流となるのであるが、親經の詩はその承久《じようきう》の亂の後の「新島守《にひしまもり》」としての院を思へば一種の豫言に似てさらに感興は深からう。

また新古今を飾る名歌としては、

み吉野の高嶺《たかね》の櫻咲きにけりあらしも白き春のあけぼの
冬の夜のながきをおくる袖ぬれぬあかつきがたの四方のあらしに
さくらさく遠山鳥のしだり尾のながながし日もあかぬ色かな

など堂堂たる調べであり、院の風格が遺憾なく發揮されてゐる。天才的な詩人であり同時に日本詩歌史上の巨大な花束、空前絶後の絢爛たる詞華集新古今を創り上げ、隠岐配流後も片時として手離すことのなかつた後鳥羽院は、一方では水練、馬術、弓術其他武藝百般に長ずるスポーツマンであり、菊花を殊に鍾愛《しょうあい》してみづからが指揮鍛冶《たんや》する御所造《ごしょづくり》の太刀にはその花型を刻印させた。皇室御紋章は院のアイディアに端を發するとの説もある。さらに連歌に興じ琵琶合《びはあはせ》を催し、白拍子《しらびやうし》の歌詞にも手を染め、その青春は定家、家隆を始めとする秀才、寵臣秀能《ひでよし》(19)、寵姫龜菊、寵童醫王丸《ゐわうまる》ら美女美少年を侍らせての徹宵の宴に明け暮れる。文武兩道、現實と夢幻の二つの世界に君臨した不世出の英雄であり、その劇的な生涯は列聖中にも類例を見ない。

6

浅みどり花もひとつに霞みつつおぼろに見ゆる春の夜の月

菅原《すがはらの》　孝標《たかすゑの》　女《むすめ》

夜《よ》もさみどりの空に浮く
花はさくらに四方《よも》おぼろ
月はかすみのなかに漂ひ
ただ酔ふのみの心あはれ

新古今の詞書《ことばがき》には、「藤壺《ふぢつぼ》に住んでをられる祐子《いうし》内親王が女官や殿上人とさまざまの物語をした上で、春と秋といづれに深い情趣があるだらうかとアンケートを試みたところ、多くの人が秋に心を寄せたので……」といふ意味が述べられてゐる。後鳥羽院の春宵愛惜の先驅をなす異見の主題であるが、一首の中には春秋の比較は現れない。十一世紀初頭、後鳥羽院より二世紀も昔の時代であり、この主題もたとへば大江千里の「照りもせず曇りもはてぬ春の夜の朧月夜にしくものぞなき」や大貳三位の「たとふべき方なきものは四方山に霞こめたる春の曙」のやうに、いささか説明調に傾くのが通例である。

孝標女は『更級日記《さらしなにつき》』の著者であり、もともと『源氏物語』に心醉して筆を執つたほどの才媛、この歌にもおのづから「花宴《はなのえん》」の女主人公《ヒロイン》朧月夜内侍《おぼろづきよのないし》などの面影が籠《こ》められてゐると見てよからう。「淺みどり花もひとつに」とは「薄青の空も仄白い櫻も一緒に」の意で見事な省略法だが、なほそれよりも夜の空に残る青を歌つてゐる感覺の冱えを見るべきであらう。かつて「紅葉賀《もみぢのが》」で青海波《せいがいは》を舞つた光源氏はこの紫宸殿《ししんでん》の櫻の宴では春鶯囀《しゆんあうでん》を披露して稱讚を浴びる。微醺《びくん》を帶びた源氏は宿直所《とのゐどころ》へ下る途中、弘徽殿《こきでん》の三の口あたりで「朧月夜に似るものぞなき」と口ずさむ女性に逅ふ。彼は「深き夜のあはれを知るも入る月のおぼろげならぬ契とぞ思ふ」と囁きながら彼女を導き入れて三の口を閉ぢる。彼女は闇の中でもその聲が高名な源氏であることに氣づいてゐるが、源氏は﨟《らふ》たけた女性が女御《にようご》の妹かあるいは女四宮《によしのみや》か五宮かと思ひめぐらすのみで見當もつかない。一箇月後の彌生二十日過ぎ藤花宴《とうくわのえん》で件の女性をふたたび見る。彼女はあの夜と同じ聲で「心入る方ならませば弓張の月なき空に迷はましやは」と返歌する。このやうな物語の雰圍氣が孝標女の作品の彼方に、まさに夕霞さながらにたちこめてゐるのだ。そしてこのロマネスクな要素も王朝末期には一首の中に濃密に盛りこまれるやうになつてくる。『更級日記』の夢幻を逐ひつつしかもつつましやかな文體を一方に考へる時、この代表作一首の燻し銀のやうな光も一入《ひとしほ》ゆかしい。また新古今にはこの歌や千里の「照りもせず曇りもはてぬ」の外にも春の夜の月をたたへた歌は他の集にましてゆたかに鏤められてゐる。

難波潟霞まぬ波も霞みけりうつるも曇る朧月夜に　源通具
おぼつかな霞立つらむ武隈《たけくま》の松のくま洩る春の夜の月　加賀左衞門
空はなほかすみもやらず風さえて雪げにくもる春の夜の月　藤原良經
梅の花飽かぬ色香も昔にておなじ形見の春の夜の月　俊成卿女

ちなみに『蜻蛉日記《かげろふにつき》』の道綱の母は、作者の母の姉にあたる。

7

はかなさをほかにもいはじさくらばな咲きては散りぬあはれ世の中

藤原實定《ふぢはらのさねさだ》

咲きにほひ
散りまがふ
人の世の花
はかなさは
言葉の外《ほか》に
盡《つく》すあはれ

この世に儚いものの代表は露、雷《いかづち》、夢幻と古くから言ひならはされて來た。しかし考へてみれば櫻ほど儚いものが他にあらうか。睦月《むつき》の頃からその日を待ちわび、如月《きさらぎ》に入れば咲き匂ふ日のうつくしさを心に描いて浮き立ち、さまざまにあくがれながら、さて開けばそれもほんの二、三日、たちまちに吹雪のやうに散り紛《まが》ひあとかたもなくなつてしまふ。ああ世の中、うつつの世界の事はすべてこのやうにとりとめもなくたよりなく、生れては消えてゆくものだらうか。歌意はこれに盡きまた類歌も少くはない。また藤原實定郎後徳《ごとく》大寺左大臣《だいじのさだいじん》家集『林下集』を見ても秀歌には乏しい。定家好みの代表作として百人一首に採られた「ほととぎす鳴きつる方を」は論外だが、

世の中の花のよそなる身なればやたづぬる春の山もかひなき
かりにだにいとふ心やなからまし散らぬ花さくこの世なりせば
身にしみて花をも何かをしむべきこれもこの世のすさみと思へば
さくらばな匂ふも散るも變らぬに眺むる人の昔にぞ似ぬ

と心を盡して描いた春の花のあはれも、あまりに淡淡《あはあは》しく胸に沁むものがない。にもかかはらず、新古今春歌下の中、駘蕩《たいたう》たる櫻、それも落花の歌の竝ぶところにさりげなくおかれたこの一首は、獨特のうつくしさがあり、一種ひややかな光を放つてゐるや

うだ。内容はたとへば傳空海作のいろは歌に近くまた『平家物語』の冒頭にもつながらう。その無常觀が決してことわりがましく表に出てゐないのがこの歌の第一の手柄であり、「あはれ世の中」なる溜息のやうな結句がまことに初句の「はかなさ」とかなしくひびきあふ。「はかなさ」「ほか」「さくら」「さき」のH音S音の錯綜は作者の計算外であらうがこの寂寥感を唆《そそ》る効果があり、二句で突然切れながら三句でまた小休止し、しかも四句へ疊み込む音韻と意味の縺《もつ》れあひも仔細に見れば珍しい。この不意の二句切の絶妙なひびきは、たとへば同じ新古今夏に見える藤原良經の秀作「うちしめりあやめぞかをる時鳥《ほととぎす》鳴くや五月《さつき》の雨の夕暮」とよい對照をなすだらう。新古今的修辭の特徴の一つであり、心理のあやふさと律調の快い躊躇《ちうちよ》が渾然と和してゐる。一首がいささかも理に落ちず却《かへ》つて淡いニヒリズムを漂せるのもこの技法のたまものだらう。

　後徳大寺左大臣實定は逸話の多い人物であるが、清盛が時の左右大將に重盛、宗盛を据ゑ、當然實定の與《あづか》るべき榮譽を理不盡に奪つた砌《みぎり》、嚴島に參籠して紆餘曲折の後入道の心を翻させたことはよく語られ、これに絡む内侍有子《ありこ》の哀話も亦忘れがたい。なほ彼の徳大寺殿は六百番歌合當時歌人のサロンとなつた。

8 知るらめや霞の空をながめつつ花もにほはぬ春をなげくと

中務《なかつかさ》

暗い春
私には匂はぬ　どこに花があらうと
うつろな目の底の霞網
知るまい　誰一人　私を
この昏《くら》むこころを
言ふまい　今さら　人に
そのかみの心のきらら
私には過ぎた　すべてよそのながめ
遠い昔

中務は當時枇杷左大臣《びはのさだいじん》藤原仲平との艶聞を謳はれた美貌の才媛伊勢（68）の娘であるが、その容貌才質共に母譲りであつたと覺しく、伊勢と共に三十六歌仙の一人に算へられ母の歿後『伊勢集』を編纂したとも傳へられる。

　この歌には、例年一月には咲く梅が二月まで咲かなかつた年に詠んだとの詞書があり、新古今では中務の作となつてゐるが『中務集』には見えず、『前大納言公任卿集《さきのだいなごんきんたふきやうしふ》』には作者の名が缺けたまま收められてゐる。王朝の歌にはしばしばある例で、それも物語風に纏められた私家集の贈答歌には判別に苦しむやうな曖昧な部分も頻出するが、一應中務の作とうけとつておいてよからう。歌仙集の最後を飾る彼女の歌には、

風よりは手向に散らせもみぢ葉も秋の別れは君にやはあらぬ
たつと聞く空を眺めて春霞雁の別れぞはかなかりける
遙かなる山ならなくに夏蟲の空に飛ぶ火と見えにけるかな
初雁の旅の空なるこゑきけばわが身をおきてあはれなるかな
きみがため祈る心は水上も流るるごとく今日やしるらむ
今日までと流れ出でぬる水上の花は昨日や散り果てにけむ
戀しとも言はばすずろに思ほえて人に知られぬね鳴く頃かな
うちすてて別るる秋のつらさよりいとど吹きそふ木枯の風

などやはり伊勢寫しの技巧を凝らした作が多く、「知るらめや」の哀切な初句切も彼女にふさはしい。「花もにほはぬ春」は詞書に卽して梅花の遲さを嘆くと見るのも、愛人の逢ひもとだえて望みのない悲しみととるのも自由である。倒置法の纏綿たる情趣から察するなら、花に托した戀の憾《うら》み、すなはち後者の解が順當だらうが、花と戀、自然と人生表裏一體であるのは言ふまでもない。唐草模様《アラベスク》のやうな言葉の連綿が少しもくどさを感じさせないのは、この歌にも亦「ながめつつはなもにほはぬはるをなげくと」とN音H音のやはらかな頭韻が無意識に重ね合せてあるからだらう。また初句は反語、第四句否定形、結句は「嘆く」と負《マイナス》の要素で構成してゐる點もにはかには氣づかないが、一首は一見華やかでありながら底に暗いものをひそめてゐるのが次第に感じられる仕組になつてゐる。言葉に生命を賭けた王朝女流の感性の鋭さがまざまざと傳はつてくるやうだ。

家集には源順《みなもとのしたがふ》(86)との贈答歌が幾つか見える。この高名な和漢の秀才には戀歌がほとんどないが、たとへば中務に梅の實を貰つても「井堰にも障らず水のもる時は前の梅さへ殘さざりけり」などと、あつさりした歌を贈つてゐるのがほほゑましい。

9
たづねつる花もわが身もおとろへて後の春ともえこそ契らね
良暹法師《りやうぜんほふし》

約束いたしかねます　この次の春などとは
心も身も花も今日は影うすくなり……
私のもとめてゐたものは何であつたのか
それもおぼろ　あやふく生きて……
生きてゐるのです　さやうなら　花よ

「雲林院《うりんゐん》へ櫻を見に行つたがほとんど散つてしまつて、わづかに片枝だけ殘つてゐたから……」といふ詞書がある。雲林院は京都紫野の天台宗の寺院で櫻の名所でもあつた。歌意は散り殘つた花に生き殘つたわが身を重ね、次の春もう一度などとは「えこそ契らね」すなはち「え契らず」―「契り得ず」―「約束できない」を強めて嘆いたものである。言はば老人の託言《かごと》であるが一首にはそのやうな趣はさらに無く、むしろ艷であり不思議なうねりをもつ律調が快い。作者やその境涯などを無視するなら、戀歌と見立ててもよく、下句のあはれはさらに增すだらう。翌年の春ふたたび見《まみ》えようとは花への思ひであるがその目的語が省かれてゐるので、花の下でもう一度思ふ人、あなたに逢ひたいがその願ひすらむなしからうとの嘆きにも轉じ得る。單に心身の衰弱を喞《かこ》つのみではない。相聞のニュアンスを添へるか否かは別として、王朝人が花、春にかける期待と歡び、逝く春、散る花によせる悲哀とさびしさを考慮に入れねばなるまい。さだめない世に生きては年每の春が人人にとつてはまさに一期《いちご》一會《いちゑ》であり、身は青春にあつても來る年をしかと賴むすべはないのだ。惜春の歌が八代集春の部の終を埋めつくす感のあるのも一にこの徹底した無常觀のゆゑであらう。

良暹法師の出自は不詳で母は藤原實方の家の女童《めのわらは》白菊とも傳へられ、八瀨の大原に籠つてゐたやうである。彼には失策の逸話が幾つかあり、『袋草子《ふくろざうし》』にも古今集の「時鳥《ほととぎす》ながなく里のあまたあればなほ疎《うと》まれぬ思ふものから」の「汝《な》が鳴く」を「長鳴《ながな》く」と錯覺してそれを採り「宿近くしばしながなけ時鳥今日のあやめの根にもくらべむ」と詠んで人の嘲笑をうけたとある。ほぼ同時代人の言葉遣ひを敕撰集入撰歌人さへ誤つて解することがあるのだから、現代人が古歌を理會《りくわい》するのは至難のわざであると顧みて微笑を禁じ得ない。しかしやや後に源俊頼（58）が大原に遊んだ時、かつて良暹法師が住んだ古い庵室の前で下馬し敬意を表したといふ插話も殘つてをり、弘徽殿女御十番歌合《こきでんのにようごじふばんうたあはせ》等にも名を連ね、後拾遺以後にかずかずの作を選ばれてゐる。

訪ふ人も宿にはあらじ櫻花散らで歸りし春しなければ
みがくれてすだく蛙のもろごゑに騷ぎぞわたる井手の玉水
袖ふれば露こぼれけり秋の野は捲《まく》り手《で》にてぞ行くべかりける
朝寝髪みだれて戀ぞしどろなる逢ふよしもがな元結にせむ
五月やみはな橘に吹く風はたが里までか匂ひゆくらむ

いづれも骨太なざつくりした味のある歌でむしろこれが彼の本領だらう。平凡な歌だが百人一首の「いづくも同じ秋の夕暮」は後後の三夕《さんせき》の魁《さきがけ》をなすものとも言へよう。

10

春といへばなべてかすみやわたるらむ雲なき空の朧月夜は

小侍従《こじじゅう》

見えない　みなとほくに霞む
私も月も野も水も
ほの白い夜のかげ
かすかに　ただよふ魂の匂ひ

小侍従は俊成よりやや年少と思はれるがこの歌を家隆と番《つが》へた千五百番歌合當時既に八十路《やそぢ》、新古今時代では古老の一人である。歌合の連名には女房、後鳥羽院を筆頭に左方九番目、小侍従、待宵《まつよひ》と記されてゐるがこれは、

待つ宵に更けゆく鐘の聲聞けば飽かぬ別れの鳥はものかは

でいちはやくその名が現れて、「待宵の小侍従」と呼ばれてゐたためである。『平家物語』には例の福原遷都の後の名月を背景に優藏人《やさのくらうど》、藤原經尹《つねただ》を配し、小侍従はこれに對する男の返歌、

ものかはと君は言ひけむ鳥の音の今朝しもなどか悲しかるらむ

に和してさらに次のやうに歌つたと記されてゐる。

待たばこそ更けゆく鐘もつらからめ飽かぬ別れの鳥の音ぞ憂《う》き

待宵の鐘の音と後朝《きぬぎぬ》の鳥の聲のいづれに悲しみは深いか。待宵は女、後朝は男と争ふ歌

の彼方には、會者定離《ゑしやぢやうり》の祇園精舎《ぎをんしやうじや》の鐘の音もひびく。

揭出の歌にも小侍從の才氣は十分にうかがへよう。「なべて」にかけた思ひは深い。春霞、朧月夜はこの時單に風景の域を脱し、人の心、現世のさだめなくとらへがたい相《すがた》をも暗示することになる。保元、平治の亂にその青春を過した作者にしてみれば、なべて霞むとは荒れ果てた都も亂れ歪んだ世の樣《さま》も一樣に朧となるといふ意をも籠めての修辭であつたかも知れない。「雲なき空の朧月夜」も亦一捻りした詞ではある。晴れつつしかも曇るとはそのまま作者の心底であり、ながらへた人生への感慨に他ならぬ。この時の家隆の作、右は「春の日の淺澤小野《あさざはをの》の薄氷誰ふみわけて根芹《ねぜり》つむらむ」で名手にしては常凡、判は持《ぢ》になつてゐるが私の目には明らかに左勝である。

小侍從は待宵の雅名と共に當時の歌界では花形的存在であつた。戀の遍歴も亦きらびやかで後德大寺左大臣や源三位賴政の家集にも多多趣のある贈答があらはれ、さらに後白河院とも在位時代に後朝の別れを惜んだことがあるらしい。鴨長明《かものちやうめい》の『無名抄《むみやうせう》』には、小侍從は華やかに見事に歌ひ据ゑるが、特に返歌が上手だと褒めてゐる。恐らく男の歌に答へて才氣煥發《さいきくわんぱつ》、當意卽妙《たういそくめう》の返事を三十一音に托することにかけては第一人者であつたろう。それゆゑなほ最晩年の「なべてかすみやわたるらむ」の嘆きは心に沁むものがある。

11

花流す瀬をも見るべき三日月の割れて入りぬる山のをちかた

坂上是則《さかのうへのこれのり》

三月三日のかたわれ月のかけら
かはたれたそがれ山のさくらは
くらやみ奔《はし》る早瀬の泡　あはれ
逢はぬは花と月と私と　いづれ

紀貫之が三月上巳《やよひじやうし》に自邸で曲水宴《ごくすいのえん》を催した時の作品で「月入花灘暗《つきいりてはなのなだくらし》」なる漢詩の題がある。曲水宴は庭園にとり入れた流水に盃を浮べ、それが自分の前を通り過ぎる前に一首を詠ずる試みであり、當然それが果てて後に盛な宴があり徹宵の遊びでもあつた。この場合は恐らく名目のみで當日席を設けての題詠だつたらう。

催しも題も歌もすべて趣向である。造り上げられた風雅の世界で、まことしやかな幻の風景を描き、言葉の花の香に醉ふよろこびを現代人の大方は空空しい無縁のわざと思ふかも知れない。藝術とは現實以上の眞實を繪空事の中に創るものであり、綺語《きぎよ》こそ人の心の深淵から浮び上るまことであることを思へば、曲水宴も題詠の虚構も現代藝術と密接するものだ。趣向とは實は練りに練られた手法の一つであることを今一度味ひ直すべきだらう。「花流す瀬をも見るべき三日月の」とは落花を浮べて流れる急流を、その光で望見できたであらう三日月のといふ意であり、今や片割月《かたわれづき》もすでに山の彼方に隠れ、瀬も流れる花も暗くて見えないうらみを下句に暗示したものだ。瀬も山も庭園の中のミニアチュールの風景と解する方がこの作品自體には忠實だらうが、その縮圖借景はそのまま心の中で大自然に復元され、まさに繪に描いたやうな深夜昧爽《まいさう》の山水がほのぼのと浮んでくる。漢詩の影響もあらうが言葉の抑揚のきはやかさは、二世紀後の新古今時代を思はせる。

是則は坂上田村麿の五代目であり醍醐《だいご》、朱雀《すざく》の二帝に仕へ、大内記《だいないき》として詔敕文を記し宮廷の記録を司つてゐる。三十六歌仙としての家集の冒頭は亭子院歌合《ていじのゐんうたあはせ》の時の作が飾られてゐるが、この歌合の晴儀としての行事内容の完璧さは空前のもので後後の範とされる。宇多法皇の故后藤原温子の邸亭子院がその會場、是則は貫之、躬恆、興風、兼覽王《かねみのおほきみ》らと共に列席してゐる。貫之は彼よりやや年下であらう。題は二月、三月、四月、戀。判者は法皇自身。延喜《えんぎ》十三913年三月十三日のことであつた。一番で左が伊勢右が是則、歌は、

あさみどり染めてみだれる青柳の絲をば春の風やよるらむ

で、伊勢の「青柳の枝にかかれる春雨は絲もてぬける玉かとぞみる」と持《ぢ》になつてゐるがいづれも秀歌とは言ひがたい。是則集には掲出の歌に竝んで、

うら枯るる淺茅が原の刈萱の亂れてものを思ふ頃かな
その原や伏屋《ふせや》に生ふる帚木《ははきぎ》のありとは見えて逢はぬ君かな
枕のみ浮くと思ひし涙川今はわが身の沈むなりけり

等が見える。序詞的な上句にも暢《のび》やかな古今調が現れてゐるが、掲出の作には及ばぬ。

12
面影のかすめる月ぞやどりける春やむかしの袖のなみだに

俊成卿女《としなりきやうのむすめ》

花は昔　今日たまゆらの袖の涙の
珠に映る月の光
はるかな春のおもはれ人のかすむ
一目の戀の横顔
昔は花　わが身ひとつの露の世の

俊成卿女は新古今を代表する女流歌人である。式子内親王を別格とし、宮内卿を異色とすれば二條院讃岐も宜秋門院丹後もすでに千載集で現れた歌人、新古今のみに咲き匂つた名花は彼女を第一とせねばなるまい。その歌の絢爛華麗を極める點も亦比類がない。

梅の花あかぬ色香も昔にておなじ形見の春の夜の月
橘の匂ふあたりのうたた寝は夢も昔の袖の香ぞする
むさし野や草の原越すあきかぜの雲につゆちるゆくすゑの空
ことわりの秋にはあへぬ涙かな月の桂もかはる光に
夏衣うすくや人のなりぬらむうつせみの音に濡るる袖かな
暮れはつる尾花がもとの思ひ草はかなの野べの露のよすがや

さすが俊成の孫にして養女、定家の姪にあたる詩歌の名門とうなづかせるに足るものがある。『明月記』によると後鳥羽院もその才を愛《め》でて新古今戀二の巻頭に、

したもえにおもひ消えなむけぶりだにあとなき雲のはてぞかなしき

をおくやう特に命じられたとある。仁德、持統天皇をも含む二十人の巻頭作者の中現役歌

人は院、良經、俊成、定家、家隆と彼女の六名、女流は一人だけであるから異例の榮《は》えと言はねばなるまい。
「面影のかすめる月」とはかつての愛人の面影を空の霞とみづからの涙をへだてて宿してゐる月の意であり、「春やむかしの袖のなみだに」には、昔を懐しむあまり袖にこぼれる涙の珠にとの心である。實に巧緻を極めた構成で結句から逆に袖の涙、涙の珠に映る月、月に浮ぶ人の面差、その面差を曇らせる霞と涙、涙は袖にといふ風にたどるなら、一首はさながら昇りつめてまた舞ひ降る幻想の旋律をなし、また超現實派の繪を見る感がある。そして「春やむかしの」なる第四句は勿論業平（1）の「月やあらぬ」の第二句を、それはそのままこの一首に導き入れてゐるのだ。技巧もここまでくれば絶品と稱すべきだらう。

頼朝と結んで建久の政變を起した奸雄源通親《みちちか》の子通具の妻となり、具定を生んだが、舅の政略の牲《にへ》となつて離縁された。「面影の」が新古今戀二では、その通具の作「わが戀はあふをかぎりのたのみだにゆくへも知らぬ空の浮雲」と竝べられたのも皮肉な縁である。

後鳥羽院に仕へたのは三十前後の頃、四十過ぎて剃髮、越部禪尼《こしべのぜんに》と呼ばれ新古今歌人すべての死を見つくしての後八十過ぎまで生きながらへた。

13

花咲かば告げよと言ひし山守の來る音すなり馬に鞍《くら》おけ

源《みなもとの》頼政《よりまさ》

初花《はつはな》のさくら　君と見ようよ
來たまへと　今宵いちづに
彼が來る　そのあしおと
行くぞ　お山の大將よ
さあ　おれも白馬《あを》に
金覆輪《きんぷくりん》の鞍おいて
谿驅け拔《かけ》けよう
夜空を翔らう

　さすがに武人の歌、八代集を經巡《へめぐ》つてもかういふ爽快な歌は他にまづ見當るまい。以仁王《もちひとわう》を奉じて平家反擊の兵を擧げ宇治平等院に敗死するまでの悲愴な顚末は物語の縷述するところであり、歌人武者としての風流、貴族に立ちまじつての數數の艷聞も亦噂に高い。中世の深慮遠謀と放膽剛毅、多感純情と鬱屈隱忍の各要素の複雜に入りまじつた性格は、中世の人物中でも最も魅力を感じさせる一人である。

　家集『從三位賴政卿集《じゆさんみよりまさきやうしふ》』の破格の面白さも當然彼の性格と不卽不離のものであり、微妙の極致、鏤骨《るこつ》のすゐの詞華の中に、彼の生き生きとした、むしろ人間臭紛紛たる歌を見出す時、新鮮な感動を覺えるのは私一人ではあるまい。西行の新古今歌壇に及ぼした奇妙な影響力、不氣味な衝擊と事變り、賴政の歌の詞花、千載集當時の歌界への反響はよほど率直でかつ諧謔的でさへある。

「馬に鞍おけ」。この命令形の第五句に彼の面目は躍如としてゐる。他の貴族歌人なら心動く樣を種種の間接的な修辭で表現しただらう。それも亦一つの世界、誘《いざな》ひは夢幻の彼方から、赴く地も無何有《むかう》の鄕へと唯美を尋ねるのが王朝人の眞實でもあつた。しかし賴政の平談俗語調《へいだんぞくごてう》、粗野素樸の語韻は格別だ。飽くまでも異色であり場違ひの面白さであるにしても。その息仲綱、女二條院讃岐、姪宜秋門院丹後、すべて敕撰集歌人ではあり、讃岐、丹後の名は賴政以上に高い。生きて七十年戰はぬ武者として從三位まで昇り、俊惠法師《しゆんゑほふし》主催の歌林苑歌會の常連として歌名を謳はれ、七十路半ば突如堰《せき》を切つた必死の希求に殉じて貴種の下に敗死する。その劇的な境涯に彼の遺した歌は七百八十首餘、「馬に鞍おけ」の爽やかな響きと相呼ぶ、まさに壮士《をとこ》の歌であつた。

くやしくも朝ゐる雲にはかられて花なき峯にわれは來にけり
戀するか何ぞと人や咎むらむ山ほととぎす今朝は待つ身を
香をとめて山ほととぎす落ちくやと空までかをれ宿のたちばな
鳴き下《くだ》れ富士の高嶺の時鳥《ほととぎす》裾野の道はこゑもおよばず
桂女《かつらめ》や新枕《にひまくら》する夜な夜なは取られし鮎の今宵取られぬ
忍び妻歸らむあとのしるからし降らばなほ降れ東雲《しののめ》の雪
のせてやるわが心さへとどろきて妬《ねた》くも返す空車《むなぐるま》かな
陸奥《みちのく》の金をば戀ひて掘る間なく妹《いも》がなまりの忘られぬ頃
こひこひて稀にうけひく玉章《たまづさ》を置き失ひてまた歎くかな
なごの海潮干潮滿ち磯の石となれるか君が見え隱れする

いづれも破顔一笑を誘ふ快作であるが、その底にはほろ苦い涙を湛《たた》へてゐるのだ。

14

さくらばな散りぬる風のなごりには水無き空に波ぞたちける

紀貫之《きのつらゆき》

空にさざなみ
うつろふ花のみづかがみ
風よささやけ
散りちるかなしみの餘波《なごり》
いざさらば春

櫻の花の散つてしまつた空、そのむなしい空になほ花の幻を視るといふこれもまた王朝の惜春歌《せきしゆんか》の一典型であるが、さすがに古今集の代表歌人貫之の、それも屈指の秀作だけに、實に微妙に自然と心の陰影を描きつくしてゐる。たとへば同じ趣でも新古今集となれば藤原家隆（93）の「さくらばな夢かうつつか白雲の絶えてつれなき峰の春風」のやうに、作者の心は花の幻に醉ひ、春のなごりの夢に溺れて、言葉も彩絲《いろいと》の網さながらに縺《もつ》れあふ。しかし貫之の歌はむしろその夢幻を冷やかに視つめてゐるのだ。ゆく春の景色に耽《たん》溺《でき》する心と醒《さ》めて表現する言葉、あるいはむなしさを見極める心と夢見る言葉、歌はそのあやふいかねあひの上にぴたりと形をなし、小刻みに搖れてゐると言へようか。しかも貫之が空中に視るのは單に「あつた花」ではなく「喪はれた花」の創る「天の漣《さざなみ》」である。「なごり」とは「名殘《なごり》」であるより前に「餘波《なごり》」と書かれる水の相《すがた》であるが、この歌ではさらに變貌して風の餘波である。心の底には咲き匂ふ櫻、霞一重をおいて散り紛ふ花びら、そして意識の表面にはちりぢりにきらめく青海波《せいがいは》、その心の中の景色と現實の晩春の眺めは、作者の眼といふ鏡で隔てられかつ照らし合される。

延喜十三913年三月十三日亭子院歌合《ていじのゐんうたあはせ》（11坂上是則參照）の時の作で右、左は當時四十七歳の宇多法皇の「水底に春や來るらむ三吉野の吉野の川に蛙《かはづ》鳴くなり」で持《ぢ》となつてゐるが、御製勝といふ說もある。空中の波に水底の春、晩春の歌合の白眉の一番《ひとつがひ》であらう。

ただ一つ、この貫之の作品に引つかかる點があるとすれば「水無き空」といふ理の當然のことわりだが、あへてことわるのが古今集の持味であり、言葉の刃のひらめきにはたと膝を打つのも雅量禮節といふものだ。百人一首中の「人はいさ心も知らず」にしろ、この天の漣に比べれば格段に見劣りはするが、理智の冱えを見るべき歌に變りはない。

袖ひぢてむすびし水のこほれるを春立つ今日の風やとくらむ
散るがうへに散りもまがふか櫻花かくてぞ去年《こぞ》の春も過ぎにし
むすぶ手の雫ににごる山の井のあかでも人に別れつるかな
花鳥もみな行きかひてむば玉の夜の間に今日の夏は來にけり
うば玉のわが黒髪やかはるらむ鏡の影にふれる白雪

すべて感性と知性の伯仲した申分のない秀歌であり、現代人の目にもなほ新しい。貫之は人麿に次ぐ歌聖として王朝以後の詩歌に君臨するが、高名な平假名紀行文『土左《とさ》日記《にっき》』を著すのは七十歳を過ぎてからのことであり、官歴は低く一生を下級貴族として終つた。

15

言の葉は露もるべくもなかりしを風に散りかふ花を聞くかな

清少納言《せいせうなごん》

私は聴く散る花のこゑを
つゆながら心はさまよふ
くちびるを洩れて夕闇に
還らぬことばそのゆくへ

清少納言集は三十首ばかりを止めるのみである。名作『枕草子《まくらのさうし》』の著者としてはまことに侘しいばかりの寡作であるが、これは彼女自身も歌才に乏しいことを省みて制作を愼んだのであらう。父清原元輔の名聲を慮《おもんぱか》り意識して發表する機會を避けたとすればこれも亦彼女らしい見識と言ふべきである。

掲出の歌は家集巻頭に詞書を缺いて今日傳はるものであり、二首目に「かへし」として、

春も秋もしらぬ常盤《ときは》の山川は花吹く風を音にこそきけ

が見えるから、あるいは彼女宛の贈歌とも考へられるが、理智的な歌柄、明晰なひびきに卽し、あへて清少納言の作と見做《みな》した。「言の葉は露もるべくもなかりしを」と理性《ロゴス》の優位を一應は誇りつつふとためらひ「風に散りかふ花を聞くかな」に自然の力の不條理、人爲の儚さを嘆く手法は常套とはいへ心に沁むものがあり、殊に「花を聞く」といふ大膽で微妙な一種の暗喩《あんゆ》は見事である。『枕草子』の巻末には自著のことを「よう隱し置きたりと思ひしを心よりほかにこそ漏り出でにけれ」と語ってをり、また「風は嵐。三月《やよひ》ばかりの夕暮にゆるく吹きたる雨風」とおそらくは殘花を散らす風を稱《たた》へてゐるのも、この歌の心と通ひあふものがあらう。

百人一首の「鶏《とり》のそら音」は行成《かうぜい》に返した歌で函谷關《かんこくくわん》の故事を踏まへたものであり、皇后定子の問に答へて簾《みす》を捲き上げ暗《あん》に白樂天詩中の香爐峰《かうろほう》を見せたとか、晩年零落して籠つてゐた折、前を通る殿上人に「駿馬《しゆんめ》の骨を買はずや」と戰國策《せんごくさく》、郭隗《くわくくわい》の前例を諷《ふう》したとか逸話は頗る多く、ほとんどいかに『白氏文集《はくしもんじふ》』『史記』『雜纂』等中國文學の造詣が深かつたかを證するものだ。好敵手紫式部（85）は「清少納言こそしたり顔にいみじう侍りける人、さばかりさかしだち眞字《まな》書き散らして侍るほども、よく見ればまだいと堪へぬこと多かり」とその日記に酷評してゐるが、これも清少納言の男まさりの才氣、驚くべき學識、蘊蓄《うんちく》を逆に證明したことにならう。『枕草子』の感覺の冱え、縱横無盡の機智も、その底に「言の葉は露もるべくもなかりしを」と言語の限界を知悉した鋭い目が光つてゐることを考へあはすべきだらう。

忘るなよと言ひしは呉竹の節の隔たる數にぞありける
花もみな繁き梢になりにけりなどかわが身のなる方ぞなき
これを見よ上はつれなき夏萩の下はこくこそ思ひ亂るれ

乏しい作品の中、これらは彼女の心ばへを示すものとして記憶するに足りよう。

16 見渡せばやなぎさくらをこきまぜて都ぞ春のにしきなりける

素性法師《そせいほふし》

春や春　都の春
さくらうすべに
やなぎはあさぎ
さしぐむこころ
ほほゑむひとみ
まだらにつづり
つづれにしきの
春や春　酣《たけなは》の春

古今集春歌上に「花ざかりに京を見やりてよめる」と詞書してこの一首は王朝の春を代表する。まことに花紅柳緑、春風駘蕩、八代集春の歌を總浚ひしてもこれほど鷹揚《おうやう》で臆面もなく單純で堂堂たる讚歌も珍しからう。これにやや先行する業平の「世の中にたえて櫻のなかりせば春のこころはのどけからまし」も秀作ではあるが、「都ぞ春」に比べるとわざと否定的《ネガティブ》に一捻りした詠《よ》み口が一瞬煩はしくなるくらゐだ。都の春の錦を織りなすのは表に現れた柳櫻のみではない。おのづからそれを背景に王朝、京洛の貴賤男女の華やかに雅《みや》びた風俗が繪巻物のやうに浮び上つてくる。「見渡せば」は「眺むれば」とややニュアンスを異にしつつ、大抵の場合は虛辭に等しいが、この歌ではパノラミックな大景を描き出す前提として生きてゐる。「ぞ・ける」のやや重い強勢と係り結びもいかにも古今集の歌らしく、ここが翳りのない直敍體の歌とは言ひながらはつきり萬葉集と分たれたるところだ。

素性法師は僧正遍昭《そうじやうへんぜう》の子であり、遍昭が良峰宗貞《よしみねのむねさだ》と呼ばれた在俗時代は玄利《はるとし》、右近衞將《しやう》監《げん》として清和天皇に仕へ、當時より父子共に歌の上手として聞えてゐた。父遍昭が「法師の子は法師がよきぞ」と言つてみづから剃髮して素性の名を與へたと傳へる。雲林院《うりんゐん》に住んで權律師《ごんりつし》、後に大和石上《いそのかみ》の良因院《りやういんゐん》の住持となつた。宇多法皇が宮の瀧を遊覽された時召されて石上から馳せ參じ、

秋山に惑ふ心を山河の瀧の白泡《しらあわ》に消《け》ちやはててむ

を詠じた。家集には帝、法皇に供奉《ぐぶ》して獻上した歌や屛風用の賀歌が數多見え、法師にふさはしい釋教歌《しやくけうか》はほとんどない。父の遍昭集が空蟬、末の露、苔の袂、雲ゐのよそ等等無常を歌つた作で滿たされてゐるのに比べて、彼の出家がもともと厭離穢土《おんりゑど》などとは緣のない長閑《のどか》なものであつたことを裏書きしてゐるのだらう。「これやこの行くも歸るも別れつつ知るも知らぬも逢坂の關」といふ傳說歌人蟬丸の代表作とそつくりの歌が彼の集に詳しい詞書つきで納められてゐるのも面白いことである。

いざけふは春の山べに交りなむ暮れなばなげの花の蔭かは
底ひなき淵やは騷ぐ山河《やまがは》の淺き瀨にこそ上波は立て
もみぢ葉の流れてとまる湊にはくれなゐふかき波や立つらむ
春だにもありし心を夏衣いかに薄さの今日まさるらむ
いかほのや伊香保の沼のいかにして戀しき人を今一目見む

『素性法師集』にはしかし、右のやうな有名かつ優美な歌も決して少くはない。

17

暮れぬべき春のかたみと思ひつつ花の雫《しづく》に濡れむ今宵は

藤原能宣《ふぢはらのよしのぶ》

花の下に寢臺を置かう
夜もすがら露の點滴《てんてき》を
壯年のこの胸にうけて
眠らう死の春の眠りを

零《ふ》るは露うすべにの露

花の下に目をみひらき
あけぼのをむかへよう
形見とはこの世に餞る
ただ一しづくのなみだ

「彌生のつごもりがたに雨の降る夜春の暮るるを惜しみて侍る心をよむに」といふ詞書がある。三月盡《やよひじん》、明日からは夏、この今日を限りの惜春歌は王朝詞華集に夥しく、春歌巻末はこの趣が濃く漂ふ。

この一首は詞書にとらはれないで、晩春の一夜花の下に佇《たたず》んでその雫に濡れよう、見過したこの春の夢、かずかずの想ひ出に耽りながらと、ふくらみのある解釋をした方が面白からう。三月末といへば現代の四月下旬、花もしひて言ふなら八重櫻か海棠《かいだう》、いくら春雨でもわざわざ濡れに出るなど醉狂と理詰めに考へれば作品世界は成り立たない。譯《やく》はさらに飛躍させて花下就眠の男を描いてみた。「花の雫に濡れむ・今宵は」の倒置法はそれを誘ふ趣がある。「いざ」と書き添へたいやうな心躍り、王朝和歌には稀な初初しさである。後世の「濡れて行かう」にしろこの雅びた醉狂と粋《いき》に繋がる心ばへではあるまいか。

能宣は大中臣《おほなかとみ》、神祇大副《じんぎのたいふ》祭主《さいしゆ》頼基《よりもと》の子、彼もその役職を繼いだ。坂上望城《さかのうへのもちき》、源順《みなもとのしたがふ》、紀時文《きのときぶみ》、清原元輔《きよはらのもとすけ》と共に後撰集撰者であり梨壺の五人と呼ばれる。伊勢大輔《いせのたいふ》(54)は孫、百人一首には「み垣守衛士のたく火の」を採られてゐるが、家集『能宣集』には「春のかたみ」の他に、貫之の作に酷似したものもまじへて、

濃紫匂へる藤の花ずりは水なき空に浪ぞ立ちける

時鳥寢覺にこゑを聞きしよりあやめも知らぬものをこそ思へ

燃ゆる火の中の契を夏蟲のいかにせしかば身にもかふらむ
霞だに絶えずありせば春來ぬと何をしるしに人のとはまし
今朝きけば澤の蛙も鳴きにけり春の暮にもなりぬべらなり
梅の花匂ふあたりの夕暮はあやなく人に過《あやま》たれつつ
よもすがら片燃えわたる蚊遣火に戀する人をよそへてぞみる
花散らば起きつつも見む常よりもさやけく照らせ春の夜の月

等等、至極のんびりした作品が目白押しに竝んでゐる。才智のひらめきよりは悠悠とした歌柄、人柄を偲べばよい歌人であり、これも大器の條件の一つではあらう。日影紋様の盃を賜つて「有明の心地こそすれ盃に日影も添ひて出でぬと思へば」と詠み御感《ぎよかん》を得たといふ逸話などもむしろこの歌人には卽かぬ感じであり、豫測、準備しての上の功と推察した方がほほゑましく愉しい。もつとも「さかづき」の杯《つき》に月をひびかせ日を重ねるくらゐの技法はありふれたものであり、西行が後後殊更に褒めねばならぬほどの手柄ではない。

18
咲く花に心をとめてかりがねの歸りわづらふ曙の聲

惟明親王《これあきらしんわう》

雁よさやうなら
空に道はかすみ
つくさぬこころ
夕櫻朧《はなむけ》の目ざし《まな》
花よさやうなら
咲いて明日散る
かなしみを分ち
うるむ雁の聲聲《こゑごゑ》

春、北を指して歸る雁に惜春の情を盡す歌は夥しい。たとへば新古今春歌上計九十八首の央《なか》ほどには歸雁を主題にした俊成、良經、定家らの六首の秀作が飾られてゐる。

聞く人ぞ涙は落つる歸る雁鳴きて行くなるあけぼのの空　俊成
歸る雁今はの心ありあけに月と花との名こそ惜しけれ　良經
霜まよふ空にしをれし雁がねの歸るつばさに春雨ぞ降る　定家

はそれぞれに見事であるが、殊に定家の歌には去年渡つて來た時霜に濡れた雁の羽に、今は春雨が降るといふ複雑な構成で、歸雁の歌の白眉として傳はるものだ。

惟明親王の歌は千五百番歌合の中のもので、盛りの櫻に心を殘しつつ歸る雁、しかも「歸りわづらふ」雁を描いてゐる。趣向も調べもなかなかのもので、新古今に採られた六首に優るとも劣らぬ作品である。私なら俊成を退けてこの一首を選ぶだらう。纏綿たる情は定家以上であり艶《えん》は良經と競ふばかりだ。特に「曙の聲」は絶妙の効果をもつ。これこそ新古今時代を代表する大膽な省略法の一典型、俊成の「鳴きて行くなるあけぼのの空」といふ下句十四音をわづか七音で言ひ盡しそれよりもなほうつくしい。うるみを帶びた聲が東雲の空から絶え絶えにひびいてくるのが如實に感じられる。

歌合の二百五十五番、左は顯昭《けんせう》の「つれづれの春日をいかでくらさまし心菫の花見ざりせば」で勿論右の惟明親王の勝となつてゐる。欲を言へば上句がやや説明調で助詞の「に、を」が煩はしく、もつと洗練されるべきであらうが下句の見事さはこれを十分補つてゐる。惟明親王は高倉帝第三皇子、歌合主催者後鳥羽院の異母兄、當時院は二十二歳、親王は二十三歳、ちなみに良經は三十四、定家は四十一であつた。歌合では左方の院に對して右方の筆頭、當然千五百番の第一番は左・女房、右・三宮《さんのみや》の番《つがひ》である。勝歌は他にも次のやうなものがある。

今日暮れぬいづくへ春の行きてまた伴ふ花を外に見すらむ
禊する河瀬にこよひおとづれてあくるを待たぬ秋の初風
ものや思ふ雲のはたての夕暮に天つ空なる初雁のこゑ
こがらしやいかに待ちみむ三輪の山つれなき杉の雪折の聲
さりともとつれなき人を松風の心砕くる秋のしら露

ただおそらく親王一代の作の中でも千五百番出詠の歌の中でも、この歸雁の一首を越えるものはなからう。四宮《しのみや》後鳥羽帝の後塵を拜した夭折の貴種、雁は彼自身であつた。

19

夕月夜《ゆふづくよ》潮《しほ》滿ち來らし難波江《なにはえ》のあしの若葉をこゆる白波

藤原秀能《ふぢはらのひでよし》

今こそ
たそがれの
心に潮は滿ちる
鶸色《ひはいろ》の蘆の芽立ちを
さやさやと浸すさざなみ
かなしみは彼方にしのびより
難波江の月はゆらにさしのぼる

後鳥羽院主催元久詩歌合の砌の作で、これも院の代表作「夕べは秋となに思ひけむ」と同じく「水郷春望」の題であつた。合された詩は行長の「楊柳一村江縣綠　烟霞萬里水郷春」でこれは至極常凡の作と言ふ他はない。黄昏、滿潮時の入江の景、人は一方に一瞬萬葉集巻六、山部赤人の「若の浦に潮滿ち來れば潟を無み葦邊をさして鶴《たづ》鳴き渡る」を思ひ起すだらう。時間、空間は景の中で親しく闘りあひながら詩的世界には歴然たる隔りがある。赤人の歌は寫實的囑目詠、秀能の歌は題詠觀念的作品などと言ふ從來の紋切型の解釋を私は採らない。いづれも創作であるかも知れず、またその逆であつても一向に構ふことはない。かつまた見方によれば赤人の作も十分に象徴的であり秀能の歌も實にリアルな表現と言ふこともできよう。歴然たる對照をなすのは一に作者の美學であり、その美學を成立させる時代であつた。

「あしの若葉をこゆる白波」。このかなしいまでに微細な描寫、白綠《びやくろく》の繪具で蘆の若葉、さざなみの一片一片を丹念に塗り上げその上に雲母《きら》を撒いたやうな一首の照り翳り。この一首の味は決して新古今の典型などと言ふものではなく、むしろ金葉集の詠風に近からう。冷やかに纖細にシンメトリカルに工夫按排された言葉のひびき。それは詩歌の中にだけは全き美を遺し、蘇らせ、創り上げたいと冀ふ王朝末期の貴族の悲願のあらはれでもあつたらう。赤人の「潮滿ち來れば」の強い斷定と、秀能の「潮滿ち來らし」のあえかな推量にも、各の生そのものへの自信と懷疑がにほふ。藤原秀能は後鳥羽院の寵もつとも深かつた北面の武士、一時後鳥羽院政を掌握した奸雄土御門《つちみかど》内大臣《ないだいじん》源《みなもとの》通親《みちちか》に仕へた。通親歿後は院に親近、歌人として新古今歌界に活躍したが、一方承久の亂では院方の大将軍となつて奮戰し、戰敗れて出家、如願法師と名告《なの》つた。隱岐の院とも消息を絶やさなかつた稀なる士の一人、遠島歌合にも家隆等と共に名を連ねてゐる。新古今には十七首入撰、

風吹けばよそになるみのかたおもひおもはぬ波に鳴く千鳥かな
山ざとの風すさまじき夕暮に木の葉みだれてものぞかなしき
草枕夕べの空を人とはば鳴きても告げよ初雁のこゑ
人ぞ憂きたのめぬ月はめぐりきて昔忘れぬ蓬生のやど
明石潟色なき人の袖も見よすずろに月も宿るものかは
月澄めば四方の浮雲空に消えてみ山がくれに行く嵐かな

後鳥羽院は彼の作を晴の場所へ出た際格別に引立つと褒め、定家が惡口を言つたことに憤懣の意を表す。新古今成立の年院は二十六、秀能二十二。なほまた彼の養子醫王丸《ゐわうまる》も院の寵童であり隱岐遷行に従ひ、崩御の後御骨を京に持歸つた。

20 満つ潮にかくれぬ沖の離れ石霞にしづむ春のあけぼの

源《みなもとの》 仲綱《なかつな》

潮には隠れなくとも
かすみに消える石
灰に匿されても
闇に紛れぬ燠《おき》
春あかとき
私の心は
しづむ
愁ひ
に

沖の石は陸を離れて孤立し満潮時にも隠れることはない。だが明方の濃い春霞がたちこめればその中に沈んで見えなくなる。歌の表の意味は單純であるが新古今調の三句切體言止の韻律にのると嫋嫋《でうでう》とした哀感を喚り、心の中の鬱屈を風景に托した趣も生ずる。仲綱は源三位賴政（13）の息子、二條院讃岐（89）の十五歳上の兄であつた。

この歌は治承三1179年神無月十八日、時の右大臣九條家の主兼實《かねざね》邸で催された歌合に寂蓮と番《つが》はされて右、左は「たちかへり來る年なみや越えぬらむ霞かかれる末の松山」で持《ぢ》になつてゐる。右方十人の中には父賴政も加はり、仲綱は他にも主催者兼實との三十番に「ふけにけるわがよのほどは元結《もとゆひ》の霜を見てこそおどろかれけれ」を見せこれも持、「元結の霜」、さもあらう。彼はこの時五十四歳、ちなみに賴政は七十五歳、これより半歳の後翌治承四年五月の末近く父子ともどもに宇治平等院で敗死するのだ。歌人としては今生の名殘の歌合であり歌はいづれも辭世の思ひをも籠めてゐたらう。

その經緯を一方におくなら仲綱の沖の石の優雅な調べにも、おのづから武人の忍びに忍んだ五十年の嘆きがさし添はう。沖の石、「沖の石の讃岐」と異名をとつた彼女の作は「寄石戀《いしによするこひ》」、千載集に採られやや言葉を變へて百人一首にも加へられてゐる。兄妹の離れ石のいづれが先かは問ふまい。まさに兄妹相聞、腥い戰亂の世の武者が一期の果てをまぢかに、歌に心をつくす風雅の悲愴は心を搏つものがある。この歌合の右方にはなほ二人に連つて仲綱には從妹にあたる丹後の名も見える。兼實の娘任子《にんし》宜《ぎ》秋門院《しうもんゐん》に仕へてゐた。

おもひ寝の夢になぐさむ戀なれば逢はねど暮の空ぞ待たるる

は俊成との番《つがひ》で持《ぢ》。ちなみにこの歌合は兼實邸で行はれたものの中、俊成判として現存する唯一の記録である。六條清輔在世中は九條家から召される機會もなかつた俊成は、この歌合の前年からやつと出入を許される。歌合は左右各十人。各十首計二百首の中から秀歌を選んで番へた亂番撰歌合であつた。

彼は既往の清輔判と明らかに一線を劃し、理念とする象徴技法に則《のつと》つて、獨自の判を見せる。寂蓮對仲綱の番については、末の松山は姿も詞もよいが面白さが常套を脱してゐない。仲綱の歌は著想にも修辭にも才氣は見られるが「離れ石」に見所があるとは思はないと評してゐる。見解の相違であらう。定家はこの年まだ十八歳、『明月記』に「紅旗征戎《こうきせいじゆう》云云」を記すのは翌年のことであり、平氏が壇浦に亡びるのは六年後のことであつた。「霞にしづむ」とは、思へば涙に沈むの謂であり、沖の石こそ仲綱自身ではなかつたらうか。

21

暮れてゆく春のみなとは知らねども霞に落つる宇治の柴船《しばぶね》

寂蓮法師《じゃくれんほふし》

身は
春の波止場にやすらふ
やすらはぬ水の流れにゆだね
落ちてゆくたましひの
帆よ
ここが果てと誰か言ふ
霞む目の彼方には浮ぶ補陀落《ふだらく》
見ぬ世に誘ふ眞晝間の
浮舟

王朝暮春の歌の中でも屈指の秀作であり、寂蓮一代の最高作と言ってもよからう。私は彼の千五百番歌合百首の中の、

思ひ立つ鳥は古巣も頼むらむ馴れぬる花のあとの夕暮
散りにけりあはれうらみの誰なれば花のあととふ春の山風
夏もなほ草にやつるるふるさとに秋をかけたる荻の上風
たれかまた千千におもひを砕きても秋のこころに秋の夕暮

を好み、いづれを採らうかと迷ひながらつひにこの一首に決めた。高名な三夕の、

さびしさはその色としもなかりけり槇立つ山の秋の夕暮

はさほどの名作とも思はない。

掲出歌も亦一種の屛風繪である。建仁元1201年老若五十首歌合の中のもので作者は當時六十歳くらゐであらう。大景の水墨畫、仄かに朱と青を刷き一面の春霞に煙る山野、左上部から右下面にかけて一刷《ひとは》毛《け》の流水、そこに一點の柴船と芥子粒ほどの舟人。鄙びた、枯淡な畫面の裏側から大鼓《おほかは》の音がひびいてくるのを幻覺する。歌意は平明であるが言葉の潔い

省略法、うねりのある韻律の活殺法、まさに新古今歌風の典型と言へるだらう。「春の湊」「霞に落つる」など破墨《はぼく》の滲みとかすれそのままの効果である。本歌は貫之の「年毎にもみぢ葉流す立田がは湊や秋のとまりなるらむ」とする説もあるが、これは單に發想の一部を寫したに過ぎず、「春の湊」なる造語の新しさは本歌も霞んでしまはう。「知らねども」のことわりも一見小うるさいが、そのうるささが一首の中の緩徐調《アダジオ》を生み、ゆるやかな春の大河の流れを描き出すのだ。寂蓮は微妙纖細な技巧派《テクニシャン》である。三夕の「その色としも」にしても「馴れぬる花のあとの夕暮」にしても、定家さへ及ばぬやうな配慮のあとが見え、枯れてゐてしかも艶、艶をふくみつつ限りなく寂しい。

寂蓮は俊成（40）の甥であつた。始め和歌の名門を繼がせるため俊成は秀才の彼を養子として迎へるが、後實子定家の誕生を見る。定家の駿足ぶりが明らかになる頃寂蓮は出家する。理由はさだかではないが一つは身を要なきものとして、後繼者の位置を定家に讓りたかつたのだらう。養父俊成、義弟定家と竝んで彼の作品は新古今の華であり、そのひそかな翳とうるみは性格の反映とも言へよう。「鳥は古巣も頼むらむ」の「古巣」にもその情は滲み、「馴れぬる花のあとの夕暮」につくす人の世のあはれは胸に沁む。世はつねに「あとの夕暮」であつた。

22 あすよりは志賀の花園まれにだにたれかはとはむ春のふるさと

藤原良經《ふぢはらのよしつね》

明日があるにしても
私には訪れない
たづねる人はたれ
くれなゐ淡く
かなしみにほふ
志賀の花園

新古今春の掉尾《たうび》を飾る攝政太政大臣後京極良經の傑作である。この歌は正治二1200年院初度百首中のものであるからこの天才貴公子は三十二歳、歌を召した後鳥羽院二十一歳。良經は五年後新古今假名序を草する。院に代っての堂堂たるマニフェストであり、「みちにふけるおもひふかくしてのちのあざけりをかへりみざるなるべし」の條など、院御製自撰に關はることわりを超えて凛然たるひびきを傳へる。良經はこの翌年三月七日、存念の曲水宴を前に突如死亡する。天井から槍で刺し殺されたといふ奇怪な説もあり、兄良通二十二歳の急死とも併せて夭折の系譜との見解もあり、眞相は不明である。

彌生も末、明日からは卯月、夏。今日を限りの春を咲き匂ふ殘りの花、その花園名所志賀を訪ふ人もあるまいとの意であるが、流麗典雅な調べはきりつとした抑揚を伴つて歌意をはるかに見下すかの趣を呈する。「あすよりは」の冒頭五音のさはやかさ、「まれにだに」の寂びた勁さ、「たれかはとはむ」の高音の清清《すがすが》しさ、「春のふるさと」の潔い造語感覺、それらが渾然として一首の美を釀し出す。天來の妙音と言ふべきだらう。

新古今春劈頭の一首も亦良經の作「み吉野は山も霞みて白雪のふりにし里に春は來にけり」であつた。立春の歌であり雪と霞、山と里、冬籠りと春の微妙な對比錯綜はさすがであるが彼の作品中目立つものではない。ただ春歌が良經に始まつて良經に終るところ、後鳥羽院がいかにこの貴種を愛し重んじたかが察せられよう。家集『秋篠月清集《あきしのげつせいしふ》』にはこれらを含めて甲乙を辨じがたい數數の秀作がきらめいてゐる。技巧を盡しながら魂を刺すばかりの悲しみを徹《とほ》し、しかもあたりを拂ふばかりの氣品をもつ佳品絶唱、彼は定家と共に新古今の最高峰であり、現代においても再評價され賞讃をほしいままにされてよい歌人である。

手にならす夏の扇と思へどもただ秋風のすみかなりけり　六百番歌合
はかなしや荒れたる宿のうたたねに稲妻かよふ手枕《たまくら》の露　同
忘れずよほのぼの人を三島江のたそがれなりし蘆のまよひに　同
戀しとは便りにつけて言ひやりき年は還りぬ人は歸らず　同
冬の夢のおどろきはつる曙に春のうつつはまづ見ゆるかな　西隱洞士百首
秋風のむらさきくだく草むらに時うしなへる袖ぞつゆけき　同
嵐吹く空にみだるる雪の夜に氷ぞむすぶ夢はむすばず　千五百番歌合
三島江やしげりはてぬる蘆の根の一夜は春をへだて來にけり　同

たとへばこれらの一語一句にも非命の青年歌人のすさまじい詩魂はまざまざと見える。私の最愛の歌人の一人である。

23

わびぬれば身をうきくさのねを絶えて誘ふ水あらばいなむとぞ思ふ

小《を》野《の》小《こ》町《まち》

行かう
ゆかうと
誘ひ水がささやく
ゆくな
行くなと
堰《せ》きとめるひとは
ゐない
いつかは
うきくさ根無し草
うかび
うつろふ
夜のみづの上の花

『古今集』雑歌《ざふか》、「文屋康秀《ふんやのやすひで》が三河《みかは》の掾《ぞう》になりて縣見《あがたみ》には得出《えい》で立たじやと云ひやりける返事によめる」と詞書があり、小町の代表作として高名な一首である。「わびぬれば」は心身共に弱り零落したからの意。自分の境遇をやや誇張しかすかな自嘲をも籠めた含みのある常套用語で、王朝の歌に頻出する。さういふ身の上だから誘はれればどこへなりとお伴しようと應へてゐるのだが、人の身を萍《うきくさ》に世を水の流れになぞらへて、さだめない女《によ》身《しん》のあはれを巧に表現してゐる。すべてあなたまかせ、思ひ煩うたとて短い後半生、なるやうにしかならぬといふいささか懶《ものう》くなげやりな心の相《すがた》が、傳説の佳人小町のイメージに重なりあひ、『古今集』序の「哀れなるやうにて強からず、言はばよき女《をうな》の惱める所あるに似たり」とも符節を合はす。六歌仙中の花であり百人一首の「花の色は移りにけりな」以外にも、

うたた寝に戀しき人を見てしより夢てふものは頼み初めてき
思ひつつぬればや人の見えつらむ夢と知りせば覺めざらましを
ともすればあだなる風に漣《さざなみ》のなびくてふごとわがなびけとや
はかなしやわが身の果よ淺緑野べに靆《たなび》く霞と思へば
やよや待て山ほととぎす言づてむわれ世の中に住みわびぬとよ
色見えでうつろふものは世の中の人の心の花にぞありける

夢路には足も休まず通へどもうつつに一目見しことはあらず
百草《ももくさ》の花の紐とく秋の野に思ひたはれむ人な咎めそ
戀ひわびぬしばしも寢ばや夢のうちに見ゆれば逢ひぬ見ねば忘れぬ
有るは無く無きは數そふ世の中にあはれいづれの日まで歎かむ
はかなくて雲となりぬるものならば霞まむ空をあはれとは見よ
世の中は夢かうつつかうつつとも夢とも知らず有りて無ければ

等、情を盡しつつ理に落ちずのびやかに歌ひ流した秀作が數多傳へられるがすべて後世の他撰である。小町は業平と共に閨秀歌人ひいては女性の理想像として永く人の心に生きて來た幻像であつた。「通ひ小町」「草子洗《さうしあらひ》小町」「卒都婆《そとば》小町」「關寺小町」等世阿彌《ぜあみ》、觀阿《くわんあ》彌《み》作の三、四番目能にも彼女の數奇な人生は織込まれ實在の人物以上に親しい。仄かな媚を湛へた纒綿たる調べ、熱を帶びた告白體、女歌の原型の一つとして、また和歌そのもののさはやかな源流として亡びることはないだらう。文屋康秀も亦生歿年不詳、小町が答通り三河に同行したか否かも傳はらない。

24 君戀ふと消えこそわたれ山河《やまがは》に渦まく水の水泡《みなわ》ならねど

平兼盛《たひらのかねもり》

君見ぬ日日の
身はみづの泡
消えてゆかう
山には渦まく
やまがはの淵
うつつに夢に
うたかたの戀

人の世を水の流れにたぐへるのは萬葉の序詞以來今日にいたるまで飽くことなく繰返されてきた修辭の代表である。さらにまた流れに浮ぶ泡沫《うたかた》は露よりも儚い命と心を現すものとして用例はおびただしく、鴨長明の『方丈記《はうぢやうき》』冒頭など文章におけるその表現の典型だらう。

『兼盛集』は二百首餘を傳へるが戀歌が多い。相手は「女」とあるのみで却つて歌は普遍性をもち、たとへば、

人知れず逢ふを待つ間に戀ひ死なば何に代へたる命とかいはむ
春霞たなびく空は人知れずわが身よりたつ煙《けぶり》なりけり
石間《いはま》より出づる泉ぞむせぶなる昔を戀ふる聲にやあるらむ
わが戀にたぐへてやりし魂の返りごと待つほどの久しさ
戀しとは何をか言はむ岩波に類《たぐ》ふ水泡の消えぬばかりを
君戀ふる心の空は天の川かひなくて行く月日なりけり
天の川かはべの霧の中分けてほのかに見えし月の戀しさ

など讀み飽きたやうな誇張表現の中に戀もしくは戀歌に命を賭けた兼盛の心ばへが見える。戀、遂げられぬ戀のために焦《こが》れ死にするといふ深刻な求愛の文句だが「こそ」の強勢

の他に泡沫もただの泡沫ではなく「山河に渦巻く水」の泡沫だと大變な道具立で、それがまた「言ひ初めていと久しうなりにける人に」の詞書に卽しても、戀の奴となつて悶える男の荒模様を躍如とさせる。下手をすれば空疎極まる隱喩になるところである。

彼は忍戀《しのぶるこひ》の歌の名手だつたと見え例の「忍ぶれど色に出でにけりわが戀は」も天德四960年清涼殿《せいりやうでん》の歌合で壬生忠見《みふのただみ》（47）の「戀すてふわが名はまだきたちにけり」に勝つてゐる。この一番《ひとつがひ》は古來名高く兼盛は勝と知つて他の歌の首尾も聞かず雀躍《じやくやく》して退出したとか、逆に終日衣冠を正して禁裡《きんり》詰所《つめしよ》に畏つてゐたとか、あるいは負となつた忠見は落膽失望のするゐために病を得て死んだとかさまざまな傳說を生んでゐる。歌合出席がいかに晴の舞臺であり、歌の勝負にいかほど作者がその存在を賭けたかを偲ぶに足りよう。左右の技倆ほぼ同等の歌ながらいづれもさしたる秀歌とは思へない。原因、結果を倒敍した條件法の修辭で同工異曲、同じ時の藤原朝忠の勝歌「逢ふことの絶えてしなくばなかなかに」にしても平凡である。「君戀ふと消えこそわたれ」。この大上段に振りかぶつた直情、忍戀といひながら暗鬱悲愴な思ひ入れがなく、いかにも王朝男歌《をとこうた》といふひびきの高さが好ましい。赤染衞門は彼の別れた妻の子とも傳へる。

25
かげろふの仄見《ほのみ》し人の戀しさにあるにもあらず戀ひぞ消《け》ぬべき
祐子内親王家紀伊《いうしないしんわうけのきい》

私の見たのはかすかなまゆ
否《いいえ》、あれは過ぎゆく戀の翳
かけじや袖の……
水かげろふうすばかげろふ
皆、死の國の愛のゆふかげ

泡沫よりもなほ儚い心と命と世界の象徴、それは「かげろふ」であつた。陽炎、蜉蝣いづれもこれであるが陽炎《かげろふ》は天然現象、蜉蝣《かげろふ》は昆蟲、なほ陽炎は絲遊《いとう》とも言はれる。『蜻蛉《かげろふの》日記《につき》』の蜻蛉はとんぼの異稱であつて蜉蝣とは異る。古歌には假名書であらはれる場合が多く前後の詞を熟慮しないと判別に苦しむこともある。紀伊の歌は陽炎と解すべきであらう。ゆらゆらと立昇る陽炎のやうに、あるいは陽炎の彼方に、定かならぬ人の面影を見、一目の戀に陷つてしまつた。恐らくは相手にも氣づかれぬ片戀であり、さらにその相手も亦同時に片戀と思つて身を細らせてゐるケースを想定すると一入《ひとしほ》趣がある。忍戀どころではない。愛し合ひながら遂げられぬ戀よりもさらに切なからう。

『祐子内親王家紀伊集』では「逢ひて逢はぬ戀」の題が附されてゐる。左京權大夫《さきやうごんのだいぶ》すなはち源俊頼(58)の主催した百首歌の中のもので珍しい題であるが、當時の歌合には散見する。却つて六百番歌合戀五十題には見えない。兼盛の歌も戀と死の背中合せになつたややパセティックなものだが、紀伊の作は祕めた戀のつらさに堪へず、しかもそれを告げるすべもなく、否告げるくらゐならむしろ死を選ぶといふ決意、縷縷とした悲しみがおのづから滲《にじ》んでゐる。この歌のかげろふは單に「仄見し」にかかるばかりでなく一首全體の、そして作者の心を象徴するものだ。百人一首の「音に聞く高師の濱のあだ浪は」も技巧の勝つた歌で、これは康和四1102年堀河院艷書歌合の中のもの。但し左右番《つがひ》で勝負を決する形式は踏まず男女の贈答歌が順を逐つて繰展げられる。彼女のは藤原俊忠の「人知れぬ思ひ荒《あり》磯《そ》の濱風に波のよるこそ言はまほしけれ」への返歌である。この歌合には俊頼、周防内侍《すはうのないし》等も名を連ねる。後朱雀《ごすざく》天皇第一皇女祐子内親王に仕へ敕撰集には一宮紀伊《いちのみやのきい》の名前でも數多採られてゐる。左京權大夫百首歌には、

人知れぬ戀には身をもえぞ投げぬ留《とど》まらむ名をせめて思へば
置く露もしづこころなく秋風にみだれて咲ける小野の萩原
たのめおきしほどふるままに小夜衣うら悲しかる槌の音かな
置く霜は忍の妻にあらねどもあしたわびしく消え返るらむ
かきくらしにはかにもふる霰かな深山おろしの風にたぐひて
白雪の降りしきぬれば苔むしろ青根が嶺も見えずなりゆく

等が記憶に殘る。「人知れぬ」の一首は「逢ひて逢はぬ戀」とは顚倒矛盾する內容だが、あくまで創作する才氣を愛《め》でればよく、この歌の方が眞實に近からう。

26

戀ひわびてながむる空の浮雲やわが下燃え《したも》の煙《けぶり》なるらむ

周防内侍《すはうのないし》

雲、あれは天の火が雨に消されて
ただよふ煙。戀、それは私の心の
焰。ひもすがら熱い涙はしたたり
燻《くゆ》るこの胸。戀、いづれ愛の亡骸

寛治七1093年五月五日端午の節句、郁芳門院《いくはうもんゐん》主催、父、白河上皇臨御の菖蒲根合《あやめねあはせ》の折の歌である。根合は左右に別れた両組が互に隠し持つた菖蒲の根の長さを競ひ合ふ遊戯であるが、これと竝行して歌合も行はれた。過差《くわさ》榮耀《えいえう》を盡すかやうな催事に白河院は改革を志した趣であるが、それでもなほ當日院は左方に命じて銀《しろがね》造りの菖蒲の根を用意させたりしてゐるのだから、それまでの豪奢華麗は想像に餘らう。題は菖蒲、時鳥《ほととぎす》、五月雨《さみだれ》と季節にちなみ四番が祝五番が戀。周防内侍は藤原通宗《ふぢはらのみちむね》の女《むすめ》大貳との番《つがひ》で右、勝負無しとなつてゐるが大貳の歌は「衣手は涙に濡れぬくれなゐの八しほは戀の染むるなりけり」であり、誰が見ても周防内侍の勝は明らかかと思はれる。それかあらぬか彼女はこの作によつて「下燃の内侍」と呼ばれたといふ逸話も殘つてゐる。

王朝の歌に現れる雲はほとんど死者を葬つた煙と同意であり、たとへば定家の「夕暮はいづれの雲のなごりとて花橘《はなたちばな》に風の吹くらむ」など慣用の末の美的結晶だが、ここでは戀ひ焦《こが》れる心の煙としてとらへられてゐる。一方を意識下に置くなら歌は微かな暗さを伴ひ迫るやうな情感も生れるだらう。「戀ひわびて」と「下燃えの煙」はいづれも戀に悩む心情の表現でかなりくどい構成であるが、それがまた一首に女性特有の潤ひとうねりを持たせ、浮雲は雨を含みつつ作者の胸中にさまよふ感がある。

周防内侍は生歿年共に不詳であるが周防守《すはうのかみ》平繼仲《たひらのつぎなか》の女《むすめ》、後冷泉《ごれいぜい》、後三條、白河、堀河四代の宮廷に内侍として仕へ後拾遺以後の各敕撰集に三十數首入撰の才媛、宮仕への長期と歌の上手では後年の小侍従（10）と比肩されよう。「下燃」は家集、金葉集他數數の書に入集、引用されて高名であり、後後、新古今戀二の巻頭を飾つた俊成卿女の秀作も亦きはやかな餘響と言へよう。百人一首、「春の夜の夢ばかりなる手枕に」の才走つた即妙の返歌をはるかに凌ぐ深い味はひがある。新古今に採られた哀傷歌、

　あさぢ原はかなくおきし草のうへの露を形見とおもひかけきや

も白河院中宮賢子の夭逝を悼んだ作として心に殘る。彼女の家は建久1190～の頃まで冷泉のあたりに朽ち殘つてゐたらしく、

　住みわびてわれさへ軒の忍草しのぶかたがたしげき宿かな

の歌が傳へられてゐる。長明は『無名抄』にそれを記し、また西行も山家集に「古へはついゐし宿もあるものを何をか忍ぶしるしにはせむ」と歌ひ殘してゐる。

27
いなづまは照らさぬよひもなかりけりいづらほのかに見えし陽炎《かげろふ》
相模《さがみ》

目を瞑《つむ》つても
夜ごとの電光に
心の底を照される
その刹那刹那の怖れ
人はいまはるかに
消えるなるかみ
悲しみの陰郎《かげらう》

稲妻も亦儚いものの代名詞であるが、當然霞、露、陽炎とは趣を異にして一種の凄じさがさし添ふ。夜毎にはためく稲光《いなびかり》、その閃光《せんくわう》を見るにつけてもあの眞晝の仄かな陽炎はどこに消えたのか、心にかかるといふ一見は自然を詠じた歌であるが、この陽炎が晝間よそながら見た人、愛人を意味してゐるのは明らかだ。ただその譬喩《ひゆ》におほよその戀歌のやうな思はせぶりがない。心の闇に雷光が一瞬鋭い光を投げ、ややあつて微かに陽炎が漂ひ、また黑暗に還る。その沈默の底に極く控へ目に作者の思慕がうかがはれるところにこの一首の持味があらう。『拾遺集』の「夢よりもはかなきものは陽炎のほのかに見えし影にぞありける」といふ戀の部の作を本歌とする說もあるが、相模の稲妻は格段の新しさをもつ。新古今にも戀歌として入撰、秀歌の多い相模集の中でも出色のものである。

三十六歌仙の一人であり、

神無月しぐるる頃もいかなれや空に過ぎにし秋の宮人
聞かでただ寢なましものを時鳥《ほととぎす》なかなかなりや夜半の一こゑ
いかにせむ葛のうら吹く秋風に下葉の露のかくれなき身を
わが袖を秋の草葉にくらべばやいづれか露のおきはまさると
いつとなく心空なるわが戀やふじの高嶺にかかるしらくも
あやめにもあらぬ眞菰を引きかけし假の夜殿の忘られぬかな

荒かりし風の後より絶えぬるはくもでにすがく絲にやあるらむ

等、四季、戀、哀傷のいづれにもひびき高く技巧の勝つた歌が見られる。百人一首の「恨みわびほさぬ袖だに」は歌合の勝歌であるがむしろ平凡でありひびきも低い。

祐子内親王家紀伊、周防内侍よりやや早く、伊勢大輔とはほぼ同時期に宮廷でその歌才を謳はれてゐる。共に後朱雀《ごすざく》、後冷泉二代の華やかな歌合の數數に名を連ね、特に永承五1050年女御延子《にょうごえんし》歌繪合《うたゑあはせ》は源氏物語「繪合」さながらの新趣向で、歌と繪の二つの心が見事に重なるか逆に離れるかに賭けたものである。鶴、卯花《うのはな》、月等の題で相模は「宿毎に變らぬものは山の端の月を眺むる心なりけり」で稱讚を得てゐるが繪との照應交感が傑れてゐたのだらう。歌は陳腐だ。相模守源頼光の女と言はれるがやはり生歿年不詳。夫大江公資《おほえのきんすけ》も歌人であり、琴瑟《きんしつ》相和する二重唱のさまを妬まれ、ために公資が失脚したとの逸話も殘つてゐる。『相模集』のうつくしい戀歌が誰に宛てたものかは穿鑿《せんさく》のすべもなく、またその要もさらさら無い。

28
世のつねの松風ならばいかばかりあかぬ調べに音もかはさまし
建禮門院右京大夫《けんれいもんゐんうきやうのだいぶ》

琴弾くは
殊に獨《ひとり》の
戀すてふ
心を盡し
響かざる
人を松風
祕め事の
晝も夕闇

『建禮門院右京大夫集』巻頭に近く、琵琶の名手西園寺實宗《さねむね》が中宮《ちゅうぐう》のお傍へ彈奏に伺ひ、何かと言へば右京大夫に伴奏の琴を所望する插話が見える。彼女は私などが彈いては興冷めなことにならうと謙遜してなかなか應じない。實宗は、

松風のひびきも添へぬ獨琴《ひとりごと》はさのみつれなき音をやつくさむ

とある時書いてよこした。掲出歌はこれに對する返事であり、二首一對となつて纖細なひびきを奏でる。譯は主として實宗の心を傳へ、これに右京大夫の悲戀を匂はせて歌集一巻の主題にたぐへてみた。松風は勿論琴の音の譬喩、たとへば齋宮《いつきのみやの》女御《にょうご》徽《き》子《し》(53)の、

琴の音に峰の松風通ふらしいづれのをよりしらべそめけむ

其他例は漢詩にも少くない。右京大夫の歌は、人竝な技倆の琴ならいかにも心ゆくばかり貴方の琵琶に和して彈くでせうにと言つてゐるのだが、その底には常ならぬ世の、人の身のあはれ、會者定離の掟、悲運の豫兆もそれとなく漂つてゐるだらう。清盛の二女徳子、壇浦にその子安德天皇を抱いて入水《じゅすい》、救はれて京に遷《かへ》り寂光院に籠るまでの顚末は史書、物語に詳しく王朝悲史の最高音部としてさまざまに語り繼がれてゐる。右京大夫は徳子建

禮門院に仕へ重盛の子資盛《すけもり》の愛人であつた。家集は青春の頃の華やかな宮廷生活の回想、資盛との逢初を前半の中心に、後半は平家一門の沒落、一門をめぐる人人の流亡逃散のさまを描き盡し萬斛《ばんこく》の涙を湛へてゐる。日記、物語風に構成した詞書は歌を淩ぐかに達意のもので、定家の姉健壽御前《けんじゆごぜん》の日記『たまきはる』と雙璧をなす。彼女の母夕霧は聞えた琴の名手、實宗も右京大夫の手練を承知しての所望であつたらう。また行成の裔世《せ》尊寺《そんじ》家の生れで、父伊行《これゆき》の著『夜鶴庭訓抄《やかくていきんせう》』は 箏《さうのこと》 と書の祕傳書であり、源氏物語についても權威と言はれた人、右京大夫がそれらの蘊蓄を一身に享けてゐたことは疑ふべくもない。

　夕日うつる梢の色のしぐるるに心もやがてかきくらすかな
　ものおもへば心の春も知らぬ身になに鶯の告げに來つらむ
　をりをりのその笛竹の音絶えてすさびしことの行方知られず

家集から數歌を抄することは、彼女の場合特に至難であるが、これらにも流麗な調べと溢れるかなしみの一端は察し得るだらう。

29
惑はずなくららの花の暗き夜にわれも靆《たなび》け燃えむ煙《けぶり》は

藤原顕綱《ふぢはらのあきつな》

クララ
心惑ふ
暗闇の
戀人よ
火の薫《かをり》
クララ
中空に
靡け煙

『讃岐入道集《さぬきのにふだうしふ》』には「百和香《はくわかう》にくららの花を加ふとて詠《よ》める」の詞書がある。百和香は古今集物名歌《ぶつめいか》にも、

花ごとに飽かず散らしし風なればいくそばくわがうしとかは思ふ

と詠みこまれてゐるやうに種種の芳香植物などを混合して練上げた薫香である。當時既に蘭奢待《らんじやたい》なる銘を持つ伽羅《きやら》、あるいは沈香《ぢんかう》が秘藏重用されてをり、これに白檀《びやくだん》、丁子《ちやうじ》、桂《けい》皮《ひ》、没薬《もつやく》などを粉末にして蜜や蠟で固め、空薫物《そらだきもの》と稱してゐる。薫物合《たきものあはせ》は香料原材配合の微妙な差異を聴き比べる遊びであり、百和香もそのやうな雅びを背景にしてゐよう。「くらら」は苦參《くらら》、草槐《くさゑんじゆ》。槐やアカシアの弟妹種であり荳科《まめくわ》獨特の蝶形花を初夏に開く。漢方では健胃、治癰《ちよう》、治瘡疹《ちさうしん》劑、別段芳香を放つ木でもないし、また花も強烈な匂をもつてはゐないが、あるいはその名の面白さで百の一つに加へられたのではあるまいか。

「惑はずなくららの花の暗き夜に」も當然音韻の奇異なひびきが意識的に採入れられてゐる。王朝の歌の中でも珍しい素材であり私は寡聞《くわぶん》にしてこれ以外は知らぬ。入道藤原顯綱は趣向を凝らす歌人でこの他には阿古陀瓜《あこだうり》を貰つたのでその一つに書きつけて送つた歌とか、十三夜月が曇つてゐるのを明月だと言ひ張る人に與へた歌の返しとか、蘇枋色《すはういろ》の小貝を示して忘貝《わすれがひ》かどうかと尋ねられた時の應へとか、歌よりも詞書の方がはるかに面白いも

のもある。その中でも「くらら」は抜群に調子も高く戀歌と言つても差支へないくらゐ情熱的な詠風である。下燃の煙は焦《こが》れる胸の焔、上句のやや頽廢的なうつくしさと呼應して新古今の妖艶以上にどろりとした香と色を感じさせ珍重すべき一首だ。

紀の國やしららの濱の知りせねばことわりなりや和歌のうらみは
年積みて蜑《あま》の住むらむあさくらの里のみるめを刈りてわがみむ
涙河あけても見せむ玉くしげ浦島の子が心ゆるさば
榊葉のささでも深く思ひしを神をばかけてかこたざらなむ
引きかくる妻ならねばぞ菖蒲草忘れぬにしも分きて生ふらむ

これらいづれも押韻や詞の交錯の面白さを狙つてはゐるが、百和香くららを越える作はない。堀河帝の發病から崩御《ほうぎよ》まで、鳥羽帝の卽位から大嘗會《だいじやうゑ》まで1107～1108を克明に綴つた『讃岐典侍日記《さぬきのすけのにつき》』の作者は顯綱の長女、死の顚末の記錄者の父と思へば歌集の屈折した詞書も苦參の花も一段と面白からう。

30

つきくさにすれる衣の朝露にかへるけささへ戀しきやなぞ

藤原基俊《ふぢはらのもととし》

朝《あした》の風に託《ことづ》けよう
ぼくの縹《はなだ》の夏服に
散る一しづくの露
たづねた昨夜《ゆふべ》より
別れ一とき一入《ひとしほ》に
きみがいとしいと

縹《はなだ》、花色は鴨跖草《つきくさ》の花を絞つて染めた色の名である。現代では露草と呼びなれてゐる野草のあの鮮かな群青も布帛《ふはく》を染めればくすんだ淡藍、しかも他の植物性染料と同じく陽光にあへば褪《さ》め易い。月草摺《つきくさずり》、萩摺《はぎずり》、子水葱摺《こなぎずり》、山藍摺《やまあゐずり》と王朝の色目の華やかさは名ばかり、その儚さは花の風情と共に歌心を唆る。

この歌は康和二1100年四月源國信《みなもとのくにざね》(38)主催の歌合、戀五題の中の後朝《きぬぎぬ》に名手俊頼と番《つがひ》になり負と判された。當日の歌合左右各四人、女性をまじへず、そのかみの絢爛たる儀式、遊戯の要素は一切拂拭され、保守の代表基俊、革新の旗手俊頼を中心に一首づつ是非について激論を戰はせてゐる。判者《はんじや》は俊頼であるが一座の中では基俊がもつとも門地の高い貴人、ややエクセントリックな學究肌の歌人なので發言も峻烈を極めることがある。歌合後その判詞、論議を不滿として左方の阿闍梨《あじやり》隆源《りゆうげん》が陳狀《ちんじやう》を草してをり基俊は漢文の戲評を記してゐる。歌合が遊宴から創作・討議の場に變つた最初の重要な記念とも言へよう。左、俊頼の後朝は「契《ちぎり》ありてわたりそめなばすみだ川かへらぬ水のこころともがな」で一向に秀歌とも思へない。題の後朝の心は基俊の歌にこそくきやかに現れてゐる。俊頼はこの歌の「朝露」の朝と「今朝」の朝及び一、三句の終が共に助詞「に」であることを非難して負としたのだが、時や季の重なりは古歌にも無數にあり同助詞の疊みかけはこれも脚韻效果などを意識して用例は夥しく、基俊も別の角度から證歌を引いて反駁、強引に持《ぢ》としてしまつた。

論戰はともかくこの歌のややたどたどしい口調は却つて新鮮であり、「なぞ戀しきや」を倒置したのも面白い。「つきくさ」は「月草」で夜を暗示し上句は「朝」の序詞的役割を果す。昨夜契つたばかりなのに一夜明けて歸るとなればさらに戀しい、なにゆゑに。と男の未練の初初しさがまさに花色に滲んでゐる。陳狀の筆者隆源は藤原仲實《ふぢはらのなかざね》との番で「いつの間に日など白みて白浪のかへる空よりこひしかるらむ」を出して勝つたが、これまた水が無くて白波は不屆、いや前例がある。いやあつても歌合には不向などと議論が沸騰した。作品より判詞や左右の應酬の方に興の集まる中世歌合の一典型である。

基俊は俊成の師。和漢の秀才であり、俊頼と共に當時の歌壇の一方の雄と目された。金葉集以下の敕撰集に見える歌は、その學識に比べればやはり格段と味は淡い。

宮城野の萩や牡鹿の妻ならむ花咲きしより聲の色なる
おもひやれ空しき牀を打ち拂ひ昔をしのぶ袖のしづくを
たかまどののぢの篠原すゑ騷ぎそそや木がらし今日吹きぬなり

百人一首の「契りおきし」も凡作であり、定家自身基俊をさほど認めてはゐない。

31

つらかりし多くの年は忘られてひと夜の夢をあはれとぞ見し

藤原範永《ふぢはらののりなが》

逢はぬ日はまよひかなしみ
千千《ちぢ》にみだれた私のこころ
ああそのこころさへきのふ
一夜契ればほのぼのと滿ち
逢へぬ夜はまどひわづらひ

あのやうなつらい日日すら
この微かなほほゑみの前に
夢の間にわすれさることを
知りながらこの淺い契りの
絶えるあしたを切に悲しみ

範永は相模や伊勢大輔とともに歌合のルネサンスとも言へる後冷泉朝に生き皇后主催の春秋歌合等善美を盡した晴の座に列してをり、和歌六人黨の隨一として盛名を馳せた歌人であつた。忍ぶ戀か逢はぬ戀かあるいは絶たれた戀か、ともあれやうやく一夜の逢ひに惠まれ、その刹那の恍惚に積年の苦惱も煩悶もすべて消え去つた男の溜息のやうな歌である。類歌は無數にあらう。詞はいささかの奇も衒つてゐない。一見單純無類の獨白である。にもかかはらずこの歌は心に沁む。時間、空間を超越した愛する者同士、戀に身を細らせた者の不變の心理、眞相を一言で歌ひ去つたその率直な詠歎が人を搏つ。溜息、しかしながら決して女歌にはない直情のさはやかさがここにはある。「あはれとぞ見し」のあはれは哀れではなく嬉し愉しの意であるが、「ぞ」の強勢「し」の係り結びがむしろ細みを感じさせ「哀憐《あはれ》」をひびかせ、たとへばかかる境地未經驗の者にさへさこそと頷かせるものがある。知る者はさしぐむ思ひも湧くことだらう。不朽の戀歌とはかういふ作を言ふのだ。そしてこの眞理はまた西行の「疎《うと》くなる人をなにとて恨むらむ知られず知らぬ折もありしに」の諦觀とは對蹠的なものであらう。「今ぞ知る思ひ出でよと契りしは忘れむとての情なりけり」も同樣西行の戀歌の代表作だが、いづれも妙に悟つたやうな穿《うが》ちがいささか反撥を感じさせる。出家遁世者の作ゆゑにと言ふのなら戀歌の制作發表が常識的には卽《つ》かぬものだらう。「ひと夜の夢をあはれとぞ見し」は生悟りでも愚癡でもない。嘆聲である。それゆゑまた逢へぬ月日が周れば苦しみ惱むだらう。戀の囚人のあはれ、一夜の歡びに積年の辛さは忘れても一夜への期待だけで永い煩悶に耐へるのは難い。それでも戀はなほ絶ちがたい。左の戀歌も彼の作として心引かれる。

戀ひわたる人に見せばや松の葉も下もみぢする天の橋立
氷して音はせねども山川のしたに流るるものとしらずや

範永は晩年陸奥介《みちのくにのすけ》になつて赴任する高階經重《たかはしのつねしげ》から「行末にあふくま川のなかりせばいかにかせまし今日の別れを」の一首を送られ、

君にまたあふくま川を待つべきに殘りすくなきわれぞ悲しき

と返歌してゐる。阿武隈川の鸚鵡返しは藝が無い。しかしその稚拙な衒《こだま》、飾りを知らぬ修辭の清清しさこそ範永の持味である。

32
篝火《かがりび》の影しるければうばたまの夜河《よがは》の底に水も燃えけり

紀貫之《きのつらゆき》

闇は盲目の空間
虚無の篝に火を放ち
漆黒の時間を燒く
こころの水底にいま
小宇宙が燃える

延喜六906年月次《つきなみ》の屛風すなはち月月の行事、風趣を描いた屛風によせる歌二十首の中のもので畫題は「六月鵜河《ろくぐわつうかは》」、現代にも見られる鮎漁《あゆれふ》の鵜飼《うかひ》の光景である。貫之は14にも空の漣《さざなみ》でその理智的な詠風を示したやうに古今集及びその一時代を代表する主知派の最高峰であつた。篝火が水に映る、それだけの夏の夜の一點景は「水も燃えけり」といふ大膽な結句によつてにはかに新しい生命をもつ。靜かな異變、安らかな恐怖とでも言はうか。闇と光、黑と赤、靜と動の鮮かな對照は言ふまでもないがそのコントラストを燃える水といふあり得ない現象の譬喩《ひゆ》によつて逆轉させたところに時代を越えた新味があり、この喩に倣《なら》ふなら貫之の冷やかな情熱によつて生れた詩と言へよう。この歌は、

篝火の影し映《うつ》ればぬば玉の夜川の水は底も見えけり

と『古今和歌六帖』にはあり、第二句と第四、五句に微妙な相違がある。私は「影し映れば」のあまりの當然よりも「影しるければ」の方に「燃えけり」の豫告を感じ、「底も見えけり」では常識以前の陳腐さに噯《おくび》を催す。やはり掲出作品こそ貫之の本領と言ふべきだ。「篝火＝燃える水」。この二つの要因、幻想に盡き、それで十分であるのに、散文的な敍法《じよはふ》をあへてする。それがそのまま貫之の文體であり古今集の特徴と思つて賞味する他は

ない。貫之の篝火は、

大空にあらぬものから川上に星かと見ゆる篝火のかげ
桂川夜かひのぼる篝火のかかりけりとも今こそは知れ

など幾つかあるがこの一首に止めを刺さう。また水底の景を歌つた作は梅、櫻、紅葉、月を配してこれまた夥しく、その中に彼の絶唱の一つである、

影見れば波の底なるひさかたの空漕ぎわたるわれぞわびしき

が光を放つ。14の天の漣と相呼ぶかに微妙な宇宙感に満ち、貫之以前にも以後にも例の無い冱えた幻想の世界である。彼は當時五十歳に近く醍醐帝の代《よ》、その前年に『古今集』編《へん》纂《さん》の命を受けてゐる。また菅原道眞《すがはらのみちざね》が大宰府に流され五十九歳で歿したのはその三年前延喜三903年如月二十五日のことであつた。土左日記を草するのは約三十年後、土佐守《とさのかみ》を解任された頃と思はれる。

33

移香《うつりが》の身にしむばかりちぎるとて扇の風の行方たづねむ

藤原定家《ふぢはらのさだいへ》

丁子《ちやうじ》はうすなさけ
沈香《ぢんかう》のつきぬ名殘
衣《きぬ》と衣《きぬ》とは別れを
囁きながら觸合《ふれあ》ふ
どの夜《よる》の誰《たれ》の香《かをり》を
扇は吹き送るのか
面影も移ろふ空に

新古今の代表歌人、平安末期鎌倉初期に聳立《しようりつ》する天才定家の家集『拾遺愚草《しふゐぐさう》』の員外《ゐんぐわい》「一句百首」の中「夏二十首」に見える歌であるが、新古今を含む敕撰集には一度も採られてゐない。建久元1190年二十九歳の作である。この年は主家の藤原良經主催の「花月百首」、三年後には六百番歌合と續き、彼の天分がにはかにクローズ・アップされる時期であり夥しい秀作が生れてゐる。定家の戀歌には殊に傑作が多く、

年も經ぬいのるちぎりははつせ山尾上《をのへ》の鐘のよその夕ぐれ　六百番歌合
戀れただ別るる道の野べの露命にむかふものは思はじ　同
悲しきはさかひ異なる中にしてなき魂《たま》までやよそに浮かれむ　同
あぢきなくつらき嵐の聲も憂しなどゆふぐれに待ちならひけむ　二見浦百首
かへるさのものとや人の眺むらむ待つ夜ながらの有明の月　閑居百首
わが戀よ何にかかれる命とて逢はぬ月日の空に過ぐらむ　關白左大臣家百首
はかなしな夢に夢見しかげろふのそれも絶えぬる中の契は　同
かきやりしその黑髮のすぢごとにうちふすほどは面影ぞ立つ　『拾遺愚草』・戀

など和歌史に輝くものであるが、掲出の「移香」は趣向の新しさ表現の巧さでこれらを凌ぐだらう。題は戀ではなく夏。後朝《きぬぎぬ》の情景であらうが相手の女性の炷《た》きしめた薫香《くんかう》と汗ば

んだ互の體臭《かたみ》の溶《と》け滲《にじ》むやうな官能性が見事である。濃艶であつてしかも爽やか、肉感的であつてしかも雅やか、その上に物語繪巻の一齣《ひとこま》を見るかにロマネスクである。上句の陶醉による靜《せい》は下句の覺醒による動《どう》とあやふい均衡を保ち一首の構成一語一語の照り翳り全く間然するところのない名歌と言へよう。たとへば『後拾遺集』の戀の部に、

黑髪の亂れも知らず打臥せばまづかきやりし人ぞ戀しき　和泉式部

移香のうすくなりゆく薫《た》き物の燻《くゆ》る思ひに消えぬべきかな　清原元輔

が偶然竝んで見えるが、これと較べる時定家の歌の新しさはさらに明らかとならう。和泉の黑髪は秀歌の聞え高いものであり元輔の移香も技巧の傑れた作であるが定家の前には色を喪ふ。時代の差もあらう、資質の違ひもあらう。だが決定的なのは新風樹立にきほひ立ち狂言綺語《きやうげんきぎよ》の鬼となつた定家の凄じい方法意識であり餘情妖艶の體《てい》に殉ずるしたたかな決意ではなかつたらうか。王朝貴族には珍しく彼には傳へられるほどの艶聞もなく、戀歌はすべて創作と見てよい。虛を以て實以上の迫眞力を生むのも彼の才の現れでありひいては歌の祕訣であつた。

34
待たぬ夜も待つ夜も聞きつほととぎす花たちばなの匂ふあたりは
大貳三位《だいにのさんみ》

たちばなの香に盡きぬ
思ひを絶ち
もはや待つこともない
ほととぎす
人の殘り香《か》にまた蘇《よみがへ》る
こひごころ
空頼《そらだの》みそのひとこゑは
ほととぎす

王朝の初夏は花橘《はなたちばな》、菖蒲《あやめ》、卯《う》の花《はな》で幕を切つて落され、ほととぎすでやうやくあたりが青みわたる。各敕撰集に詠《よ》まれたこの鳥はおよそ幾百に上らうか。たとへば新古今夏百十首の中三十七首までほととぎすで占められてゐる。鶯と違つて決してうつくしい聲でもなくまた宮廷人が夜毎身近に聞き馴れるほど親しい鳥でもない。一にその語韻の面白さによつて、鳴く時期と場所の情趣によつて愛《め》でられるのであり、秋のきりぎりすと好一對と言へようか。掲出の歌は後拾遺の夏に見えるが題は花橘、治暦二1066年五月五日の皇后宮《くわうごうぐう》歌合のもので作者名は藤三位《とうさんみ》、天喜二1054年夫が大宰大貳になる以前の稱であるがこの場合は舊名で披講されたのだらう。

思ふ人が來るか今來るかと待つてゐた夜も、あきらめて待たなかつた夜も、橘の花の香ただよふあたりにあのほととぎすの聲を聞いた。この單純な歌意が「待たぬ夜も」と否定形を先行さすことによつて、待たぬ夜は勿論のこと人待つ夜は一入《ひとしほ》思ひ深くしみじみとほととぎすを聞いたと微妙な強勢効果を添へることになる。複雑な修辭技巧を弄《ろう》せずさつぱりとした省略法で雰圍氣を傳へてゐるところが大貳三位らしくて快い。總じて彼女の作品は明るく輕妙である。百人一首の「有馬山猪名の笹原風吹けば」などは單に輕妙で才氣をちらつかせたものだが、大貳三位集の、

春ごとにこころをしむる花の枝に誰《た》がなほざりの袖か觸れつる

なほざりに穂末をむすぶ荻の葉の音もせでなど人の行きけむ
吹く風ぞ思へばつらきさくら花心と散れる春しなければ
秋風は吹き返すとも白露のみだれておかぬ草の葉ぞなき
よくとただつくる思ひに燃えわたるわが身ぞ春の山邊ならまし
はるかなるもろこしまでも行くものは秋のねざめのこころなりけり

など清清《すがすが》しくおほらかでその人となりと人生がうかがはれるやうだ。大貳三位は紫式部(85)の一人娘である。母は十四、五歳で歿してゐるがその頃から上東門院《じやうとうもんゐん》に出仕し、道長の二男頼宗や公任《きんたふ》の長男定頼、あるいは時中三男朝任等幾多の貴公子に愛されてゐる。二十七歳で後の後冷泉《ごれいぜい》天皇、親仁親王の乳母に選ばれ以後延延四十數年帝に仕へ殊遇を受けてゐる。帝崩御の後も宮仕へを續け八十四歳、すなはち母紫式部の二倍近い長壽を保ったやうである。

源氏物語の宇治十帖は大貳三位の作とも言はれ、また名作『狹衣《さごろも》物語』は彼女が書いたといふ說もあるがいづれも信憑性は薄い。天才紫式部の娘にまつはる傳說であらう。

35

ほととぎすそのかみ山のたびまくらほのかたらひし空ぞ忘れぬ

式子内親王《しょくしないしんわう》

額にうける露のくちづけ
ほのかなこゑは空の時鳥《ほととぎす》
ひややかな初夏の夜風に
そのかみのこころ差含《さしぐ》み
もはやあふひもない時鳥《ほととぎす》

このほととぎすは2の「むかしに似たる旅」、すなはち式子内親王が齋院《いつきのゐん》として仕へた賀茂神社の四月の祭禮に紫野の御所から神山の神館《かんだち》への一夜の旅に鳴いたのだ。卯月のほととぎすはまだ聲も幼く、まこと「ほの語らふ」趣であつたらう。新古今の詞書は「齋《いつき》の昔を思ひ出でて」とあり2と同じく懷舊の情が滲んでゐる。そしてまた「齋院に侍りける時神館にて」と前書しての一首、

忘れめや葵を草に引き結び假寢の野べの露のあけぼの

と相呼び相答へつつまことにうつくしい。賀茂の祭は葵祭、草枕の草に葵を結び恐らくはこの夜も仄かなほととぎすの聲を聞いたことだらう。式子内親王が齋院であつたのは嘉應元1169年二十歳頃までの約十年間、世は平家全盛の時、嚴島納經を遂げ清盛が太政大臣となり一方崇徳院《すとくゐん》が讃岐《さぬき》で崩じたのもこの頃であつた。

「ほのかたらひし空ぞ忘れぬ」は至妙の調べである。式子内親王は新古今王朝八代集中最高とも言ふべき女流歌人であり、御集《ぎよしふ》三百數十首すべて佳品であるが、この一首は殊にみづみづしくきやかである。玲瓏《れいろう》とは珠玉の觸れあふ響きの謂《いひ》であるがこの歌にもつともふさはしい形容であらう。古今の歌たとへば一萬を選び千に絞りさらに百を殘し最後に十とした場合も私は「ほととぎすそのかみ山のたびまくら」を決して捨てることはない。

生涯を處女のままで深窓に閉ぢ籠つた貴種の歌、その少女の日を喚《よ》び返す初初しいときめきの歌、さういふ彼女の境涯に即した鑑賞方法を離れてもこの作品のかなしさは紛れることはない。作者の計算の他ではあるが三十一音はA音11 O音10 I音5 U音4 E音1の構成、靉靆《あいたい》としてあはれをつくす和音はここから生れるのであらう。また五句の頭韻は「ほ・そ・た・ほ・そ」まさにほととぎすの雲間に聲絶える風情を傳へてゐる。

時鳥の歌は他にも幾つか見られるが、

あはれとや空にかたらふ時鳥ねぬ夜つもれば夜はの一こゑ
待ち待ちて夢かうつつか時鳥ただ一こゑのあけぼのの空
聲はして雲路にむせぶ時鳥涙やそそぐよひのむらさめ

など、いづれも纖細な、しかも悲しみに滿ちた調べだ。
内親王は天成の歌人《うたびと》である。しかしその新しさや匂やかさは新古今時代の彫心鏤《てうしんる》骨《こつ》の修辭の粹を會得驅使して後にこそ本領を發揮したのであり、詩の領域における交靈、交感といふ意味でならばたとへば謠曲「定家《ていか》」などの荒唐無稽《くわうたうむけい》に近い戀愛傳説も領《うなづ》けよう。

36

ほととぎす五月《さつき》待たずぞ鳴きにけるはかなく春を過ぐし來ぬれば

大江千里《おほえのちさと》

待ちかねて鳴き出す
をさない聲の郭公《ほととぎす》
ながすぎた春を私は
何にすごしたのか
まだ心にはのこる霞
夏もまたはかなく
杉のこずゑの淡い月

『大江千里集』百二十四首の掉尾《たうび》の一首である。「詠懐」の題がありこれも亦四月のほととぎす、さらにこの歌のうつくしい下句「はかなく春を過ぐし來ぬれば」には後年これと平仄《ひやうそく》を合すかに式子内親王が「はかなくて過ぎにし方をかぞふれば花にもの思ふ春ぞ經にける」と歌つてゐる。式子内親王のが人生を振返つたものであるのに對して千里のは季節への感懐だが、この歌の面白さは下句の自分自身の思ひが上句のほととぎすにさかのぼりひびきあふところにあらう。ほととぎすもやはり春を夢の間にとりとめもなく過し、めぐりあふ五月を待ち切れずまだ春の名殘ただよふ初夏に鳴き出したといふ感情移入轉身のそこはかとないあはれ。一種のことわりめいた臭味は古今集時代の歌の特徴であつてさして氣にはならない。

百人一首の「月みればちぢにものこそかなしけれ」も同樣の上句下句の構成だがこれはいかにも理窟めく。正岡子規ならずとも反撥を感じよう。千里の父は阿保《あぼ》親王《しんわう》の孫。といへば在原業平と一代を隔てて繫る貴種であるが、やはり大江の姓を賜つて臣籍に降下、好學博識で清和天皇の御侍讀《ごじどく》を承つた。子の千里も特に漢學に堪能で家集もほとんどが白氏文集其他の詩題を冠した作品であり寛平六894年四月二十五日自撰の漢文卷頭言を附してゐる。新古今入撰の秀作、

照りもせず曇りもはてぬ春の夜の朧月夜にしくものぞなき

は家集では第五句が「めでたかりける」となつてゐるが、これも文集《もんじふ》嘉陵春夜詩《かりようしゆんやのし》の「不明不暗朧朧月」を翻案したものだ。

春盡啼鳥廻　限りとて春の過ぎにし時よりぞ鳴く鳥の音の痛く聞ゆる
鳥思殘花枝　鳴く鳥の聲深くのみ聞ゆるは殘れる花の枝を侘ぶるか
春翁酒易悲　あはれともわが身のみこそ思ほゆれ儚き春を過ぐし來ぬれば
餘花葉裡稀　散りまがふ花は木の葉に隱されて稀に匂へる色ぞともなき
蓮開水上紅　秋ならではちす開くる水の上はくれなゐ深き色にぞありける
枝空花落稀　吹く風に枝も空しくなりゆけば落つる花こそ稀に見えけれ

等等いづれも鳴鳥《めいてう》に心を澄ましあへなく過ぎる春かつは人生を哀しむ歌である。同じ述懐でもわが身一つのあはれを強調した「月みれば」よりもほととぎすの初音に托した掲出歌の方がはるかに思ひ深く、「待たずぞ」の強勢、その口籠つた音韻も意外な味がある。

37
夜や暗き道やまどへるほととぎすわが宿をしも過ぎがてに鳴く

紀友則《きのとものり》

ここ過ぎて惑ひの森
道おぼろ九十九折《つづらを》れ
こころぬばたまの夜
闇を縫ふほととぎす
教へておくれ！私の
すみかはゆくすゑは
薄墨色の空のいづこ

『友則集』には「寛平御時后宮歌合に《くわんぴやうのおほんときさいのみやのうたあはせ》」と詞書がある。宇多天皇生母班子《はんし》主催寛平五893年素性《そせい》、興風《おきかぜ》、千里、敏行、貫之、伊勢、忠岑《ただみね》等當時の名手が名を連ねた豪華な歌合であるが作品、作者名、判詞《はんし》等缺けた部分が多く全貌は推測するのみだ。またこの歌は『古今和歌六帖』にも「宿を」を「宿に」とし、同じ作者の時鳥、

　五月雨《さみだれ》にもの思ひをれば時鳥夜深く鳴きていづち行くらむ

　音羽山けさ越えくれればほととぎす梢遙かに今ぞ鳴くなる

と共に選ばれてゐる。六帖の時鳥は友則の他に躬恆《みつね》七首、伊勢三首、素性、忠岑、敏行、深養父《ふかやぶ》等計二十二首を揃へてなかなかの眺めであるが、いづれももはや既に定著しきつた發想詠法のものばかり、その中ではやはり友則の「夜や暗き」が一首擢《ぬき》ん出てゐる。

　空を飛ぶほととぎすが夜暗に行手を失つて自分の家の上あたりに鳴くのか、夜道を徘徊《もとほ》つてわが家へ歸りがたい趣の作者に言問ふやうにほととぎすがついて鳴くのか、上、下句渾然として五月雨の頃の何かふつきれぬおぼおぼしいたたずまひが疑問形の疊みかけと濁音の重用によつて如實に歌はれてゐる。同じ作者の百人一首歌「久方の光のどけき春の日に」は、これも亦同じ歌合の中のものだがH音の押韻のやはらかく澄んだ調べはまさに對照的であらう。意味上の條理を盡すことの他にまづ何よりも語感を尊びこれの取捨選擇に

心を配つた古今集歌人の面目がさだかに見える。『古今集』春の部の高名な、

君ならで誰にか見せむ梅の花色をも香をも知る人ぞ知る

も歌そのものは平凡ながらひびきは高く張りつめてゐてさすがである。また物名歌《ぶつめいか》にも非凡の腕を見せ、

桔梗《きちかう》の花　秋近う野はなりにけり白露のおける草葉も色變りゆく
龍膽《りうたむ》の花　わが宿の花踏み散らす鳥撃たむ野はなければやここにしも鳴く
女郎花《をみなへし》　白露を玉に抜くとやささがにの花にも葉にも絲をみなへし

等題名を一見判らぬやうに巧に詠みこんでゐる。言語遊戯、その雅やかな愉しみは現代にも蘇らせたい試みの一つであらう。

38
ほととぎす五月《さつき》みなづき分《わ》きかねてやすらふ聲ぞ空にきこゆる

源《みなもとの》國信《くにざね》

私はやすらふ
みどりの五月
青のみなづき
そのさかひの
淡い縹《はなだ》の時間
かなしみの聲
心も空に子規《ほととぎす》

國信は堀河院歌壇を育成し後の源俊頼等駿才の魁《さきがけ》をなした歌人であるが時の后宮での歌合に「閏五月時鳥《うるふさつきのほととぎす》」といふ題を與へられて作つた一首は新古今の數あるほととぎすの中でも異彩を誇つてゐる。

四月の時鳥とは逆にこれは六月の時鳥、太陰暦では日數調整のために年によつては同じ月が二度設けられこれを「閏」と稱するが、ほととぎすは自然の上でも詩歌の約束の上でも五月限り、この題は相當ひねくれたもので四月の櫻、七月の扇以上と思はれる。六月ともなればほととぎすは深山に姿を隱し人里近くにゐるすべもない。題に卽するなら曆の閏を知つてほととぎすが去就に迷つてゐるといふことにもならうが、例年よりも五月雨が永びき冷え冷えとした夏、綠にうるむ野から煙る家竝や竹群を飛び交ひ去りかねてゐるほととぎすの姿を思ひ描くべきであらう。「やすらふ」は王朝和歌に頻出する言葉の一つであるがこの歌のやうに躊躇、逡巡の意に用ゐられることが多い。

「やすらふ聲ぞ空にきこゆる」。時鳥の未練、聞く人の後髮を引かれる思ひ、それに重なつて未だゐたかといふ冷《さ》めた感じが巧に現されてゐる。「ほととぎす・五月・みなづき」と體言を疊みかけた齒切のよい語調がこの「やすらひ」とうらはらに一首を貫いてゐるのも面白く、詠み古された時鳥に新味をもたせようとの心ばへが出題者にも作者にも行きわたつてゐる證《あかし》であらう。

閏五月の時鳥は八代集にはこれ以外まづ見當らないやうだが新勅撰集に國信のと同時に

作られた源師時《みなもとのもろとき》の、

雲路よりかへりもやらず時鳥なほさみだるる空のけしきに

と題知らずで源俊頼の、

やよやまた來鳴けみ空の時鳥五月だにこそ復《を》ち返りつれ

がある。師時の作は平凡であるが俊頼はさすがに命令形一句半切といふ破格の文體で新古今の響を兆すかに抑揚きはやかな秀作をものしてゐる。「復《を》ち返る」は若返るの意を含み閏五月にかけた時鳥招魂《せうこん》の感がある。國信は神祇伯《じんぎはく》顯仲《あきなか》の弟、待賢門院堀河《たいけんもんゐんのほりかは》(65)は姪にあたる。基俊(30)の歌合を主催したのは三十二歳の春、歌壇のリーダーとしての面目貫祿を覗ふに足りよう。

39

ひとこゑは思ひぞあへぬほととぎすたそがれどきの雲の迷ひに

八條院高倉《はちでうゐんのたかくら》

あの聲は何のきざし
晝と夜の滲みあふひととき
光りつつ眩む
鈍色《にびいろ》の空に滴垂《したた》るあの聲は
知らぬ世を知る杜鵑《ほととぎす》

これはまた初音のほととぎす、恐らくは卯月《うづき》の終りの山ほととぎすであらう。ただ一聲では時鳥かどうかさだかではない。夕暮の雲に紛れてその姿も見えないからなほさらといふ意味であるが、忍び音《しのね》の仄かな一聲は心待ちにしてゐた時鳥に相違ない、姿は見えないがきつとさうであらうと希《ねが》ふ心が匿されてゐる。新古今のあへてことわりがましいことを言はぬ含みのある表現方法が作者の心の表裏、濃淡を實に巧に寫してゐる。これが古今集ならほととぎすと斷定し得ぬ理由が下句でぴしりと說明されるところであらう。淡墨で描いた黃昏の景に笛の低音を漂はせたやうな潺りとふくらみのある一首の雰圍氣は、作者ののびやかな期待とためらひを反映したものであり三十一音中O音を十四も配した無意識の音韻效果が釀し出したのであらう。新古今夏の時鳥三十七首中四人の撰者が推してゐるのは高倉のこの一首以外に、

夏草は茂りにけれどほととぎすなどわが宿に一聲もせぬ　醍醐天皇

五月雨の雲間の月の晴れゆくをしばし待ちけるほととぎすかな　二條院讃岐《にでうゐんのさぬき》

の二者を數へる。定家、家隆、雅經、有家の撰が合つたことがかならずしも秀歌の絕對條件ではないが、さすがに見るべきところは見てゐる。醍醐帝の鳴かぬほととぎす、讃岐の

鳴く前のほととぎす、高倉の紛れて分《わ》かぬほととぎす、いづれも常套を脱した發想の面白さを見るべきであらう。

高倉は鳥羽院皇女八條院の女房、御鳥羽院にその歌才を認められて幾多の佳吟を殘す女流であり、宮内卿《くないきやう》、俊成卿女《としなりきやうのむすめ》等と竝ぶ新古今作者である。

ひとりのみ眺めて散りぬ梅の花知るばかりなる人は問ひ來ず　春
神なびのみむろのこずゑいかならむなべての山もしぐれする頃　秋
いかが吹く身にしむ色の變るかな頼むる暮の松風のこゑ　戀
曇れかし眺むるからに悲しきは月におぼゆる人の面影　同
つれもなき人の心はうつせみのむなしき戀に身をやかへてむ　同
浮世をばいづる日ごとにいとへどもいつかな月の入る方を見む　雜歌

等いづれも本歌を巧妙に蘇らせて獨特のおつとりとした情趣を創り出してゐる。

ただ宮内卿、俊成卿女のやうな鮮烈な個性や大膽な手法は見られず、從つて決定的な秀作には乏しい。この時鳥はそれゆゑにこそ懷しまれかつ生きてゐるのだ。

40

むかし思ふ草の庵《いほり》の夜《よる》の雨になみだな添へそ山ほととぎす

藤原俊成《ふぢはらのとしなり》

さつきさみだれ
たれゆゑにみだれて
鳴く中空のほととぎす

あはれと思へ！

つくす心の青葉のやみ
なみだこそ人の形身
今は昔明日も昔

王朝和歌のほととぎすは新古今においてその粋を盡すが耆宿《きしゆく》俊成のこの一首はその決定版と言つてもよからう。第一句の懷舊、第二句の草庵、第三句の夜の霖雨《ながあめ》、第四句の涕泣《ていきふ》落淚《らくるい》、第五句に時鳥、修辭構成委曲《ゐきよく》を盡し情緒纏綿、今一歩で飽和狀態となるところである。第一句と第三句が共に六音になつてゐるのも勿論作者の細い心づかひでありこの字餘りが一首にうねりとたゆたひを生み第四句の禁止命令形が見事に決るのだ。

　これと對照的な時鳥の名作は藤原良經の「うちしめりあやめぞかをる時鳥鳴くや五月の雨の夕暮」と西行の「時鳥ふかき嶺より出でにけり外山《とやま》の裾に聲の落ちくる」であるが、三者それぞれにさすがと思はせる特色をもつてゐる。特に良經の歌の構成は俊成同樣濡れて香る菖蒲まで添へた念入りなものであるにも拘らず不思議に明色《めいしよく》の爽やかさを覺える。俊成の三句字餘りに對しこれは一見それと氣づかぬ巧な二句切、軒の菖蒲から一轉して景色は遠ざかり綠靑《ろくしやう》に潤む彼方を見霽《みはる》かしそこへ時鳥の聲を配する。一語も思ひを述べる言葉を用ゐずに溢れるばかりの餘情をもつところなど見事である。西行の作の單純簡素直線的で息を呑むばかりの大景をさつと一刷毛で描いたのも亦名手と言ふべきだらう。

　俊成の調べは樂音にたぐへるならチェロか太棹の三味線、重重しく切なく腸《はらわた》に沁《し》み徹《とほ》る。たとへば妻すなはち定家の母の忌日に墓所で詠んだ、

　　稀に來る夜はもかなしき松風を絕えずや苔の下に聞くらむ

などもまさに哀傷歌の壓巻であらう。

またや見む交野《かたの》のみ野のさくら狩花の雪散る春の曙　左大將良經家五首

いくとせの春に心をつくしきぬあはれと思へみよし野の花　千五百番歌合

荒れわたる秋の庭こそあはれなれまして消えなむ露のゆふぐれ　同

かつこほりかつはくだくる山川の岩間にむせぶあかつきの聲　五社百首

いにしへのをのへの鐘に似たるかな岸うつ波のあかつきの聲　長秋詠藻

はこれまた王朝四季夢幻の嘆きの止めを刺す絶唱であり、家集『長秋詠藻《ちやうしうえいさう》』の代表作である。彼の歌を論ずる場合かならず引かれる自讃歌、三十七歳久安百首《きうあんひやくしゆ》の、

夕されば野邊の秋風身に沁みて鶉《うづら》鳴くなり深草の里

は『無名抄』における俊惠の意見同樣さほどの秀作と私も思はない。

41
飛ぶ螢まことの戀にあらねども光ゆゆしきゆふやみの空

馬内侍《うまのないし》

待てばまなつの
まやかしの戀
瞬くほたるよ
みをつくす
見ぬ世の愛に
むせぶこころ
叢濃紫宵《むらごむらさき》のそら

『馬内侍集』には「やんごとなき人の御文一たびありてまたおとづれもなければ五月つごもり頃に」と詞書がある。誘ひかけたばかりで會ひにも來ぬ貴公子への怨みであるが、あくまでひとりの思ひを綴つた作で文《ふみ》につけたものではなからう。王朝の螢はほとんどが夏の部でなく戀の部にあらはれる。『古今集』紀友則の「夕されば螢よりけに燃ゆれども光見ねばや人のつれなき」から新古今寂蓮法師の「おもひあれば袖に螢をつつみても言はばやものを問ふ人はなし」まで、胸の底に祕めた情熱の象徴としてあまた用例を見るが馬内侍の歌はやや趣を異にしてゐる。すなはちこの螢火は相手の貴公子の戀心であり、信じられぬ戀、いつはりの戀の焔《ほむら》であつた。熱をもたぬひややかな火、まことに螢はこの歌にこそふさはしく作者の直感は「ゆゆしき」の一語にまで紛れない。「ゆゆし」はさまざまの意味をもつ古語であり、ここでは尋常でないの意であらうが原義「忌忌《ゆゆ》し」＝「不吉」の趣さへかすかに讀みとれよう。五月もすゑの夕闇、雨氣を含んだ空に青白い螢火が亂れ飛び作者を誘《いざな》ふ。あれはいつはり多い男の戀の火、さうは思ひつつ目を逸らすことができず立ちつくす女のあはれ。

馬内侍集には交りのあつた倭漢朗詠集《わかんらうえいしふ》撰者大納言《だいなごん》藤原公任《ふぢはらのきんたふ》や左大將藤原朝光《ふぢはらのあさてる》等との戀歌があまた見えるが他にもさまざまな男性が隱顯し華やかな閨秀歌人の青春がしのばれる。一條天皇の中宮《ちゆうぐう》一人定子に仕へ清少納言は彼女よりやや年少、一方今一人の中宮彰子には紫式部、赤染衛門、和泉式部、その娘小式部内侍が連なつて妍《けん》を競つてゐた。この才媛の中でも歌において馬内侍の美質は和泉、赤染と比べて遜色はいささかもない。百人一首赤染衛門の「やすらはで寝なましものをさよ更けて」は『馬内侍集』にも見え藤原俊成などは内侍の作としてゐるが別に目に角を立てるほどの佳品とは思はない。新古今には八首採られ、みな美しく、

たづねても跡はかくても水莖の行方も知らぬ昔なりけり
ほととぎす聲をば聞けど花の枝のまだ踏みなれぬものをこそ思へ
ほととぎすしのぶるものを柏木のもりとも聲のきこえけるかな
こころのみ空になりぬる時鳥人だのめなる音こそ鳴かるれ
わすれても人に語るなうたた寝の夢見てのちもながからじ世を
あふことはこれやかぎりの旅ならむ草の枕も霜枯れにけり

の纖細な調べは心に沁む。馬なる女房名は父右《う》馬權頭《まのごんのかみ》源《みなもとの》時明《ときあきら》にちなむものであらう。

42

五月雨《さみだれ》に花橘《はなたちばな》のかをる夜は月澄む秋もさもあらばあれ

崇徳院《すとくゐん》

ああ五月雨の文目《あやめ》を分かぬ
やみのかなた
緑青《ろくしやう》の世界にさえざえと橘の花は泛《うか》び
たましひに沁むそのかなしい香《かをり》よ
また秋の
薄墨《うすずみ》の世界にひえびえと月光はながれ
ながされて行方も知れぬこころの翳《かげ》よ
いづれあはれ
生きて在ればこの夏をこそ

『千載集』夏「百首の歌召しける時」とあり院主催「久安百首《きうあん》」久安六1150年三十二歳の作である。後に後鳥羽院（5）が「夕べは秋となに思ひけむ」と春宵を稱《たた》へたが、これは夏の夜の風趣をことさらに愛《め》でた歌である。曙や眞晝はいさ知らず黄昏と夜は秋を最高とした習慣惰性へのさはやかなレジスタンスとも見られ、特に「さもあらばあれ」といふ高音の言擧《ことあ》げは快い。戴冠詩人中でも屈指の詠《よ》み手である院の作は、

惜むとて今宵書きおく言の葉や綾なく春の形見なるべき
月清み田中にたてるかりいほの影ばかりこそ曇りなりけれ
朝夕に花待つほどは思ひ寢の夢の中にぞ咲きはじめける
尋ねつる花のあたりになりにけり匂ふにしるし春の山風
花は根に鳥は古巣にかへるなり春のとまりを知る人ぞなき
嘆く間に鏡の影もおとろへぬ契りしことの變るのみかは
秋深みたそがれ時の　蘭《ふぢばかま》匂ふは名告《なの》るここちこそすれ
もみぢ葉の散りゆく方を尋ぬれば秋もあらしの聲のみぞする
このごろの鴛鴦《をし》の浮寢ぞあはれなる上毛《うはげ》の霜よ下の氷よ

等等詞花、千載入集の歌はいづれも出色である。院自身の下命により集を編んだ藤原顯輔《ふぢはらのあきすけ》

の志と、殊にかつて殊遇《しゆぐう》を賜つた俊成の炯眼《けいがん》によるものだらう。百人一首中の「瀬を早み岩にせかるる瀧川の」が代表作のやうに傳へられてゐるのは不當であり私なら躊躇せず橘か蘭を推す。また悲劇の帝としての凄じい一代を思へば紅葉、鴛鴦も鬱然たるひびきを添へる。ただこれらの歌は決して崇徳院の名のゆゑに秀作の譽を得るのではない。よみびと知らずとして集の中に置かれても光を放つだらう。その輝きを認めた上で改めて御製であることを知るならさらに歌は陰翳を深めるであらう。ちなみに當時は崇徳《しゆとく》と呼ばれてゐた。院にまつはる故事、特に保元《ほうげん》の亂前後の事件は『平家物語』にくはしく、配流後のいたましさは上田秋成が『雨月物語』「白峯」で鬼氣迫るものを傳へてゐる。

ほととぎす夜半《よは》に鳴くこそあはれなれ闇に惑ふは汝獨《なれひと》りかは
思ひやれ都はるかに沖つ波たちへだてたるこころ細さを

等京にあると讃岐《さぬき》にあるとを問はず院の心はつねに悲愴であり怏怏《あうあう》として愉しむことはなかつた。『增鏡』には「保元に崇德院の世をみだり給ひし」などとあるが歌はつゆ亂れなかつたのだ。

43
樗《あふち》咲く外面《そとも》の木蔭露落ちてさみだれはるる風わたるなり

藤原忠良《ふぢはらのただよし》

梅雨《つゆ》の別れ
その前触《さきぶ》れの風
風の彼方に
淡紫の花樗
あふられて散る
眞晝間の露

樗は楝とも書き栴檀《せんだん》の古稱である。晩春初夏に淡紫の小さな五瓣花を開く喬木、ただし「雙葉《ふたば》より芳し」の方は實は白檀《びやくだん》で屬する科名も形狀も全く異る。諺は異稱として慣用されてゐたゆゑであらう。ともあれこの花はアカシアや槐《ゑんじゆ》に似て淡淡しく涼しく特に霖雨《ながあめ》の後などは蘇るやうな感がある。忠良の歌は建仁元1201年二月老若五十首歌合の折の作。院初度百首は前年十一月、千五百番歌合の詠進はこの年の六月、新古今撰進の院宣は十一月であるから後鳥羽院歌壇の最高潮に達した時期でありいはゆる新古今歌人が綺羅星のごとく輩出《はいしゆつ》した。忠良はこの中のささやかな一惑星であり記憶に價する秀歌絶唱は決して多くない。新古今入撰五首、うち三首までが夏の歌、樗の一首は彼の作中でも異色でありまた新古今の中でも異彩を放つてゐる。異とは妙な言葉であるがこの歌は狂言綺語、超絶技巧の跳梁《てうりやう》する新古今的世界ではあまりにも平明淡泊であるゆゑに却つて人の目を奪ふのだ。千紫萬紅の撩亂たる百花園にまさに一本の露を含む花樗を見るやうに清新である。梅雨の永い家籠りに倦《う》み果てた頃ふと外を見ると一陣の風に樗の花がさんさんと露をこぼし、鈍色の空にはかすかに青天が兆してゐる。その單純な景色を實にさらりと、一刷毛《ひとはけ》で水彩風に描き出したのがこの歌の美しさであつた。初句から結句までリズミカルにひそかな心躍りがそのまま言葉に乘つてゐる。「さみだれはるる・かぜわたる」といふ四、五句の輕やかな用言の疊みかけが效を奏してゐるのは勿論である。この技法は稀に見るもので後京極攝政良經（22・76）の名作「幾夜われ波にしをれて貴船川袖に玉散るもの思ふらむ」の

四、五句がその一つの例であらう。作品の世界は比較を絶するが讀者はおのづから調べに乘りつつはつとするやうな妙味がここにも潛んでゐる。千五百番歌合百首の中から佳作を拾はう。

花や雪霞やけぶり時知らぬふじの高嶺にさゆる春風　春
竹の葉に朝引く絲や七夕の一夜の節のみだれなるらむ　秋
積りける幾夜の雪に眺むれば槇の葉白く照らす月影　同
眺むれば空に心をつきぬべき秋に知られぬ夕暮もがな　同
ねられねば枕もうとき牀の上にわれ知り顏にもる涙かな　戀

忠良は六條攝政基實《もとざね》の二男、母は六條顯輔《あきすけ》の娘、良經や定家とは眞向から對立する歌風の家柄の貴族であり、おのづから反新古今的な手法を標榜することとなるのだが、御子左《みこひだり》家《け》の餘情妖艷の對極にはこのやうに靜かなしかもいきいきとした歌境が嚴としてあつたことも忘れてはならないだらう。

44　櫻麻《さくらあさ》の苧《を》生《ふ》の下草しげれただ飽かでわかれし花の名なれば

待賢門院安藝《たいけんもんゐんのあき》

薄紅の狩衣《かりぎぬ》をひるがへし
別れてゆく花の面影
あさざくら
遠い幻
たちまち夏
さくらあさ浅葱《あさぎ》の叢《くさむら》
茂みにしのぶうら若い眉

安藝は百人一首の「長からむ心も知らず黒髪の」で知られる堀河と共に鳥羽院中宮待賢《たいけん》門院《もんゐん》璋子《しやうし》に仕へ親友同士であつた。いづれも久安百首に召され數數の美しい作品を傳へるが安藝は妹として從つてゐる感があり作風もやや弱い。この歌などその細細とした切ないひびきゆゑに心に沁むものがあり代表作の一つと言へよう。

新古今夏、しかもなほ春の名殘を惜しむ歌であるがそれだけにたとへば17の「春のかたみ」、22の「春のふるさと」などとは別趣のはかなさがある。櫻麻は麻の別稱美稱等の說もあるが雌雄異株である大麻の雄株と解するのが正しからう。苧生はその麻畠であり萬葉以來序詞として、あるいは伊勢の國志摩の苧生浦《をふうら》の懸詞《かけことば》としてしきりに用ゐられてゐる。ところが安藝の歌はかういふ枕詞的修辭とは無緣で、櫻麻の櫻に過ぎた春を想ひ、春を象徵する櫻、盡きぬ名殘を斷ち切つて別れた櫻の名を冠したその麻にまで茂れ茂れと思ひを盡してゐるのだ。

名のもつ呪的《じゆてき》な力は現代人でも容易に理解できよう。女子名に花、さくら、春を選ぶのも櫻麻に櫻を偲び健かな生立《おひたち》を祈るのも同じ情である。譯《やく》はその櫻に春の日のやや艷《なま》めいた心の景色を匂はせ、雄麻の雄にちなんで若い貴公子の面影を配した。「茂れただ」と祈るのも麻であつてこそふさはしい。大麻は古來たとへば夏越《なごし》の祓《はらへ》の儀式には必須の植物でありこれまた呪的效力を祕めてゐるのだ。この歌に關して茂れと祈る對象が下草であり麻そのものには直接結びつかぬのを難ずる向もあるが麻畠全體下草をもこめてと考へればよく「したくさ」「しげれ」の音韻効果も無視すべきではない。

安藝や堀河の仕へた璋子は崇徳院の母であり、彼女らも亦保元、平治の亂の豫兆を孕む宮廷にその青春を生きてゐたのだ。

庭の花もとの梢に吹き返せ散らすのみやは心なるべき

水上に櫻散るらし吉野川岩越す波の花と見えつつ

五月雨は蜑《あま》の藻鹽木朽ちにけり浦べに煙絶えてほど經ぬ

ささの葉を夕露ながら折りしけば玉散る旅の草枕かな

越えばやなあづま路ときく常陸帶《ひたちおび》のかごとばかりのあふさかの關

さはりなく入る日を見ても思ふかなこれこそ西の門出なりけれ

も玉石混淆ながら彼女の個性は見える。特に「ささの葉」はうつくしくかなしい秀作で下句の技巧は上句の情趣と相俟《あひま》つて見事だ。

45
白露の玉もて結《ゆ》へるませの中に光さへそふ常夏のはな

高倉院《たかくらゐん》

水晶の露を見えぬ絲で連《つら》ね
その環《わ》をめぐらす夏の館《やかた》
めぐるめぐく陽を斜目《ななめ》に
ひとときの血の紅《くれなゐ》の
とこなつのはなよ

高倉院の御製は傳はるもの六首、その中の四首は新古今に見え、

薄霧のたちまふ山のもみぢ葉はさやかならねどそれと見えけり　秋
音羽山さやかに見する白雪を明けぬと告ぐる鳥のこゑかな　冬
今朝よりはいとど思ひを焚《た》きまして歎きこりつむ逢坂の山　戀

とまことに幼いが、夭折の貴種の端正なたたずまひは言外に匂ふ。定家より一年早く應保元1161年に生れ清盛福原遷都の翌年養和元1181年の睦月に二十一歳の崩御《ほうぎょ》。以仁王《もちひとわう》擧兵、頼政(13)、仲綱(20)の敗死、續いて近江源氏追討、重衡《しげひら》の南都焼打ちと腥い事件は後を絶たず京は騒然たる空氣に滿ちてゐた。定家は詩歌に志あるこのゆかしい幼帝を日頃敬慕し崩御を聞いて馳せ參じようとしたが父俊成に嚴禁された。讀みの深い俊成は萬一政爭に關りあふ因をつくつてはと大事をとつたのであらう。明月記には「文王已《すで》に沒す、嗟乎《ああ》悲矣《かなし》」と記してゐる。定家は姉健壽御《けんじゆご》前《ぜん》に乞うて御所へ御最期の模樣を伺ひに行つてもらつた。御《ご》葬斂《さうれん》を清閑寺《せいかんじ》門前で人集《ひとご》みに紛れて拜み、爾後高倉院法要には參勤を缺かさなかつた。彼が初學百首を詠じたのはその四月のことであり清盛の死は二月のことであつた。

良經(22・76)の死三十八歳、實朝(67・99)二十八歳、義孝(3)二十一歳、高倉院は彼らよりさらに夭《わか》く薄命の天才少女歌人宮内卿(4)にほぼ等しい。高倉院は歌よりも

漢詩文に天才を發揮したと古今著聞集や平家物語「紅葉」には傳へる。しかしながらへてゐたならば必ずや三宮《さんのみや》惟明親王《これあきらしんわう》(18)、四宮《しのみや》後鳥羽院(5)を從へて新古今に精彩を加へられたことだらう。

御製六首は寥寥たる感がある。たとへば靈元《れいげん》帝六千四百首を初めとして後柏原《ごかしはばら》帝三千六百餘、後鳥羽帝二千餘、後水尾《ごみづのを》帝千七百數十、明治天皇千六百八十餘首と歴代の御製は巻に滿ち帙《ちつ》を溢れる。しかし陽成《やうぜい》帝の一首は例外としても高倉帝の六首をはじめ天智《てんぢ》帝の六首、雄略《いうりやく》帝の十三首、三條帝の十三首、近衛帝の十首等はそれぞれにその少さのゆゑに銘記すべき詩歌のうつくしさとかなしみを傳へてゐるのではあるまいか。

掲出の歌の題は「瞿麥露滋《とこなつつゆしげし》」。ませは前栽と花壇などを劃る垣。常夏の花の紅は言葉の外で白露と照應し、端正玲瓏《たんせいれいろう》たる繪畫的な美を寫してゐる。そしてさらに次の瞬間疾風に煽られてこの露の水晶の環《わ》も血の色の夏花もたちまち飛び散り亂れ伏す光景が浮んでくるやうだ。

46

吹く風はおもひ絶えたる庭の面《おも》に露にぞなびく常夏の花

源《みなもとの》 家長《いへなが》

あきらめてむしろ涼しい
夏は草吹く風に身を委《ゆだ》ね
つゆ知らぬこころは靡く
とこなつの花束《つか》の間《ま》の朱《あけ》

千五百番歌合の四百九十三番の右、藤原良平《ふぢはらのよしひら》（56）との番《つがひ》で勝となつてゐる。左は、

夕立の雲間の日かげ霽《は》れぬれば玉をぞ研《みが》く淺茅生《あさぢふ》の露

判者は良平の兄藤原良經であるが誰の目にも左の上句は說明調だし下句の強調直喩も常套を脱してゐない。それにひきかへ家長の作は第三句の「おもひ絶えたる」が至妙の效果をもち下句の常夏の風情を哀艷にしてゐる。この夏三には、

夕立の一むら過ぐる雲はれて名殘の露は常夏のいろ　忠良
見ぬ人を松の木蔭の苔むしろなほしきしまの大和撫子　宮内卿
みなづきの照る日のかげに色そへて錦をさらす常夏の花　兼宗

等等幾つかの歌が間を置いてあらはれるが家長の常夏がもつともうつくしい。宮内卿の作など勝つてはゐるもののあの人がと首を傾《かし》げるほど大雜把《おほざつぱ》な歌ひ方であり、忠良は樗と同工異曲、しかもこの常夏は生きてゐない。

常夏《とこなつ》、瞿麥《とこなつ》、瞿麥《なでしこ》、撫子《なでしこ》、さらに下つては石竹《せきちく》など文字遣ひ同様花自體も混同されてゐるやうだが元來はいささか品種を異にする。すなはち常夏は花が深い紅で春から秋にかけ

て咲き續けゆゑにこの名があり、撫子の開花は元來晩夏初秋、色も淡紅、秋の七草に數へられるのはこれである。石竹は唐渡りの撫子で歐洲産が現代のカーネーション、これはその名の通り肉色《カルネ》を原種とする。從つて夏歌の首部に撫子のあるのはやや自然に悖《もと》らう。加へて常夏の歌にはかならず眞紅の花を思ひ描いて鑑賞するのが常道であらうが作者が撫子と混用してゐるとすればそれも空しいことで語感から朱夏《しゆか》の陽の輝きを聯想するくらゐでよからう。朱夏、赤帝《せきてい》、夏の色も紅であつた。「吹く風はおもひ絶えたる」は風がはたと死んでしばらくは吹く望みもない狀態であらうが、同時に人からのおとづれも絶えそれも諦めたといふ作者の心理をも感じとつてよからう。風に靡かず露にそよぐ一莖二莖の常夏におのづとたよりも絶えた人の面影が立つ。

　源家長は後鳥羽院が天暦《てんりやく》村上帝の例に倣つて撰和歌所《せんわかどころ》を復興した時開闔《かいかふ》に選ばれた。開闔とは次官であり出納《すいたふ》、記錄、文案其他雜多の役を司る職であり、建仁元1201年七月以來續く十一月の新古今敕撰院宣、元久二1205年三月の竟宴を經てなほその後十年餘一應切繼《きりつぎ》の完了するまでこの偉業のため奔命に明け暮れた。全卷の淸書も勿論彼の手に成つたのだ。しかも入撰はただ三首のみである。

47

水上《みなかみ》のこころ流れてゆく水にいとど夏越《なごし》の神樂《かぐら》おもしろ

壬生忠見《みふのただみ》

横笛はうたかた
鉦《かね》はさざなみ
鼓《つづみ》は遠い瀧
水の上ゆく嬉遊曲《きいうきよく》
水無月晦日《みなづきみそか》
夏越餘波《なごしなごり》の朝
流れてさやぐ心

六月三十日は夏越《なごし》の祓《はらへ》を修する。翌七月一日からは秋、新しい季節を迎へるための儀式であり物忌《ものいみ》、精進潔齋《しやうじんけつさい》を行ふ。主として神社、川の岸邊で神樂を奏し、茅《ち》の輪《わ》を設《しつら》へて人人をくぐらせ、麻の幣《ぬさ》で祓ひ淨めた。十二月の大祓《おほはらへ》、追儺《ついな》と共に主要年中行事の一つである。王朝和歌では特に水邊の晩夏初秋の風光をも併せて詠み夏歌の終りには數多見られる。永い冬籠りから早春に入る立春と耐へがたい苦熱の季から新秋に入る夏越とは季節の推移の上でも特筆に價する轉機であつた。春に入る時の浮き立つやうな歡び、秋に入る前日の一抹のかなしみを帶びた心躍り。王朝人の四季に對する感覺はまことに鋭く微妙でありそれがそのまま詩歌の生命の源でもあつた。忠見集には「六月河のほとりに神樂す」の題詞があり、この歌に續いて七月棚機《たなばた》、八月望月《もちづき》の駒引き、九月重陽《ちやうやう》菊の被綿《きせわた》と月次《つきなみ》の風物が繰返し歌はれてをり、禊の目的よりもその涼しげな眺め、特に神前の樂《がく》に興趣を覺えての輕やかな詠み口であるが、それだけにまた歌自體アレグレット調の明るい雅樂を聞くやうに樂しい。他の書にまた、

水上のここら流れてゆく水にいとど夏越の神樂をぞする

とあるが、これならば單なる說明調の景物歌で百首の中に選ぶ氣持などさらに起らない。もしこれが原作で掲出歌が後世の編者、書寫人の改作であるとしたらその人は天才だらう

し忠見も以て瞑すべきだ。「こころ流れて」はこの歌の點睛《てんせい》でありこの第二句によつて歌はみづみづしい抒情詩の趣を呈する。「ここら流れて」では單に位置を示したに止まりナンセンスに近い。三月櫻の歌に、

心にもいるひの弓はみ山なる花のあたりに音ぞ答ふる

と詠んだ忠見であればなほ水にも心を流したことと思はれるのだ。天德歌合に初戀の歌で平兼盛（24）に負けた時の逸話はあまりにも有名だが、雀躍《じやくやく》した兼盛の方はともかくために病を得て死んだ忠見の方の話は全くの創作だらう。忠見は忠岑（49）の子、父子揃つて三十六歌仙の中に數へられてゐる。六月晦日《みなづきつごもり》の歌は他に、

空蟬《うつせみ》はさもこそ鳴かめ君ならで暮るる夏をば誰か告げまし

がある。贈答歌としても心を盡し詩情あふれるうつくしい作品である。

48 思ふことみな盡きねとて麻の葉を切りに切りても祓《はら》へつるかな

和泉式部《いづみしきぶ》

水無月《みなづき》ね
いいえ、明日は文月《ふづき》
心はうづき通し
さつきまで水邊《みづべ》で
私みそぎしてゐたの
みそぎ?みみそぎ? そそけ髪
さあ、切りませう
朝霧に濡れた麻の葉を
思ひ切ればいいわ
さう、見切りもつけて
どうせ夏も終り身も終りね
忌はしい昨日に別れて
おそろしい明日を待つの?

下をごらんなさい
秋へ眞逆様に墜ちるきりぎし！

王朝央期閨秀歌人中そのかみの小町と竝び稱せられる和泉の代表作の一つである。同じ夏越の歌でも忠見の神樂とは對照的に穢《ゑ》を祓ふといふ行爲に執《しふ》する凄じい心の表現であり、一讀して慄然たるものがある。特に下句の疊みかけは麻を切る刃物の刃の閃きまで見えて來る。閃く刃は作者の心をも薙《な》ぎ拂ふ。舊い思ひはすべて盡きよと祈りかつ呪ふ作者の姿は夏も終りの鬱蒼《うつさう》たる麻、暗綠の世界と泡立つ水の流を背景に讀者の瞼にもありありと浮ぶだらう。「皆盡きね」は勿論「水無月」との懸詞《かけことば》であるが、單に技巧的に懸り合つてゐるだけではなく別名を夏越月《なごしづき》と呼ばれる六月の神神《かうがう》しく禍禍《まがまが》しい自然と作者の心の底から迸《ほとばし》る呪詞《じゆし》とが見事に溶け合つてゐる。和泉式部集ではこれに續いて、

けふはまたしのに折り延《は》へ禊して麻の露ちる蟬の羽衣

がある。しつぽりと時永くお祓をして羅《うすもの》を濡らしたの意であるがこれはまた「切りに切りても」の動《どう》に對する靜《せい》、淸淸《すがすが》しくあはれな女性の姿を寫してゐる。

つれづれと空ぞ見らるる思ふ人天降りこむものならなくに
黒髪のみだれも知らずうち臥せばまづかきやりし人ぞ戀しき
しののめにおきて別れし人よりも久しくとまる竹の葉の露
秋吹くはいかなる色の風なれば身にしむばかりあはれなるらむ
暗きより暗き道にぞ入りぬべきはるかに照らせ山の端の月

和泉式部の秀歌はその他枚擧《まいきよ》に遑《いとま》もないが、

もの思へば澤の螢もわが身よりあくがれいづるたまかとぞ見る

は彼女の華麗奔放な戀の遍歴の終幕《まくぎれ》に近い絶唱であらう。橘 道貞《たちばなのみちさだ》を夫として小式部内侍を生むが主家に繋る貴種爲尊親王《ためたかしんわう》との戀によつて離縁義絶、愛人は夭逝、その一周忌も濟まぬ間に弟君敦道親王《あつみちしんわう》を愛して半生の情熱を傾け盡し、後後さらに藤原保昌《ふぢはらのやすまさ》に嫁《か》する。この歌はその保昌にも忘れられた頃貴船神社に詣でて詠んだものだ。後拾遺《ごしふゐ》神祇《じんぎ》の部には明神からの返歌「奥山にたぎりて落つる瀧つ瀬のたま散るばかりものな思ひそ」まで添へて傳へられる。百人一首の「あらざらむこの世のほかの思ひ出に」はさらに晩年の歌と覺しく調べも弱い。

49 夏はつる扇と秋の白露《しらつゆ》といづれかまづはおかむとすらむ

壬生忠岑《みふのただみね》

扇を
投げよ
明日は秋
わがてのひらにしろがねの露
あはれ夏
玉響《たまゆら》の
ゆめ

『倭漢朗詠集』にも見える延喜《えんぎ》六906年月次《つきなみの》屏風《びやうぶ》六月の歌で新古今夏の掉尾《たうび》に近く選ばれてゐる。『忠岑集』では家集外の作として収めまた他の書には結句が「おきまさるらん」とあるが掲出の方が露の珠の轉るやうな響きを添へてはるかに面白からう。御物粘葉本傳《ごもつでつてふぼんでん》行成筆《かうぜいひつ》のこの歌を見るとあたかも翻《ひるがへ》る白扇や靡く夏草秋草の姿のやうにうつくしい。眞晝はなほ殘暑のほてりに扇を離し得ず朝夕は衿もとをひやりとした風が吹き過ぎ、曉には葉末に露が光る晩夏新秋の境。無用になつた扇と白珠の露とどちらを先に、どれが先に置き、置かれるのだらうといふいかにも古今集的な機智《ウイツト》の歌である。だが言語遊戯の趣向もさることながらまことに瀟洒《せうしや》に輕快に爽秋《さうしう》を迎へる心が歌はれてゐる。またたとへば初秋の歌、

秋の夜の露をば露と思ひおきてかりの涙や野邊を染むらむ

にもさういふ詞と心のきはやかな照應融合を見ることができる。そしてこれこそ忠岑の本領でもあつた。定家は忠岑の「有明のつれなく見えし別れより」を彼の代表作、否古今集切つての名歌として絶讃してゐるがどう眺めても餘情妖艷の趣などさらになく「うきものはなし」の結句は餘情どころか無用な念押しであらう。定家ばかりか家隆、後鳥羽院までが推す眞意は量りかねる。定家が『近代秀歌』で「詞強く姿面白きさま」に反撥を示して

ゐるのは單に貫之にかかはるだけではなく忠岑の夏はつる扇などに集約される機智の歌全般への憾《うら》みであらう。無いものねだりであり百人一首は贔屓《ひいき》の引倒しに類する。

秋風にかきなす琴の聲にさへはかなく人の戀しかるらむ
たきつ瀬に根ざしとまらぬ萍《うきくさ》の浮きたる戀もわれはするかな
春はなほわれにて知りぬ花ざかり心のどけき人はあらじな
白雪の降りて積れる山里は住む人さへや思ひ消ゆらむ
逢ふことの今は片帆になる舟の風待つほどは寄る方もなし
風吹けば嶺に別るる白雲の絶えてつれなききみが心か

等いづれも佳作であるが、特に「風吹けば」は新古今家隆の秀逸「櫻花夢かうつつか白雲の絶えてつれなき峰の春風」にも增してうつくしくかつみづみづしい。

ちなみに忠岑、忠見父子の姓壬生を古くは「にふ」と訓《よ》み後「みふ」に轉じ、地名は「みぶ」となつたとの說がある。もとより十干《じつかん》の壬《みづのえ》に由來する。夏越水無月水の上の神樂と扇、麻と露。王朝の夏も哀歡こもごもに暮れてゆく。露に續くのは霧と雁ときりぎりすであつた。

50 秋きぬと目にはさやかに見えねども風のおとにぞおどろかれぬる

藤原敏行《ふぢはらのとしゆき》

目を閉ぢて秋を聴《き》かう
遙かな森の葉ずれ
薄《すすき》の海の潮騒《しほざゐ》
そよぐ梢
天に
初雁《はつかり》の聲
ひるがへる扇
蘇《よみがへ》れ今ひとたびと
秋は心の中にささやく

新秋のおとづれを告げる王朝和歌の代表作である。古今集秋歌の巻頭第一首、詞書は「秋立つ日よめる」。六月《みなづき》の祓へで夏と別れ翌七月一日からは秋、しかしなほ殘暑は續き木木は綠濃く紅の花も咲き殘つてゐる。視界は昨日と今日で一轉するわけはない。立秋、その言葉のひびきは風が傳へる。「秋が來たとはつきり目に見えるわけではないが吹く風の音は心にひやりと觸れる」といふ意味をそのまま三十一音にしただけのことで、皮肉な見方をすればこれくらゐ散文的な歌も少からう。作歌の常識では「おどろかれぬる」など說明であつて表現になつてゐない。にもかかはらず一首はそのやうな理窟を越えて實にさはやかであり聲に出して讀めば口もとが涼しい。これが古今集の持味であらう。新古今ならばたとへば式子內親王、

うたた寢の朝明《あさけ》の袖に變るなりならす扇の秋の初風

のごとく巧妙纖細に美的世界を創り出すのだ。式子の歌は假寢の袖に風が吹く。昨日まで使ひ馴れた扇の風は自然の初秋の風に變つたとの意であるが、言葉の仄かな色と光が絡み合つて容易には理解できない。敏行の作には王朝和歌の定石である枕詞、緣語、懸詞等一切使はれてゐないが、それがあたかも汗ばんだ衣をさらりと脫ぎ捨てたやうな感を與へるのだらう。歌の心が視覺を消し聽覺を際立たせたやうに、一首の韻律構成もそれに共鳴し

てぴしぴしと耳に訴へる工夫を凝らしてゐる。古今は理性の音樂、新古今は情緒の繪畫といつた趣がありいづれも歌の美しさの側面である。敏行は歿年が延喜七907年、紀友則（37）、素性法師（16）、菅原道眞等もほぼこの頃まで生きてゐる。三十六歌仙の一人で能書の聞えも高く京都梅が畑神護寺の鐘銘は彼の筆である。百人一首には「住の江の岸によるる波よるさへや」が選ばれてゐるがこれはまた序詞懸詞の流れと波に托したうまい戀歌だ。だが意外に底が淺く人を搏つものがない。次の數首も彼らしい風情のあるものだ。

わが戀の數をかぞへば天の原曇りふたがりふる雨のごと
心から花の雫にそぼちつつ鶯とのみ鳥の鳴くらむ
戀ひわびてうちぬる中に行き通ふ夢の直路《ただぢ》はうつつなるらむ
秋の夜の明くるも知らず鳴く蟲はわがごとものや悲しかるらむ
何人か著て脱ぎかけしふぢばかま來る秋ごとに野邊を匂はす
秋萩の花咲きにけり高砂の尾上の鹿も今や鳴くらむ

掲出歌も亦倭漢朗詠集の中で歌そのままの流麗な行成の手蹟が見られる。

51

うすぎりの籬の花のあさじめり秋は夕べとたれかいひけむ

藤原清輔《ふぢはらのきよすけ》

秋は夕ぐれ
夕日はなやかにさしてと
あの人は言ったけれど
その夕べさへ
みなかみ霞む春こそと
今一人は囁いたが
ひめやかに
さぎりに沈むちぐさやちぐさ
人知らぬ
秋はあかつき

清少納言の「秋は夕ぐれ」が代表する王朝の秋夕讃美に婉曲な異論を稱へた趣の歌だ。後鳥羽院（5）の「夕べは秋となに思ひけむ」はもつと大膽に一轉させて春宵を愛すると主張した。すなはち春曙秋夕の兩方を斥けて新しい美を提出してゐる。清輔はややつつましく景色も亦庭前の眺めを細やかに描いた。薄霧といひ朝濕りといひ纖細な觀照によつて生れた詞である。「たれかいひけむ」もやはらかく「なにおもひけむ」の強さと對照的でありおのづから作者の資質個性を反映してゐる。「花」とだけ言つて秋草の名を明示してゐない。それが却つて霧に濡れてうなだれる花花の姿を浮び上らせてゆかしい。

この歌も崇德院の久安百首中のものであり新古今秋歌上の半ばにひつそりと匂つてゐる。彼の歌はその家集に、

逢はでのみこの世盡きなば時鳥語らふ空の雲とならばや
尋ねつる心や下に通ふらむうち見るままに招く薄は
惜む身ぞけふとも知らぬあだに見る花はいづれの春も絶えせじ
思ひ寢の心やゆきて尋ぬらむ夢にも見つる山ざくらかな
夜とともに山の端いづる月影のこよひ見初むるここちこそすれ
いくかへりわが世の秋は過ぎぬれど今宵の月ぞためしなりける
さよ深く月に明けたる槇の戶に人の心のうちぞ見えける

人知れず片晴月《かたはれづき》ぞ恨めしき誰に光を分きて見すらむ

今よりは更けゆくまでに月は見じそのこととなく涙落ちけり

等四季にも述懐の思ひに沈んだものが多い。百人一首の「ながらへばまたこのごろやしのばれむ」も沈鬱なひびきがある。六條藤家《ろくでうとうけ》始祖顯季《あきすゑ》からその歌學は子顯輔、孫清輔に傳へられ十二世紀末の宮廷歌壇に君臨した。六百番歌合で俊成、定家、寂蓮ら御子左家と鋭く對立し十二世紀末まで事ある毎に争ふのは清輔の義弟顯昭《けんせう》、季經らであつた。その六條家も清輔の死後は件の論客顯昭を最後に全く衰微し、定家を中心とする新風にことごとく敗れ去る。また六條家内部でも清輔は詞花集撰者なる父顯輔からは愛されず、二條院の命によつて撰した續詞花集《しよくしくわしふ》は院の崩御のため立消えになつてしまつた。彼の作の暗い述懐調もこれが一因であらうか。

夢のうちに五十《いそぢ》の春は過ぎにけり今ゆくすゑは宵の 雷《いなづま》

と歌つたのは保元の亂の最中であつた。

52 秋はただこころよりおくゆふつゆを袖のほかともおもひけるかな
越前《ゑちぜん》

さはれ
秋は夕べの
かなしみを身にまとひ
縹《はなだ》の袖の露まみれ
心のほかに月はのぼり
草草《さしぐ》は夢に
差含む

越前は宮内卿（4）、俊成卿女（12）、八條院高倉（39）等と共に後鳥羽院に見出された十一世紀末王朝歌壇の才媛の一人であつた。はじめ七條院にのち院皇女嘉陽門院《かやうもんゐん》に仕へ歌才を認められた。空前絶後の大歌合千五百番には長老歌人小侍従（10）、宜秋門院丹後《ぎしうもんゐんのたんご》（59）、二條院讃岐《にでうゐんのさぬき》（89）に續き俊成卿女、宮内卿と共に參加してゐる。作者總勢三十人、内女性は右の六人であるから彼女らがいかに選ばれた歌人であるかも察しられよう。越前は俊成、定家、寂蓮、俊成卿女ら御子左家の耆宿《きしゆく》花形に混つて右方に列した。一世一代の晴であり今生の思ひ出《つがひ》となつたことだらう。特に秋歌四定家判の七百九十六番では主催者後鳥羽院との番で持《ぢ》、

秋山の松をば凌げ立田姫そむるにかひもなき緑なり　後鳥羽院
かよひこし枕に蟲の聲たえて嵐に秋の暮ぞきこゆる　越前

これは實質的には當然越前の勝であらう。歌合のやうな晴の儀式では、特に作者を兼ねた主催者の作品は滅多に負判を宣することはないし、殊に定家にはその配慮があつたらう。持《ぢ》はよほど越前の作を高く評價してゐるのだ。もつとも定家であればこそ「嵐に秋の暮ぞきこゆる」などといふ斬新な表現をも容れたと考へてよい。

掲出の歌はその前年の百首歌中のものであり、院に認められた心躍りに、また宮内卿ら

と競つて充實した作品が多い。中でも新古今に撰入されたこの一首は『後撰集』の「われならぬ草葉もものは思ひけり袖より他における白露」の本歌取であるが、本歌が上句でことさらに斷定してしまつたテーマを越前はやはらかに跳ね返し、黄昏の光の彼方にふたたび包みこむ。袖の露こそ他ならぬ私のかなしみの涙なのに、それを外界の草木におくものとばかり思つてゐたとの意味であるが、「夕露」「袖の他とも」の「夕」「とも」が微妙な急所となつてゐる。

いく夜かは月をあはれとながめきて波に折りしく伊勢の濱荻
呼ばふべき人もあらばやさみだれに浮きて流るるさのの舟橋
影沍ゆる山井の水のいづくにか暮れゆく夏のたちかへるらむ
よもすがら沍えつる牀のあやしさにいつしか見れば嶺の初雪

「いく夜かは」は新古今入撰、他の三首は千五百番歌合中のものであるが、いづれも纖細な調べをもつ歌であり越前の長所をよく傳へてゐる。

53

白露の消えにし人の秋待つと常世《とこよ》の雁も鳴きて飛びけり

齋宮《いつきのみや》女御《にようご》徽子《し》

雁が立つ
死の國へ
いいえ、あれは天國から
夜の露霜が綴る
道しるべを傳つて
秋を迎へに來るのです
雁が來る
黄泉《よみ》から
いや、それに先立つのは
みづからの愛を
風切羽にくるんで
葬りに行く貴方の影だ

齋宮は伊勢神宮に仕へる未婚の内親王、女王。天皇の即位毎に改められ徽子は朱雀《すざく》帝の時936八歳で伊勢に赴き村上帝945十七歳で京に還つた。三年後入内、村上帝の女御となるが時の後宮には安子、芳子らがゐてそれぞれ皇胤《くわういん》を生み彼女は自然榮えることもなく寂しい日日を送つた。しかし當時はあたかも敕によつて『後撰和歌集《ごせんわかしふ》』の編まれる時期、梨壺《なしつぼ》の五人すなはち 源 順《みなもとのしたがふ》（86）、大中臣能宣《おほなかとみのよしのぶ》（17）、清原元輔、紀時文《きのときぶみ》、坂上 望城《さかのうへのもちき》らが才を競つてゐた。徽子は特に順や能宣を招いて後宮に彼女主催に近い一つの歌壇を形成する。村上帝も亦有名な天徳歌合960をクライマックスとする諸歌合を企劃した詩帝であるが、これらも主として中宮安子を軸とする構成に傾いてゐる。徽子は當時出色の歌人である。

後撰は古今の選り屑、當代歌人に見るべきものなしと言はれた一時期にはつとするやうな幾つかの秀歌を生んだ。掲出の作もさすが齋宮十年の星霜に研《みが》かれた詩魂が迸り出てゐる。死者に口寄せする雁はそのまま徽子の面影を寫し、常世すなはち不老不死の國は黄泉《よみ》の國と中空で道を同じうするかの感がある。醍醐帝第四皇子重明親王の第一皇女、その境遇にも詩質にも後の世の式子内親王（2・35）をかすかに偲ばせるものがある。三十六歌仙齋宮集の、

秋の日のあやしきほどの黄昏に荻吹く風の音ぞ聞ゆる
大空に風待つほどの蜘蛛《くも》のいの心細さを思ひやらなむ

河と見て影離れゆく水の音にかく數ならぬ身をいかにせむ
影見えぬ涙の淵は衣手に渦まく泡の消えぞしぬべき
歎くらむ心を空に見てしがな立つ朝霧に身をやなさまし
鶯の鳴く一聲に聞けりせば呼ぶ山人も悔しからまし
吹く風になびく淺茅は何なれや人の心の秋を知らする
里わかず飛びわたるなる雁が音を雲居に聞くはわが身なりけり
うらみつの濱に生ふてふ蘆茂みひまなくものを思ふころかな
仄かにも風はってなむ花薄結ぼほれつつ露に濡るとも
谷河の瀬瀬の玉藻をかきつめてたが水屑《みくづ》にかならむとすらむ
歎きつつ雨も涙もふるさとの葎の宿の出でがたきかな

等いづれも魂の深奥からひびき出た歌であらう。詞書も「露も久しき」「誰に言へとか」「言はむ方なの世や目のみ覺めつつ」「たぐひあらじかし」「あはれのさまや」「かぎりなりけり」とそれ自體歌の句をなしつつ謎めいてあはれである。

54

煙こそ立つとも見えね人知れず戀に焦がるる秋と知らなむ

伊勢大輔《いせのたいふ》

焦臭《きなくさ》いのはどこかで
花を焚《た》いてゐるせゐ
だらうか＊朝霧夕霧
に四方はいつも乳色
に煙つて愛があなた
に届かぬ＊きのふの
花は燃え盡き狐色に
焦げた心がただよふ

伊勢大輔集には「秋來る人に」の詞書がありこの歌に續いて返歌「霧迷ふ秋の空にはことごとにたつとも見えぬ戀の煙を」が見える。相聞の往來いづれもうつくしい。譯《やく》は二首の趣を按排した。いづれも周防内侍(26)が「下燃の内侍」の雅稱を得た代表作、

戀ひわびてながむる空の浮雲やわが下燃えの煙なるらむ

と同じく、忍戀《しのぶるこひ》に胸を焦がす趣を歌つたもので後後にも新古今戀二の巻頭へ後鳥羽院の命で特に飾られた俊成卿女の歌「下燃えに思ひ消えなむ煙だにあとなき雲のはてぞかなしき」のやうに様様に歌ひ繼がれる。俊成卿女もこの「寄雲戀」で「下燃の少將」の綽名を奉られたといふが、伊勢大輔の作はあへて下燃などと言はず「戀に焦がるる秋」と直接表現に季節を重ね、それが却つて新しく、調べを引緊めてゐる。煙も立たぬくらゐ心の奥に祕めた戀、それゆゑに結びの「知らなむ」にも深い思ひが見える。紫式部、大貳三位、和泉式部、小式部内侍、赤染衞門らと共に上東門院彰子に仕へ華やかに才を競つたことはすでに詳しい。

曾祖父頼基《よりもと》、祖父能宣《よしのぶ》、父輔親《すけちか》みな歌人かつ伊勢神宮祭主大中臣《さいしゆおほなかとみ》の家柄、その點ではやや官位は低かつたが詩文の名門に生れた紫式部はよきライヴァルであつたらう。百人一首の「いにしへのならの都の八重櫻」は奈良の僧都《そうづ》から年年獻上される八重櫻拜受の役を紫

式部から譲られ、その上道長から卽詠を命ぜられて滿座注視の中で制作披講されたものである。當意卽妙の才智を加味して讀まないといささか濃厚に過ぎて風韻に缺ける嫌ひがあらう。ちなみに「九重」には宮中の意は勿論「此處《ここ》の邊《へ》」も懸けてある。それよりも伊勢大輔集には彼女の華やかな詩才が溢れてをり、

今日も今日菖蒲《あやめ》も菖蒲變らぬに宿こそ有りし宿と覺えね
おき明し見つつ眺むる萩の上の露吹き亂る秋の夜の風
水上も荒《すさ》ぶる心あらじかし波も夏越《なごし》の禊《みそぎ》しつれば

等いづれも個性的で面白い。天喜四1056年春秋歌合に、

さ夜ふけて旅の空にて鳴く雁はおのが羽風や夜寒なるらむ

を「夜二つ」と貶《けな》されて負け家集には「衣薄み」と直してゐるのも亦面白い。

55

おぼつかななにし來つらむ紅葉《もみぢ》見に霧のかくせる山のふもとに

小大君《こだいのきみ》

左へ曲れば紅葉亭《こうえふてい》でせうか
なにしにいらつしやつたの
クロロフィルがほしいのよ
それなら右の青葉亭《せいえふてい》でせう
ちがふわ私の見たいのは火
お歸りなさい方角ちがひよ
これから先はもう五里霧中

一首が自問自答の疊みかけになつてゐるのがまづ異色である。どうしたことだらう。何しに來たのだらう。紅葉狩に來たのだ。霧に隠れて朧な山の麓まで。わざわざ。終りに作者の溜息が聞えさうだ。ものうげな、投げやりな、一種虚無のひびきすら感じとれる。さういふ歌の心も王朝和歌の中では特異であらう。

『後拾遺集』巻頭第一首となつた彼女の歌がまた「睦《む》月朔日《つきついたち》よみ侍りける」と詞書して、

いかに寝て起くる朝《あした》にいふことぞ昨日をこぞと今日を今年と

であり、作者名を見なければ男歌と間違へさうだ。言ふまでもなくこれは有名な『古今集』巻頭、在原元方《ありはらのもとかた》の作「年の内に春は來にけり一年《ひととせ》を去年《こぞ》とやいはむ今年とやいはむ」のパロディであり、小大君集にも第一首目に見えるが殊更に「讀人知らず」とし詞書も「忘れぬかぎりと思へどはかばかしうも覺えず人事《ひとごと》を言ふ事の樣なり。正月一日の事なるべし」とユーモラスなしかしほろ苦い文體だ。ほろ苦さ、それに心を刺す辛さは隨所に見られる。

君しあれば竝木の花も頼まれずいたくな吹きそ木枯の風
人心うす花染のかり衣さてだにあらで色やかはらむ

あだ人の假に訪ひくるわが宿に今は葎《むぐら》の根こそ這ふらめ
宵宵の夢のたましひ足高く歩《あり》かで待たむ訪《とぶ》らひに來よ
瀧の水木のもと近く流れずば泡沫《うたかた》花を有りと見ましや
降らぬ夜の心を知らで大空の雨をつらしと思ひけるかな
人寄れど今は立ちげもなき鳥のこにこもれるや何の疑ひ
散るをこそあはれと見しか梅の花花や今年は人をしのばむ

どの歌にもしたたかな諷刺があり歌に添へられた詞書も簡潔ながらぴしりと言ひ据ゑてゐる。出自《しゆつじ》等不明であるが三條院《さんでうのゐん》女藏人左近《にょくらうどのさこん》とも呼ばれ宮中では下級の女官であつたらしい。十一世紀初頭の歿。醍醐帝の御代に宣旨《せんじ》で雨乞歌を作つたのも家集に見え、藤原實方との贈答歌も幾つか見える。實方も圓融、花山兩院の寵臣で一時は榮えながら末は不遇のうちに死んだ歌人であつた。

古筆「香紙切《かうしぎれ》」は彼女の筆といはれ、いかにもその性格を反映した鋭い手蹟である。

56
さびしさの心のかぎり吹く風に鹿の音すさむ野べの夕暮

藤原良平《ふぢはらのよしひら》

さびしくはない
この聲のとどくかぎりは
地の涯までも秋
いつも世界は秋の夕ぐれ
啜り泣くのは鹿
おそらくは私の心の底に
とどかぬ私の聲

千五百番歌合の六百十三番、秋歌二で宜秋門院丹後の「唐衣裾野をすぐる秋風にいかに袂のまづしをるらむ」と番《つが》へられ後鳥羽院御判《ぎよはん》は持《ぢ》。この歌合の秋二秋三計百五十番の御判判詞は全部折句で勝・負・持が示してあり、六百十三番は、

千千《ちぢ》に思ふ外山《とやま》の月の山颪《やまおろし》にせばき袂に結ぶ白露

すなはち五句の頭字を拾へば「ちとやせむ」で「持《ぢ》」が判明する仕組である。肝腎の作品よりもこの折句判詞の方が面白い場合も生じ院の自由自在な作歌力に驚かされる。掲出歌は上句「さびしさの心のかぎり吹く風に」が雄雄しくかつ悲しく心を搏つ。丹後の裾と袂を上下に靡かせた秋風の老練な手法もさることながら、良平の秋風は衰へて細細と聞える鹿の聲と共に惻惻たる趣がある。續いて六百二十八番の、

秋來ては幾日《いくか》になりぬ夕月夜ふけゆく空に影殘るまで

篠薄上葉の露に宿借りて風に亂るる秋の夜の月

「夕月夜」は越前の「吹きまよふ嵐のつてに誘はれて松に亂るるさを鹿のこゑ」に勝ち、「篠薄」は定家との番《つがひ》で持《ぢ》となつた。いづれもひややかな暗さを感じさせる歌だ。

良平は良經（22・76）の弟、名門九條家關白兼實の四男である。長兄良通《よしみち》（97）は二十二歳で夭折、次兄良經は三十八歳でこの歌合の五年後に頓死、父兼實は翌年その後を逐ふやうに薨《こう》じた。丹後の仕へた宜秋門院任子《にんし》は妹であり後鳥羽院の后に上つた。天才良經の輝かしい名聲に比べて歌人としてはいかにも地味な存在であるが、六條家頼輔《よりすけ》の女《むすめ》であつた母の血も享けて堅實清新な作品を數多殘してゐる。父、兄の後を繼いで從一位太政大臣となり晩年に出家、その翌年五十六歳で世を去る。攝政の職は良經から家實に移り彼が良經歿年と同じ三十八歳の時承久の亂が起る。

思へば千五百番當時は二十歳未滿、その歳でこれだけの歌境に達してゐたのはやはり抜群の才能であり、名聲が伴はなかつたのは時の不利によるものだらう。新古今春に入撰したのも千五百番の歌、

散る花の忘れ形見の峰の雲そをだに殘せ春の山風

であつた。峰の雲とは彼にとつて亡びゆく王朝の象徴ではなかつたらうか。

57

いかにせむ眞野《まの》の入江に潮《しほ》みちて涙にしづむ篠の小薄《をすすき》

源《みなもとの》顯仲《あきなか》

マノン
哭くなと言つただらう
涙の海に溺れて
いつも渇いてゐるのは
マノン
たんたろすといふ男だ
御覽花薄が招く
あれは死者の白髪《しらが》だよ
マノン

この歌には少少曰く因縁がある。すなはち大治三1128年、作者神祇伯《じんぎはく》源顯仲主催による住吉社歌合で七番に六條藤原顯輔《あきすけ》と番《つがひ》になつた一首、それも判者自身が負としたものであつた。題は薄、掲出歌は右で左顯輔は、

いつとなく忍ぶも苦し篠薄穂に出でて人にあふよしもがな

顯仲の判は左の通り記されてゐる。

「左歌常の様ならねど『いざ穂に出でむ』なども言へれば咎《とが》なし。右の歌『涙に沈む』と言ふことも心ゆかねば、『思ふ事おほ野に立てる篠薄忍ぶ心のありがたきかな』と見たまふるもいかが」。

これは、顯輔の歌は普通の詠《よ》み方ではないが「逢ふことをいざ穂に出でむ篠薄」と後撰集にも出てゐることだから咎めないことにする。右の私の歌は「涙に沈む」といふのがもう一寸納得できないので一應「忍ぶ」心の現れた左をありがたくいただかうと言ふ意味だ。今一つ判詞にはないが歌枕の眞野は普通近江の湖畔を指す。琵琶湖に「潮滿ちて」は變だからこの場合は攝津の眞野としておかう。判者が自歌を勝とするのは餘程の自信作であり、おほよそは遠慮して持《ぢ》か負の判を下すことになつてゐるが、それを計算に入れても顯仲はこの作を彼自身あまり高く評價してゐないやうだ。しかし私は秀歌と思ひかつ愛

する。まづ「いかにせむ」と初句切の感嘆句で訴へ、あとは小刻みにO音とI音の錯綜した敍景、抒情句を絶え絶えにしかし一息に續ける。絃樂四重奏の中のギター・ソロ、それも顫音《トレモロ》を十分に利かせたさはりの一節を感じさせる。「涙にしづむ」はたしかにこの時代では破格の新手法であり作者も「涙の海に沈む」とくらゐ念を押しておきたかつたのだらうが、これで少しもをかしくはない。やや感傷過剩の嫌ひはあらうともこの澄んだ音色は快い。類歌は夥しいが鋭い悲しみに滿ちた顯仲の一首はその中にぬきん出て人に訴へるものがある。

濡るるさへうれしかりけり春雨に色ます藤の雫と思へば
鹿たたぬ端山の裾に照射《ともし》して幾夜かひなき夜を明すらむ
冬寒み空にこほれる月影は宿に洩るこそ解くるなりけれ
知らせばやほの三島江に袖ひぢて七瀬の淀に思ふ心を
鷗ゐるふぢ江の浦の沖つ洲に夜舟いさよふ月のさやけさ

主として金葉集入撰の歌であるが、可もなく不可もない水準作といつたところだらう。

58 うづら鳴く眞野の入江の濱風に尾花《をばな》なみよる秋の夕ぐれ

源俊頼《みなもとのとしより》

鶉が鳴いてゐた
君は泣かなかつた
琵琶湖は昏れた
別れてくれないか
心が風邪を引く
したひよるものは
白けた尾花だけ

俊成（40）の師、金葉和歌集《きんえふわかしふ》撰者、王朝末期新風歌人の魁《さきがけ》 源俊頼の代表作であり、彼の家集『散木奇謌集《さんぼくきかしふ》』は勿論金葉集を論ずる場合も第一に擧げられる秀歌である。「尾花なみよる」は薄原が湖からの風に波立つ景で、顯仲の「涙にしづむ」の方は岸近い渚の一群の篠薄が滿潮に浸つた眺め。いづれも實景よりは繪に描き上げられた心象風景と見てよからう。俊頼の歌ではその上に鶉のもの悲しい鳴聲をひびかせてゐる。寂寞《じやくまく》とした秋夕暮の世界、薄が白白と靡き伏し時間ははたと停る。その靜けさは永遠に通じ人の世は遙かな別次元のやうに思はれる。彼は顯仲とは逆に感情に訴へるやうな語句は全く用ゐてゐない。穩《おだ》やかにうねる三十一音の調べそのものが讀者の心を包み遠い世界へ連れ去らうとする。後後、後鳥羽院は「うるはしき姿」と言ひ定家は「幽玄に俤《おもかげ》かすかにさびしき體《てい》」と稱へた。ただ鴨長明《かものちやうめい》の『無名抄《むみやうせう》』にはその師俊惠《しゆんゑ》が「よき詞を續けたれどわざと求めたるやうになりぬるは失《しつ》とすべし」と批判した旨を記してゐるがこれまた反面の至言であり、描き上げられた繪といふ印象もこれに通ずる。俊惠は俊成の代表作であり自讚歌《じさんか》とする「夕されば野邊の秋風身にしみて鶉鳴くなり深草の里」をも「身にしみて」などと言ひ切つてしまつては歌が淺くなるときびしい批評を下した人であり、二首への見解はすなはちあまりにも出來上つた景色、言ひ盡した心は幽玄の理想には反するといふ意味を籠めてゐるのだ。

風吹けば蓮の浮葉に玉こえて涼しくなりぬひぐらしの聲
何となくものぞかなしき菅原や伏見の里の秋の夕ぐれ
松風の音だに秋はさびしきに衣うつなり玉川の里
夜とともに玉散るとこのすが枕見せばや人に夜のけしきを
秋風や涙もよほすつまならむ音づれしより袖のかわかぬ
明日も來む野路の玉川萩こえて色なる波に月宿りけり
ふるさとは散るもみぢ葉にうづもれて軒の忍に秋風ぞ吹く
日くるればあふ人もなし正木散る峯の嵐の音ばかりして
あまをぶね苫吹きかへす浦風にひとり明石の月をこそ見れ

それぞれに一應ゆきとどいた達人の歌であるが、やはり十二世紀末新古今新風に比べると鷹揚でややもの足りぬ。百人一首の「うかりける人をはつせの山おろしよ」は世評の高いものだが戀歌としてもさわがしく私は採らない。俊頼は詩歌、管絃、有職《いうそく》の大家經信の三男、歌論書に『俊頼髓腦』がある。

59

忘れじな難波《なには》の秋のよはのそら異浦《ことうら》に澄む月は見るとも

宜《ぎ》秋門院《しうもんゐん》丹後《のたんご》

丹後宮津の月
筑前松浦に
匂ふ夕月
たとへば命
つきる夜の月
それよりも
なほ澄む
難波の月を
なに忘れよう

建仁元1201年八月十五日和歌所撰歌合の時の作であり、俊成はその時の判詞に「異浦に澄む、めづらしくをかし」と褒めてゐる。主催後鳥羽院。慈圓、良經、定家、寂蓮、雅經、俊成卿女、宮内卿と新古今の花形が入亂れる中にも彼女の斬新な用語と生一本《きいつぽん》の抒情は殊に人目を引き、ために「異浦の丹後」といふ雅稱さへ生れる。「異浦」は言はば新語であつた。前世紀末花月百首の頃から達磨《だるま》歌《うた》などと誹《そし》られつつ、新風創立に心を盡して來た御子左家の歌人達の目は、丹後が初めて用ゐ、しかも見事に一首の中に定著させたこの言葉に目を瞠る。

しかしこの頃彼女は既に時の人ではなかつた。待宵の小侍從（10）や從姉妹の沖の石の讃岐（89）と共に千載集歌人であり、その青春は治承、壽永の戰亂の中に過ぎ去つてゐた。建禮門院右京大夫（28）も亦その一人であつた。丹後の仕へた宜秋門院任子は九條兼實の娘、良經の妹であるが、五年前通親《みちちか》の政變と共に、後鳥羽帝中宮の榮華を、通親養女承明門院《しようめいもんゐん》在子に奪はれて後宮を退いてゐる。任子は皇女昇子を生み在子は皇子爲仁、後の土御門帝を生むといふ皮肉なめぐりあはせもあつた。二條院に仕へてゐた讃岐も亦その頃は丹後と同じく宜秋門院の女房となつてゐた。

丹後の歌もやはり讃岐と相似ていはゆる新風ではない。

知らざりし八十瀬《やそせ》の波を分けすぎてかたしくものは伊勢の濱荻

みやこをば天つ空とも知らざりきなに眺むらむ雲のはたてを
さえさえて夜の間に積る嶺の雪を朝ゐる雲と誰眺むらむ
わりなしや露のよすがを尋ね來てもの思ふ袖に宿る月影
われもさぞ草の枕に結びつる露に宿かる月の影かな
わすれじの言の葉いかになりぬらむ頼めしくれは秋風ぞ吹く
よもすがら浦漕ぐ船はあともなし月ぞのこれる志賀の辛崎

深い嘆きを一息に歌ひ流し、修辭もやや緩く古めかしい。俊成卿女、宮内卿の絢爛たる技巧の前には光を失はう。だが儚くしかも凄じいこの世を眺め侘びて來た心は、言葉の彩《あや》を越えて一首に底籠り、湛《たた》へかねて溢れ出る。「忘れじな」の涙を振拂ふやうな初句切、「月は見るとも」なる唇を嚙むかの結句は、彼女のさまざまな悲しみの遍歴の結晶でもあつたらう。その萬感こもごもに迫る詞句の中なればこそ新語「異浦」も痛切なひびきを人に傳へたのだ。新古今秋上、俊成卿女、家隆、長明、秀能、宮内卿と明月の秀歌ひしめく中に、丹後の歌は淡黃の光を放ちいつの世にも漂泊者に望郷の涙を誘ふ。

60 思ひ出づやひとめながらも山里の月と水との秋の夕暮

清原元輔《きよはらのもとすけ》

秋子よまだ
覚えてゐるかい
水の匂ひがただよひ
月光は君の髪に零《ふ》り注ぎ
漆黒の山がうしろに聳え立ち
明日私達は別れねばならなかつた
一目の逢ひに人目をしのんで
しかもなほ満ちるこころ
水は心の中をながれ
かなしみのため
きみは輝き

元輔は清少納言（15）の父、深養父《ふかやぶ》の孫と言はれる。梨壺《なしつぼ》の五人の一人として村上天皇の敕により『後撰和歌集』撰進と『萬葉集』訓讀の任に當つた學者歌人である。掲出の歌は元輔集に「八月ばかりに桂といふ所にまかりて月いと明き夜まかりて、水の面に清うて影見え侍りたりし、同じ人に」と詞書のある歌、

桂河月のひかりに水まさり秋の夜深くなりにけるかな

に續き、重ねて「まかり歸り見侍りし人の許に遣はしし」と前置した贈歌である。月にゆかりの桂川の水に名月の映ずるさまを見るといふ、風流の極致にちなんで生れた歌だが、さうした前提條件を知つた上で離れ、獨立した一首としてさまざまに鑑賞するのも讀者側の風流であらう。譯詩は戀歌の趣を添へてみた。「人めながらも」とは自分の目では確め得なかつた思ひをつたへてゐるのだが、同時に「一目」の意も重なる。

いづれにしてもこの歌のうつくしさは下句「月と水との秋の夕暮」にあり、特に「月と水」の簡潔な詞の中に、冷え冷えとした秋の森羅萬象を寫し出してゐるのは見事である。元輔の心中には恐らく漢詩の秋水秋月に寄せた樣樣な佳句があつたと思はれる。「思ひ出づや」の強いひびきもそれであるが、さすがに名手、二、三句で流麗な轉調を試み一首にそこはかとない悲しみを匂はせる。末の松山の古歌をふまへた百人一首の「契りきなかた

みに袖をしぼりつつ」も巧妙な作だが、さして深い味はひはない。

漁火《いさりび》の影にも満ちて見ゆめれば浪の中にや秋を過ぐさむ
櫻花そこなる影ぞ惜まるる沈める人の春かと思へば
來し方も見えでながむる雁が音の羽風に拂ふ牀よ悲しな
草若み結びし荻は穗にも出づ西なる人や秋をまづ知る
暮れてのみ後めたきを山櫻風の音さへ荒く聞ゆる
長き夜の夢の春こそ悲しけれ花を花とも思はれぬ身は
ほか見れば秋萩の花咲きにけりなどわが宿の下葉のみ濃き
さだかにも行き過ぎなやめふるさとの櫻見捨てて歸る魂
とひかよふ文の便りに散りにきと聞きし櫻の花を見るかな

元輔集に見えるこれらの歌はいづれも彼の力倆をうかがふに足るものだが、その中でも特に「漁火」「櫻花」「來し方も」の三首は掲出の歌と竝んで、否あるいはそれを越えて深い情趣を感じさせる秀作である。

61

鳴く鹿のこゑにめざめてしのぶかな見はてぬ夢の秋のおもひを

大僧正慈圓《だいそうじやうじゑん》

夢の中に鹿が鳴く
志賀は夕霧
比良に薄紅葉
叡山から看經《かんきん》の初霜のこゑ
これらみなうつつの夢
終りのない夢を
限りある夜に見よといふのか
しかしまた
幻の鹿は鳴く

千五百番歌合、慈圓四十八歳の頃の作である。關白藤原忠通《ただみち》の七男に生れ兄は基實《もとざね》、基《もと》房《ふさ》、兼實《かねざね》等それぞれ同腹異腹とりまぜて父の要職を嗣ぎ五男惠信《けいしん》、六男信圓《しんゑん》は南都興福寺の大僧正に進んだ貴種名門である。十三歳で出家、比叡山に籠り三十八歳で天台座主《てんだいざす》、後鳥羽帝護持僧《ごぢそう》に任ぜられるが、その間の複雑な魂の遍歴、あるいは通親の政變以後承久の亂に到る波瀾を伴つた精神の軌跡は、その家集『拾玉集《しふぎよくしふ》』と警世の書『愚管抄《ぐくわんせう》』に明らかである。すなはち彼は良經の叔父として新古今歌壇の育成に大きな力を持つ歌人であつたと同時に、廣い學識を有し政治を本然の姿に正さうとする思想家でもあつた。

二十代の初學百首、述懷百首、三十代の花月百首、六百番歌合、そして四十代の院初度百首、千五百番歌合に及ぶ作品世界はそのまま彼の心誌《しんし》であるといへよう。

朝顔の儚きものといひおきてそれに先だつ人や何なる　初學百首

露の世のつひの思ひと見ゆるかな蓬がもとに燃ゆる螢は　取集百首

えびすこそもののあはれは知ると聞けいざ陸奥《みちのく》の奥へ行かなむ　述懷百首

花に吹く春の山風にほひ來てこころ迷はすあけぼのの空　花月百首

ながめこし心は花のなごりにて月に春ある三吉野の山　同

わが涙こは何事ぞ秋の夜の闇なき空に闇を敷かせて　同

曇れ月ながむる人や立入ると入らずば空も心ありなむ　同

思ひ出では同じながめにかへるまで心にのこれ春の曙　六百番歌合
心こそゆくへも知らね三輪の山杉の梢のゆふぐれの空　同
露ふかきあはれは思へきりぎりす枕の下の秋のゆふぐれ　同
いざ命おもひは夜半に盡きはてぬ夕べも待たじ秋の曙　同
わが戀はまつを時雨の染めかねてまくずが原に風さわぐなり　院初度百首
ほととぎす涙はなれに聲はわれにたがひにかして幾夜經ぬらむ　千五百番歌合
雁の來る峯の松風身に沁みて思ひつきせぬ世の行方かな　同

千五百番「見はてぬ夢の秋の思ひを」は大僧正たる慈圓と新風歌人たる慈圓が、ぴたりと一つになつて勝得た美學の一典型である。定めない世に生きる人の身、終ることのない夢に思ひをゆだねる儚さ。その夢の名殘に聞く鹿の聲。心も詞もあはれにうつくしくしかも亂れぬ格調に支へられてゐて、百人一首の「おほけなく浮世の民におほふかな」といふ、いかにも大德《だいとく》、名僧然とした歌よりもはるかに餘情豐かなものがある。止め得なかつた承久の亂五年の後、彼は七十一歳で入寂《にふじやく》した。

62

河水《かはみづ》に鹿のしがらみかけてけり浮きて流れぬ秋萩《あきはぎ》の花

大江匡房《おほえのまさふさ》

白玉の
露のなみだの
萩原を踏みしだいて
鹿が花のしがらみをつくる
川には秋のみづのしらなみ
堰《せ》かれて躍る萩の花
鹿のまぼろし
燦爛と

「鹿のしがらみ」とは鹿に踏みしだかれて絡みあふ灌木や蔓草の柵《さく》のことだが、この歌ではあたかもその柵狀の落葉枯枝に水が堰かれてゐる樣子に轉用してゐる。さかりの萩の花が山河の瀨に散り、泡立つやうに浮び、かつ逆流する趣が「浮きて流れぬ」の七音に活寫され、淡彩の屛風繪を見るやうにうつくしい。「しがらみかけてけり」といふやや骨のある三句切も秋の歌、山河の歌にふさはしく、作者の氣質を偲ばせる。

治曆三1067年二十七歲で時の東宮《とうぐう》、後の後三條天皇に學士として選ばれ、文學に政治に當代無雙の造詣と創見を謳はれた人である。人生の明暗は比較を絶するがその百年昔の宇多帝の代の文章博士《もんじやうはかせ》菅原道眞と共通した稀有の賢者と言へるだらう。政務を記錄した『江家《がうけ》次第《しだい》』民間藝能風俗研究書『遊女記《いうぢよき》』『洛陽田樂記《らくやうでんがくき》』『傀儡子記《くわいらいしき》』さては萬葉次點《まんえふじてん》等等廣範圍、多方面にわたる著書はこの他にも夥しい。家集は『江帥集《がうのそちしふ》』、家に江中納言家歌合《がうちゆうなごんけうたあはせ》を催し歌道執心で聞えた存在であつたが、晴儀としては承曆二1078年三十八歲の時の內裏歌合等にめざましい活躍を示してゐる。特にこの承曆歌合は二十六歲の青年君主白河帝の主催、判者顯房《あきふさ》を中心とする保守派、匡房を中心とする革新派の入亂れる豪華なものであつた。匡房は歌合祭文《うたあはせさいもん》を執筆し、從來の遊宴本位から文藝重視への轉換變貌を主張する。だが歌はいかにも秀逸に乏しい。この點は家集も同斷である。

おぼつかなこや有明の空ならむ夜とも見えず照らす月影

今日よりは妻とぞたのむ菖蒲草《あやめぐさ》かりそめなりと思はざらなむ
氷りゐし志賀の唐崎うちとけてさざなみよする春風ぞ吹く
別れにしその五月雨《さみだれ》の空よりも雪ふればこそ戀しかりけれ
卯の花の垣根ならねどほととぎす月の桂のかげに鳴くなり
まこも刈る淀のさはみづ深けれど底まで月のかげは澄みけり
妻戀ふる鹿のたちどを尋ぬればさやまがすそに秋風ぞ吹く
み狩野はかつふる雪にうづもれてとだちも見えず草がくれつつ
風さむみ伊勢の濱荻分けゆけばころもかりがね波に鳴くなり
秋果つる羽束《はつか》の山のさびしきに有明の月をたれと見るらむ

後拾遺初出歌人であるが入撰は詞花集に多く、「氷りゐし」はその巻頭第一首である。しかし一目瞭然、歌はすべて常套を脱してゐない。學と才とはとまれ伯仲《はくちゆう》すること稀で、匡房の場合もともすれば理が勝ち、人を酔はせるやうな美學には缺けるところがある。鹿のしがらみなども説明に落ちるところをあやふく救はれた面白さを見るべきだらう。

63

むらさきのほかに出でたる花すすきほのかによその風になびかす

藤原輔親《ふぢはらのすけちか》

なびくや
露の花薄
穂先の焔
風なかに
仄かなる
にせ紫の
よその戀
なびかじ
終《つひ》の枯薄

輔親は大中臣家《おほなかとみけ》、能宣（17）の息、伊勢大輔（54）の父である。代代祭主すなはち伊勢神宮神官の長を勤め、歌に聞えた名門である。花薄は萩、女郎花《をみなへし》と共に秋草の代表として古歌に一入の風情を添へる。春の梅、桃、櫻、夏の橘、菖蒲、常夏等おしなべてあざやかでありはなやかな中に花薄あるいは尾花はただその姿のやさしさゆゑに愛《め》でられるものであり、露と風とを伴つて王朝人の秋の心を述べる好個のよすがであつた。例歌は數多くほとんどが「穂に出づる」、思ひが外に現れることに懸け、一つのパターンをなしてゐる。この歌も例外ではない。しかしその劃一的な技法の中に、輔親の花薄は「むらさきのほか」と「よその風」といふ二つの仄かな否定表現を含むことによつて、儚い草の姿がくきやかに一首の空間を占める。紫は「ほか」に觸發されてあえかな色をにじませ、風は「よそ」に連られてかなしみを帶びる。しかも「なびく」ではなく「なびかす」であるところにも作者の苦心はうかがへる。花薄はこの時生きて人の心に靡き寄らうとするのだ。この歌は秋の題を詠んだ數首の中のもので、他には、

夜寒なる秋の初風吹きしより衣うちはへ寢覺をぞする
待つ人に過《あやま》たれつつ荻《をぎ》の音のそよぐにつけてしづこころなし
あだし野の種とはみれど女郎花うつろひがたき花の色かな
雲路より宿借りきたる雁が音は旅の空なる聲にこそ聞け

　蟲の音に機織る聲はうちはへて秋となりにし日より絶えせず

なども一首の中にふと立止らせるやうな作者の意志が見える。「過たれつつ」「うつろひがたき」「旅の空なる聲」がそれである。祭主輔親集は堂堂たる假名序を附して二百餘首、作者の見識と詩《し》藻《さう》渾然《こんぜん》とした出色の家集だが、それぞれに物語風の詞書があり、一巻を通じて風雅に生きた大宮人の日常が繪詞《ゑことば》さながらに浮んでくる。榮華物語にも詳しい長元八1035年、時の關白賴通《よりみち》主催の賀陽院水閣歌合《かやのゐんすいかくうたあはせ》には八十二歳で判者として列した。

　あやめぐさたづねてぞひく眞菰《まこも》刈る淀のわたりの深き沼まで

はその時の作であり、春宮大夫《とうぐうだいぶ》賴宗《よりむね》の「昔よりつきせぬものはあやめぐさ深き淀野に引けばなりけり」との番《つがひ》で持《ぢ》とした。彼はその三年後に長逝する。娘、伊勢大輔は當時三十をやや過ぎその歌才は三年前の上東門院彰子菊合以來父を淩ぐとさへ噂されはじめてゐた。

64

かぎりある秋の夜の間も明けやらずなほ霧ふかき窓のともしび

藤原隆祐《ふぢはらのたかすけ》

ここは秋のきりぎし
あけぼのと夜のさかひに
私は生きて燈を掲げ
その燈は霧にとざされる
暗い夢とうつつの間《はざま》
見る術もない明日に向ひ
心の窓を仄かに開く

瞑想録《めいさうろく》の一節とでも言ひたいやうな深いものおもひに沈んだ歌である。「かぎりある秋の夜」とはそのまま人生の象徴、「霧ふかき窓のともしび」とは切なる願ひ、遂げられぬ祈りと感じてもよからう。勿論さう言つてしまつては一首の味はひは半減する。しかし窓の中にうなだれる侘しくいとほしい人間の姿はありありと浮び、これは人生の影繪であつた。そしてこの作品の核心は一見それと氣づかない三句「明けやらず」にあるだらう。いづれは明ける夜、曉に逅《あ》はねばならぬ身、現實と夢幻との間に眠りもせず覺めもやらず、鬱鬱と來し方行く末を觀ずる樣がこの五音からしみじみと傳はつてくる。夜を秋に、秋を月日にと考へる時、それは畢竟人の世でありすべて有限、しかもそれは無限の時間の中の一瞬に他ならない。「なほ霧ふかき」の嘆きも身にひびくものがある。

隆祐は新古今時代を定家と共に代表する藤原家隆(93)の長男。妹、土御門院小宰相《つちみかどゐんのこざいしやう》も亦歌人として名を止めてゐる。父、子、娘揃つて承久《じようきう》の亂後も隱岐の後鳥羽院に誠をつくし遠島歌合《ゑんたううたあはせ》にもはるばると詠進してゐる。しかし歌の道は二代で絶えた。家隆は竝び稱されながら常に定家の弟《てい》たり從《じゆう》たる立場であり、亂後院と交を斷つ定家とは逆にあくまで敗軍の將に心を寄せ、裏目裏目の人生をたどるのだが、その子らもこれに殉じた感がある。

家集『隆祐朝臣集』は後鳥羽院、父家隆あるいは定家などゆかりの主君、師匠の記事を織りこみ、殊に院崩御を悼む、

立昇る煙となりし別れ路に行くも止るもさぞ迷ひけむ
この世には數ならぬ身の言の葉を諫《いさ》めし道もまた絶えにけり
世の中になきを送りし御幸《みゆき》こそ歸るもつらき都なりけり
なれなれて沖つ島守いかばかり君も渚に袖濡らすらむ

など沈痛な調べは心に沁む。一方熊野や十禪寺に奉る歌の中に廻文《くわいぶん》形式を試み、

日頃よのともしきすみか望むらくそのかみ過ぎし元の慶び
なかとほき方は南のすこき崎越すのみ波はたかき音かな
御垣《みかき》より翳《かざ》す枝にはきの花は軒端に絶えずさかりよき神

としたたかな遊戯の祕術を見せてゐるのも面白い。

もはや王朝の名殘もとどめぬ世に、わづかに傳はる面影のその片鱗をうら悲しく、暗く隆祐の作は示してゐる。

65
はかなさをわが身のうへによそふればたもとにかかる秋の夕露

待賢門院堀河《たいけんもんゐんのほりかは》

申上げたことはありません
袂にかかる露の冷《つめた》さなどは
秋草模様の小袖にはいつも
涙の玉の散りかかるばかり
はかない思ひはきのふから
明日に續いてまた繰り返す
ほろびの日を懼《おそ》れるなどと
あなたには申上げますまい

人の世の、わが身の儚さを季節の秋に重ねて嘆く、これも同趣向夥しい歌の中の一首であるが、よく見ればこの作品は、わが身の上に何をたぐへるか、さびしさを、そのさびしさは、と次第に求心的に細るところを、さらりと身をかはし、結句秋の夕べの露に暗示するといふ巧な技法を用ゐてゐる。これが千載集以後の理に落ちぬうつくしさだ。しかも一首の調べはそのまま露をまとつて立つ一莖の秋草を思はせる。夕露が袂を濡らすとは涙の意味だが、それも餘情に委ねてゐる。

堀河は神祇伯《じんぎはく》源顯仲《みなもとのあきなか》（57）の娘、はじめ白河帝皇女前齋院《さきのいつきのゐん》令子に後には鳥羽院中宮待賢門院璋子に仕へた。生歿年未詳であるが保元、平治の亂に青春期を過した歌人の一人であり、安藝（44）、小侍從（10）、建禮門院右京大夫（28）、あるいは讃岐（89）、丹後（59）に後れ先だつ才媛であつた。西行（80）とも親しく異本山家集《いほんさんかしふ》には贈答歌も見え、新古今巻末に近く、「西行を招いたが參上すると言ひながらなかなか來ない。ところが月明の夜家を今お通りになつたと人から聞いて」といふ意味の詞書をつけて、

西へ行くしるべと思ふ月かげのそらだのめこそかひなかりけれ

が採られてゐる。西行の返しは、

立ちいらで雲間をわけし月影は待たぬけしきや空に見えけむ

返歌はそらぞらしい凡作だが堀河の「西へ行く」は西行の名と共に極樂淨土への道行を仄かに懸けてをり、下句も諷刺がぴりつと利いてゐる。百人一首の「ながからむ心も知らず黑髮の」は上句がいかにもくだくだしく彼女としては失敗に近からう。戀の歌ならば待賢門院堀河集の、

黑髮の別れを惜みきりぎりす枕のしたにみだれ鳴くかな

などはつとするやうな調べの烈しさをもち、同じ髮でもはるかに秀れてゐる。また、揭出の「秋の夕露」の心をさらにつきつめた作品としては、「雲の漂ひたるを」と題した、

それとなき夕べの雲にまじりなばあはれ誰かは分《わ》きて眺めむ

が心に殘る。堀河の絕唱ともいふべき歌だらう。

66

あふさかの關の岩かどふみならし山立ちいづる切原《きりはら》の駒

藤原高遠《ふぢはらのたかとほ》

信濃の國の
切原牧場から
馬が來る都へのぼる
霧に濡れた
純血の白い馬
さあ迎へに行かうよ
葉月十五夜
心もとどろに
ギャロップが聞える

八月十五日、信濃の御牧場から宮中に駒が送られる。左馬寮《さまれう》の使はこれを近江逢坂の關まで出迎へるのが年中主要行事の一つであり、古歌にも秋の部にかならず現れる祝儀であり景物であつた。參議齊敏《さんぎのなりとし》の子高遠はその任に當つて駒迎へに出向きこの歌を作つた。詞書にもその旨が記されてゐる。

拾遺集秋にはこの歌に竝べて「延喜御時《えんぎのおほんとき》　月次御屛風《つきなみのおんびやうぶ》に」と前書のある紀貫之の作、

あふさかのせきの清水《しみづ》にかげ見えていまやひくらむ望月《もちづき》の駒

が採られてゐる。花山院《くわざんゐん》、あるいは公任《きんたふ》の趣向であらうが高遠の駒は切原、貫之は望月。一方が蹄の音を高らかに聞かすなら一方は水に駒の姿をさやかに映す。また高遠の駒迎へは體驗、貫之のは繪空事といふ對照も生れるだらう。もつともこの實地と創作は當然問題外であつて要はいづれがその景を活寫し、心躍りを初初しくめでたく表現してゐるかである。高遠にとつては一世一代に近い自信作であつたらしい。逸話によれば彼は當時重症で臥つてゐる公任のところへ禮裝して參じ、自作と貫之の作との優劣を問ひ質《ただ》した。公任は病苦をおしてねんごろにこれに應へたが、高遠は翌日平服で改めて病氣見舞に伺つたといふ。歌道聽問《ちやうもん》は晴、第一義とし、見舞は褻《け》、第二義に考へる歌人の面目を傳へる一エピソードであらうがいささか誇張された趣もあり、順序が逆であつても高遠の熱意は十分うかがへる。

彼は梨壺《なしつぼ》の五人に次ぐ歌人であり家集大貳高遠集《だいにのたかとほしふ》にも秀歌は多い。

笛の音は澄みぬなれども吹く風になべても霞む春の空かな
水底に沈める網もあるものを影も止めずかへるかりがね
見る人の心もゆきぬやまがはの影を宿せる春の夜の月
立ちかくす霞の間より散る花は風の心を包むなるべし
あだに散る花につけてぞおもほゆる春は浮世のほかに暮れなむ
戀しくば夢にも人を見るべきに窓打つ雨に目をさましつつ

最後の「戀しくば」は白氏文集《はくしもんじふ》の「蕭蕭暗雨打窓聲《せうせうたるあんうまどをうつこゑ》」を題としたものだが、原詩を戀に轉じ大らかで平明なひびきを成してゐる。長和二1013年六十五歳の逝去、輔親（63）とはほぼ同世代の人であつた。大貳とは次官、生前の官職は正三位大宰大貳《だざいだいに》まで進んだ。

67

萩の花くれぐれまでもありつるが月出でて見るになきが儚《はかな》さ

源《みなもとの》實朝《さねとも》

その時
たしかに萩の花は有つたか
月の光は刃のやうに流れ
心は水のやうに冷えてゐたが
白萩の亂れは幻に過ぎなかつたのか
ああ私は無いものを見たのか
否、私にはその奥に
有るものが見えなかつたのだらうか
それは有つて無い時間
萩と月の消えてゆく空間に
私の見たのは
私の墓

實朝の家集は金槐和歌集《きんくわいわかしふ》あるいは鎌倉右大臣家集と呼ばれる。金は鎌の偏《へん》、槐は中國の故事により太政《だいじやう》、左《さ》、右大臣《うだいじん》三公を表す。二十八歳承久元1219年正月鶴岡八幡宮石階の脇で別當阿闍梨《べつたうあじやり》公曉《くげう》、否、實は北條義時の陰謀によつて刺し殺されるまでの短い悲痛な生涯については吾妻鏡《あづまかがみ》を初めとする數多の史書に詳しい。彼は恐らく十三歳の初秋兄頼家《よりいへ》が修善寺《しゆぜんじ》で虐殺されて以來日日死を豫感し、最期をさして後向に生き進んでゐたのだらう。源家《げんけ》は早晩彼を以て絶えるべき運命にあつた。

定家が筆寫命名したといふ家集はほとんど二十二歳までの作品で滿たされてゐる。十四歳の四月に歌を詠み始め、その九月新古今を定家から贈られるが、爾來八年彼は歌に心を傾けつくし、新古今はもとより萬葉、古今をすべて血肉化しまさに早熟の天才の典型といふべき作品群を殘す。世には萬葉調の、

大海の磯もとどろによする波われてくだけて裂けて散るかも
箱根路をわが越えくれば伊豆の海や沖の小島に波のよる見ゆ
もののふの矢竝つくろふ籠手《こて》の上に霰《あられ》たばしる那須の篠原

等等が喧傳され、百人一首には重苦しい「世の中は常にもがもな」が採られてゐるが、彼の本領は決してそのやうなところにはない。萩の花は夕暮まではあつた。しかしそれは月

光の下では消え失せてゐた。「なきが儚さ」。この虚無の呟きこそ日常の死を生きねばならなかつた彼の魂の聲であらう。また實朝の名を消してもこの一首の冷え冷えとした不吉なひびきは人の心を刺す。

うち忘れ儚くてのみ過し來ぬあはれと思へ身に積る年
見てのみぞ驚かれぬる烏羽玉《うばたま》の夢かと思ひし春の殘れる
世の中は鏡にうつる影なれや有るにもあらず無きにもあらず
身に積る罪やいかなる罪ならむ今日降る雪とともに消《け》ぬらむ
われのみぞ戀しと思ふ波のよる山の額に雪の降れれば
吹く風の涼しくもあるかおのづから山の蟬鳴きて秋は來にけり
朝ぼらけ跡なき波に鳴く千鳥あなことごとしあはれいつまで
夕月夜おぼつかなきに雲間より仄かに見えしそれかあらぬか

彼が見たものは現實の彼方の見てはならぬもの、禁忌《タブー》、死の國ではあるまいか。由比が濱に浮ばぬ船を造り宋への遁走に失敗したのは二十六歳の春であつた。

68
世の中はいさともいさや風の音《おと》は秋に秋そふここちこそすれ

伊勢《いせ》

さはれ秋
風吹けばさらに長月《ながつき》
冷えまさる
人の心もなどとほからむ
知る知らず
夢の世の風に移ろふ
笹のつゆ

『後撰集』雑の部に、讀人知らずの贈歌「世の中はいかにやいかに風の音を聞くにも今はものや悲しき」への返歌として竝べられてゐる。『伊勢集』の詞書によると「歎きに沈んでゐた時、それを見舞つて」とあるが、歎きは戀によるものか人の死によるものか、あるいはその二つを併せたものかさだかではない。人の見舞ひの歌を受けて谺《こだま》のやうに「世の中は」と返し、「いさともいさや」すなはちさあどんなものでせうかとためらひながら、「秋に秋そふ」、さらぬだにもの悲しい秋にまた悲しみがさし添ふと訴へるところに彼女の切ない心情はきはやかに現れてゐる。「いさ」と「秋」の重なりも微妙な技巧であり贈歌の平凡な下句とは比べものにならない。『伊勢集』は五百十八首、おほよそが彼女を中心とした貴族との贈答歌であり、華やかに寂しい歌物語の觀がある。

けふまでも流れぬるかな水上の花はきのふや散りはてにけむ
さくらばな匂ふともなく春くればなどか歎きの茂りのみする
沖つ藻を取らでややまむほのぼのと舟出しことも何によりてぞ
結びけむ人の心はあだなれや亂れて秋の風に散るらむ
人はいさわれは春日の篠薄下葉しげくぞ思ひみだるる

この家集は娘中務《なかつかさ》（8）の編纂と傳へられる。宇多天皇の中宮溫子《ちゆうぐうをんし》に仕へながらその兄枇杷左大臣《びはのさだいじん》藤原仲平《ふぢはらのなかひら》に愛され、さらに宇多帝の寵を得て桂宮《かつらのみや》行明《ゆきあきら》を生み、伊勢の御《ご》と呼ばれ、さらに帝の皇子敦慶親王《あつよししんわう》と結ばれて中務を生むといふ半生を見ても、彼女の美貌と情熱と才氣が單なる傳說でないことが察せられる。伊勢集の華やかさはこの貴種貴人の八方からの求愛に次次と應へて遍歷を重ねる彼女の一面であり、寂しさはそのいづれも末を遂げず、宇多帝退位の後は京極御息所褒子《きやうごくのみやすどころほうし》の榮華とは逆に次第に籠りがちになり、後には邸さへ賣るほどに零落するといふ身の移り變りを反映するものだらう。

男からの贈歌の中にも「夏いと暑き日ざかりに」と詞書し、

夏の日のもゆるわが身のわびしさに水戀鳥のねをのみぞ鳴く

といふ實に美しい歌があり、水戀鳥、赤い翡翠《かはせみ》にたとへた男自身の面影から、かやうな歌を捧げられる伊勢のあてやかさまで偲ばれる。百人一首の「難波潟みじかき蘆の節の間も」は新古今になつて初めて採られた作品で、上句序詞は萬葉以來使ひ古された陳腐なもののながら、結句の「過《すぐ》してよとや」の反問に彼女らしい氣位が仄見えて面白い。

69

おもひいでていまは消《け》ぬべし夜もすがら置きうかりつる菊の上の露

藤原伊尹《ふぢはらのこれただ》

あの時菊はまだ露を結ばず
あなたは返さないと囁いた
その時花芯は月にきらめき
私はよろこびに顫へてゐた
あの時天の白露は零《ふ》り注ぎ
あなたは死なうと囁いたが
露は消え私一人はながらへ

伊尹は謙徳公《けんとくこう》、圓融天皇天祿元970年に攝政となり翌年太政大臣、その翌年正一位を贈られ四十九歳で薨《こう》じた。平兼盛（24）、壬生忠見（47）等とほぼ同時代の歌人であり、子息擧賢、義孝（3）兄弟が急逝したのは彼の死の二年後のこととなる。才氣煥發の美男として聞え、その家集『一條攝政御集《いちでうせつしやうぎよしふ》』約二百首のおほよそは戀歌である。ただし、冒頭の部分は謙徳公が大藏史生倉橋豐蔭《おほくらのししやうくらはしのとよかげ》なる架空の人物に假託して物語風に編んだものであり、それ以後は、これを受けて語り繼ぐやうな趣向で、歿後纏められた様子である。いづれにしても彼の華麗な青春が繪詞《ゑことば》さながらに繰り展げられる。榮耀の限りを盡した歌人、このやうな幸運兒は身分、才能、容姿三物を天から與へられた謙徳公の他には多くあるまい。そして知命にも到らぬ死去はその代償であり罰であつたかも知れない。菊の露は新古今戀に見え、家集には、「長月ばかり女のもとにおはして、つとめて」と詞書があり詞づかひもやや異る。「つとめて」とは「翌朝」の意をもつ古語であるが、稀に會つた女と一夜を明かし、終夜起き出て別れることを、後朝《きぬぎぬ》の時の來ることを恐れ嘆いた、その思ひ出が、いまありありと蘇り、死ぬばかり悲しいと歌ふ。「消ぬべし」は自分の命であると同時に菊の上の露、「おきうかりつる」は同様に「起き憂か」つたみづからと「置き憂か」つた露といふ二重構造となつて、そのまま戀に溺れる露の命を表現してゐる。「今は」のもつ意味も深い。

小止《をや》みせぬ涙の雨に雨雲ののぼらばいとどわびしかるべし
契りてしこよひ過《すぐ》せるわれならでなど消えかへるけさの泡雪《あわゆき》
空耳《そらみみ》か今朝吹く風の音聞けばわれ思はるる聲のするかな
風早きひびきの灘の舟よりも生きがたかりしほどは聞ききや
春風の吹くにもまさる涙かなわが水上もこほりとくらし
水の上に浮きたる鳥のあともなくおぼつかなさを思ふ頃かな
かぎりなく結びおきつる草枕いづくの旅を思ひわすれむ
人知れぬ寢覺の涙ふりみちてさもしぐれつる夜はの空かな
ながき世のつきぬ歎きの絶えざらば何に命をかへて忘れむ
秋の野の草葉もわけぬわが袖のあやしやなどてつゆけかるらむ

いづれも戀の達人らしい自在な歌ひぶりである。百人一首の「あはれともいふべき人は思ほえで」は家集冒頭に出て來るが、一首切離して眺めるといかにも貧弱で、この歌人の特質があまり感じられない。

70

鳴けや鳴け蓬が杣のきりぎりす過ぎゆく秋はげにぞかなしき

曾禰好忠《そねのよしただ》

秋は
棲家の
四方から
更けてくる
深みに落ちて
もはや起上《たちあが》れぬ
私は流す涙もない
人も世も棄て果てた
心のおくのくらがりに
鳴くな鳴くなきりぎりす

華麗纖細、巧緻幽玄を極める王朝和歌を讀み耽つて、その美しさゆゑに、その複雜さのゆゑに、また微妙な心理に分け入り過ぎて、ふと言ひやうのない虚《むな》しさと退屈を覺えることもあらう。かういふ飽和狀態を救ふ妙藥として異色破格な歌人があり、家集が存在する。初期には曾禰好忠の『曾丹集《そたんしふ》』、中期には源賴政（13）の『從三位賴政卿集《じゆさんみよりまさきやうしふ》』、末期には西行の『山家集《さんかしふ》』等代表的なものだ。

『曾丹集』の壓卷は毎月集である。一年を四季に、四季を各三箇月に、一箇月を上中下旬に、各旬十首、計三百六十首として、別に各季の首部に長歌形式の序を附してゐる。發想、修辭ともに大膽、新鮮、當時の古今調全盛時代にいささかも規範に拘泥せず、獨特の歌風を誇つてゐる。勿論十世紀末歌壇では異端視されたが、これは歌風もさることながらたとへば寬和元985年圓融院子《ね》の日の御遊《ぎよいう》に、御召もないのに推參して退出させられた等の奇行にもよるのだらう。掲出の歌は秋八月の下旬のなかばに見える。「蓬が杣」は蓬を交へた雜草が薪を取る杣山のやうに生ひ繁つてゐるところ、みづからの荒れた棲家をも暗示強調する詞である。初句の大音聲《だいおんじやう》の呼びかけは豪快だ。きりぎりすの聲も十が百に數を增し、音程も一オクターヴ上るやうな趣、そのために細細とした秋の悲しみが一轉して太太とした男の慨歎を思はせ、却つて痛快である。恐らく王朝秋の歌の中でも他に例を見ぬ潔い一首であらう。

改めし袖の御幣《みてぐら》させるかと澤邊にたづの群れゐたるかも　春・一月
ねやの上に雀の聲ぞすだくなる出で立ちがたに子やなりぬらむ　春・三月
日暮るれば下葉をぐらき木《こ》のもとのもの恐ろしき夏の夕暮　夏・四月
蟬の羽の薄らごろもとなりにしを妹《いも》と寝《ぬ》る夜の間遠なるかな　同・五月
蚊遣火のさ夜ふけがたの下こがれ苦しやわが身人知れずのみ　夏・六月
くつわ蟲ゆらゆら思へ秋の野の藪のすみかはながき宿かは　秋・八月
妹がりと風の寒さにゆくわれを吹きな返しそさ衣の袖　同・九月
亂れつつ絶えなば悲し冬の夜のわがひとり寝る玉の緒弱み　冬・十月
藪がくれ雉子《きぎす》のありかうかがふとあやなく冬の野にやたはれむ　同・十一月
荒磯に荒波立ちて荒るる夜に妹《いも》が寝肌はなつかしきかな　冬・十二月

まことに直情の迸り清清しく、ふと萬葉の蘇りを感じる。それは彼の意圖でもあらう。これらに比べれば百人一首の「由良のとを渡る舟人」など至極常套的な詠み振りで好忠の個性がからうじて窺《うかが》へる程度の作に過ぎない。

71

あきかぜのいたりいたらぬ袖はあらじただわれからの露のゆふぐれ

鴨《かもの》長明《ちやうめい》

花染の袖にあきかぜ
露一しづく
墨染の袖もあきかぜ
涙たまゆら
悲しみは遠き空より
われに滴《したた》る
秋は今夢のゆふぐれ

秋風はいづれの袖にも吹き及ぶ。しかし思へばその袖におく露もひとへに私自身の悲しみの涙なのだ。四方に露おく夕暮に。意味は決して尋常に通つてはゐない。上句と下句とは奇妙な缺落を含みながら續いてゐる。しかしやや漢詩翻案的な角角しい上句は、「ただわれからの露のゆふぐれ」なる美しい下句を得てにはかに精彩を增す。意志と感情、心と自然の見事な照應とも言へよう。「露のゆふぐれ」この七音で作者を中心にした森羅萬象は薄明りの中で眞珠を鏤《ちりば》め、はるかに無數の衣の袖は仄白く翻る。そして作者の眼には涙が溢れる。秋風、露、夕暮、素材だけなら王朝和歌には掃いて棄てるほどある陳腐なものだ。そのありきたりの現象が鴨長明の稀なる天來の技法によつて、たぐひない光と響を釀し出す。これも新古今的詩法の生んだ奇蹟の一つだらう。

長明は『方丈記』の著者として名のある随筆家だが、和歌にも秀で後鳥羽院に召されて和歌所寄人となり、實朝に招かれて度度鎌倉へ歌話を講じに下つたこともある。歌論書『無名抄《むみやうせう》』は萬葉以來の歌の變遷、當代歌人の月旦、技法の分析を問答形式で論じたもので、中世和歌研究には必須のものである。草庵に籠つたのは五十歳、出家の後であり、父祖の職を繼いで賀茂の神官にならうとしたが志を遂げることができず、世を恨んでのことといふ。新古今入撰はこの歌を含めて十首、

袖にしも月かかれとは契りおかず涙はしるやうつの山越

夜もすがらひとりみやまのまきの葉に曇るも澄めるありあけの月

等はいかにも長明らしい秀句表現がきらりと光る。家集『鴨長明集』にも、

吉野河淺瀨しらなみ岩こえて音せぬ水は櫻なりけり
たちどまれ野邊の霞に言問《こととと》はむおのれは知るや春のゆくすゑ
照る月の影を桂の枝ながら折る心ちする夜はの卯の花
端ゐつつむすぶ雫のさざなみに映るともなき夕月夜かな
待てしばしまだ夏山の木の下に吹くべきものか秋の夕風
玉章《たまづさ》の裏ひきかへすここちして雲のあなたに名のるかりがね

と新古今調を傳へた佳作は見えるが、總じて揭出の一首「露のゆふぐれ」に及ぶものはない。文筆の他、琵琶彈奏においても當代の名手の一人に數へられ、祕傳に關るいくつかの逸話を殘してゐる。

72 幾夜經てのちか忘れむ散りぬべき野べの秋萩みがく月夜を

清原深養父《きよはらのふかやぶ》

忘れた　萩も月も　どうして
思ひ出せよう　亂れ咲く白い
萩にそれより白い月光が零《ふ》り
亂れてゐたことを　萩は既に
散りぎは　月光は後夜《ごや》の煌《きらめ》き
私は壯年を過ぎてゐたことを
萩は心の中に散りつくしたが
月は幾度か滿ちたが　忘れた
ことごとく忘れた　忘れずに
どうして儚い世に存《なが》へ得よう

『後撰集』秋の部に貫之の「秋の野の草も分けぬをわが袖のものおもふなべに露けかるらむ」と竝べられてゐる。貫之の秋の情趣もさすがではあるが、やはり、草の露も分けないのにもの思ふ涙のために袖が濡れるといふ、一種のことわりめいた構成が餘情を殺《そ》ぐ。深養父の歌はまづ時間の逆順の流れが實に技巧的で面白い。白い萩の花をきらめかせてゐたあの野の月、その月夜の印象は忘れがたい。しかし忘れるだらう。あわただしい世に生きて幾日かが過ぎて行けば、儚い一夜のゆきずりの眺めではあつたと、感慨を倒敍して、逆に萩と月の美しさ、忘れがたさを強調する。ことわりめくところを危く深い思ひに轉ずるのが、この歌の要《かなめ》であらう。「散りぬべき」といふ第三句も念押しめきながら技巧の細さは認められよう。

深養父は清原元輔（60）の祖父であり、清少納言（15）の曾祖父にあたる。生歿年共に不詳だが、貫之、友則、是則等と竝んで古今集を代表する歌人の一人に數へられる。三十六歌仙には加へられてゐないが力倆はさして劣らない。

ささやかな家集『深養父集』は古今集撰進の料《しろ》として編まれたものと言はれる。中の「夏の夜はまだ宵ながら明けぬるを」は百人一首にも採られて有名だ。しかしこの歌も、短夜で月は入る暇もない。雲のどのへんに隠れてゐるのだらうといふ意表を衝いた見立ての面白さ以外見るべきものはない。

花散れる水のまにまにとめくれば山には春もなくなりにけり
秋の海に映れる月をたちかへり浪は洗へど色もかはらず
冬ながら空より花の散りくるは雲のあなたは春にやあるらむ
うつせみのむなしきからになるまでも忘れむと思ふわれならなくに
恨みつつぬる夜の袖のかわかぬは枕のかたに潮や滿つらむ
煙立つ思ひならねど人知れずわびては富士のねをのみぞ泣く

彼の作には古今の機智的な面に墮したものが多いやうだ。掲出の歌及び今一首、

滿つ潮のながれ干《ひ》る間を逢ひがたみみるめの浦に夜をこそ待て

は、その點出色と思はれる。晩年には平家物語にも見える補陀落寺《ふだらくじ》を京都愛宕郡《あたぎこほり》の小野に建て、ここに住んだと傳へられる。また彼は當時琴の名手として聞え、微官ではあつたが堤中納言兼輔や貫之と親しく往來してゐた。

73

いづかたとさだめて招け花薄暮れゆく秋の行方だに見む

藤原顯輔《ふぢはらのあきすけ》

北を指せばキルギス
南に靡けばミンダナオ
西はニジェリア
東に人の知らぬ島
とまでは言はないにしても
どこへ行く氣なのか
誘ふなら誘ふで
方角くらゐ決めてくれよ
尾花君
いざさらば
秋の行く方へ行かう
上は地獄下は天國
すきずきさ

久安五1149年右衛門督《うゑもんのかみ》家成家《いへなりけ》歌合中のもので顯輔は判者を兼ねてゐる。主催者は顯輔の甥、鳥羽上皇の寵臣、その上美福門院得子の従兄にあたり當時四十三歳、顯輔は六十一歳、父顯季に始まる歌學の名門六條家の當主として充實しきつた時期であり、宮廷歌人ことごとくその門に靡き伏してゐたといつても過言ではない。藤原俊成（40）は未だ三十六歳、私淑した基俊（30）、俊頼（58）は既に亡く、崇徳院（42）の御召による久安百首に參ずるのも翌年のことであり、六條家と拮抗する新風御子左家を率ゐるにいたるのはなほ數十年後のこととなる。

顯輔は崇徳院の命によつて詞花集を撰進するが、完成までに約八年を費し歌數は四百首に過ぎず、後の世には微温的、金葉集の亞流と評され、特に當代の歌人をほとんど採らず、俳諧歌紛ひの作や最嚴法師や律師仁祐の異常な戀歌などの撰入があるとの非難も生れるが、保守派基俊の歌はわづか一首しか採らず、革新派曾禰好忠（70）が最高の十七首、俊頼は十一首選び、和泉式部（48）を十六首入れるなど、決して退嬰的ではなく、俳諧歌や戀歌にしても大膽な撰歌態度と言へる。掲出歌は歌合では自歌ゆゑに負と判を下してゐるが、通例人を招くものとして戀に懸ける花薄に季節の秋そのものを招かせ、その方角に暮れて行く秋の行末を見定めようとする趣向は面白い。家集は『左京大夫《さきやうのだいぶ》顯輔集』、作品に詩心の閃きは見られないが、悠悠として大家の風格を偲ばせる。

聲高しすこしたちのけきりぎりすさこそは草の枕なりとも
朝まだき折れ伏しにけりよもすがら露おきあかす撫子の花
かるの池の入江を廻る鴨鳥の上毛はだらにおける朝霜
さざなみや舟木の山の時鳥聲をほにあげて鳴きわたるなり
いつはらでしかと答へよ秋萩を柵《しがらみ》伏すと聞くはまことか
限りあれば鳴かでもやまじ時鳥人苦しめに待たれざらなむ
年經れど人もすさめぬわが戀や朽木の杣の谷のうもれ木
鶯の花の塒にとまらずば夜深き聲をいかで聞かまし
誰がために急ぐなるらむよもすがら槇の島人衣うつなり
名のみしてさしも嵐を百瀬川ゆゆしき瀬をばわれぞ過ぎにし

特に最初の「聲高し」など好忠のきりぎりすに觸發されたやうな清清しさがあり、新古今にも採られた百人一首の「秋風にたなびく雲の絶間より」なる久安百首中の平凡な敍景歌よりは、よほど見所があらう。

74 音羽河秋せく水のしがらみに餘るも山の木の葉なりけり

順徳院《じゅんとくゐん》

秋よ秋よ逝《ゆ》くなと
水の流れに柵《さく》を結ひ
身に餘る悲しみを堰《せ》く
一生《ひとよ》も秋のすゑひたすら
心急《せ》く山川《やまがは》の水の行方《ゆくへ》
病葉《わくらば》のひしめく彼方《かなた》
秋は秋はつひの幻

順徳院が父院後鳥羽の承久《じようきう》の亂に殉じて佐渡へ配流されたのは二十五歳の初秋であった。兄、土御門帝とこと變り後鳥羽院の寵愛を一身に受け、また歌人としても歌學者としても一流の域に達し、御集『紫禁和歌草《しきんわかさう》』、歌論書『八雲御抄《やくもみせう》』等出色の著を以て聞える。特に後者は平安朝以來の歌學集大成《しふたいせい》、決定版とも言ふべく、語彙《ごゐ》研究にも竝竝ならぬ造詣がうかがはれ、中でも最終第六巻のユニークな作歌要諦や作品分析は得がたいものだ。

一代の御製は千四百五十七首、秀作も數多あるが、定家獨撰、曰く因縁つきの新勅撰には一首も採られず、新古今撰定當時は未だ十歳前後であるから、作品は『續後撰集《しよくごせんしふ》』に初めて見ることができる。ほぼ同世代と目《もく》されるのは實朝（67）、隆祐（64）及び定家の子、續後撰集撰者爲家あたりであらう。王朝の餘香、餘響もうすれた鎌倉初期歌人の一人であるが餘波《なごり》の儚さを味はふためにあへてここに掲げた。紅葉とは言はず「山の木の葉」と言ひ抑《おさ》へたところ、それも柵《しがらみ》に止まるのでなく「餘る」と言ひ、それは季節の秋そのものを堰き止めようとすることを暗示したあたり、作者の內心にたぎり泡だつ悲しみと憤りと諦めがにじみ出てゐる。音羽河は京都東山の東方、逢坂山に續く同名の山に源を發する川で、歌枕として有名であるが、この一首は單なる自然詠ではない。水の流れ、すなはち世の流れに逆ひ、阻《はば》まれて、人生のなかばで遠島に遣《やら》はれねばならぬ悲歌であつた。

花鳥のほかにも春のありがほに霞みてかかる山の端の月
草の葉に置きそめしより白露の袖のほかなる夕暮ぞなき
菅原や伏見の里の笹まくら夢も幾夜のひとめよくらむ
明石潟海人の苫屋のけぶりにもしばしぞくもる秋の夜の月
思ひわびさても待たれし夕暮のよそなるものになりにけるかな
聞くたびにあはれとばかりいひすてて幾夜の人の夢をみつらむ
心あらば衛士のたく火も弛《たゆ》むらむ今宵ぞ秋の月は見るべき
今更に人をば何かつららゐる下にもしのぶみづからぞ憂き
思ひ出でよ木の葉の上の忘れ水うつりし色に絶えはつるとも
のぼりにし春の霞をしたふとて染むる衣の色もはかなし

いづれも穏《おだ》やかにうるはしい詠風であり、後鳥羽院譲りの歌才は紛れもない。ただ八雲御抄にも言及してゐるやうに定家の妖艶、有心《うしん》の體《たい》には否定的で、一に俊成の幽玄を尙《たふと》ぶところとも關聯し、その歌にもきはやかな明暗抑揚は見られない。後鳥羽院崩御の後を逐ふやうに、佐渡で不歸の客となつたのは四十六歳の晩秋であつた。

75
影をだに見せず紅葉《もみぢ》は散りにけり水底にさへ波風や吹く

凡河内躬恆《おほしかふちのみつね》

空に私の血がにじんでゐる
嘘ばつかり
あれは紅葉の散つた痕《あと》
水は彼岸に流れてゆく
さうかしら
腐つた紅葉が逆流するだけ

あたかも貫之（14）の「さくらばな散りぬる風のなごりには水無き空に波ぞたちける」を意識して一對をなしたやうな佳品である。春風と秋風、櫻と紅葉、空中と水底、しかも、いづれの歌にも櫻、紅葉はすでに散り失せ、そのあつた影を歌の主體としてゐる。虛を描いて實を浮彫にする、しかも理智的な響きをしかと心に傳へる點、いかにも古今集の美しさである。しかしこの歌は古今集には見えず、

風吹けば落つるもみぢ葉水清み散らぬ影さへ底に見えつつ

が秋の部の終り近くに選ばれてゐる。下句の沍えが一首の價値を決めてゐる點は共通してをり、「水底にさへ波風や吹く」も「散らぬ影さへ底に見えつつ」も甲乙をつけがたいが、私は水底の秋風を好む。

躬恆も古今集撰者の一人であり、貫之とは親交があつた。二人のいづれを高しとするかは古來議論が繰返されてをり、俊賴や俊惠は躬恆をより高しと見てゐたやうだ。定家は貫之を重んじてをり、これが大勢と見られる。

春の夜の闇はあやなし梅の花色こそ見えね香やはかくるる
鶯はいたくな鳴きそ移り香にめでてわがつむ花ならなくに

うつつには更にも言はじ櫻花夢にも散ると見えば憂からむ
櫻花散りなむ後は見も果てずさめぬる夢のここちこそすれ
さみだれの月の仄かに見ゆる夜は時鳥だにさやかにを鳴け
ほととぎすわれとはなしに卯の花の浮世の中に鳴きわたるらむ
人知れぬ音をや鳴くらむ秋萩の花咲くまでに鹿の聲せぬ
秋毎に來る雁がねは白雲の旅の空にや世を過すらむ
憂きことを思ひつらねてかりがねの鳴きこそ渡れ秋の夜な夜な
わが戀はゆくへも知らずはてもなしあふをかぎりと思ふばかりぞ
かれはてむ後をば知らで夏草のふかくも人の思ほゆるかな

それぞれに躬恆集を彩り、あるいは古今集各部を飾る名歌であり、どの一首を取つても百人一首の「心あてに折らばや折らむ」より文句なしに優れてゐる。白菊の霜など躬恆の好ましからぬ一面があらはに見える。自讃歌かならずしも秀歌ではない一例だらう。歌人としての名とうらはらに彼も亦甲斐に始まり淡路に到る下級地方官吏を歴任して終つた。生歿年共に不詳である。

76 さびしさや思ひ弱ると月見ればこころの底ぞ秋深くなる

藤原良經《ふぢはらのよしつね》

月は鬱金《うこん》の空洞《うつろ》
死に向つて歩む私を寫す
ひややかな鏡
おとろへて
もはや底知れぬ
秋の心
心の秋に
谺《こだま》する
さびしさや
さびしさやと

家集『秋篠月清集《あきしのげつせいしふ》』の冒頭に置かれた「花月百首《くわげつひやくしゆ》」中の一首である。歌意は表面上はいたつて單純だ。心衰へてつくづく月を眺めれば、みづからのうちに秋はいよいよ更けてゆく氣配だと作者は言ふ。だが「こころの底ぞ秋深くなる」とはすさまじい表現である。同じ感懷は覺えても、このやうに言ひあらはすことはできない。深くなる心の底の秋は、果してその後どうなるのか。恐らくは死に繋るのだらう。奈落、黄泉、秋風はそこから吹き及ぶのかも知れない。花月百首は建久元1190年、作者自身の招きによつて九月十三日夜催された歌會の詠草であり良經は時に二十二歳、會者は慈圓、定家、有家、寂蓮、丹後。世には定家二十五歳の「二見浦百首」、その中の「見渡せば花も紅葉もなかりけり」を以て弱冠の鬼才を云云する。だが良經の天才は定家をはるかに凌ぐ。技法にかけては勿論、不吉なまでに澄んだ心緒も定家の及ぶところではない。良經は十六年後の死を豫感するかに、壯麗無比の作品を矢繼早に發表する。俊成を判者とする大歌合は二十五歳の折主催したものであり、死の前年竟宴を見た新古今には後鳥羽院に代つて不滅の名文假名序《かなじよ》を草した。

良經は花月百首以前二十歳未滿で既に兄良通と共に千載集に入撰してゐる。今彼の若書を中心にその眩くばかりの詩才を眺めてみよう。但しこれは片鱗を示すのみである。

さゆる夜の眞木のいたやのひとり寢に心碎けと霰ふるなり　千載集・冬

秋はをし契は待たるるとにかくに心にかかる暮の空かな　千載集・戀

ただ今ぞ歸ると告げてゆく雁を心におくる春のあけぼの　二夜百首
後の世を此の世に見るぞあはれなるおのが火串《ほくし》を見るにつけても　同
知るや君末の松山越す波になほも越えたる袖のけしきを　同
秋はなほ吹き過ぎにける風までも心の空にあまるものかは　十題百首
難波潟まだうら若き蘆の葉をいつかは船の分けわびなまし　同
照る月にあはれをそへて鳴く雁の落つる涙はよその袖まで　花月百首
厭ふ身も後の今宵と待たれけりまた來む秋は月も眺めじ　同
見ぬ世まで思ひのこさぬ眺めより昔に霞む春のあけぼの　六百番歌合
幾夜われ波にしをれて貴船川袖に玉散るもの思ふらむ　同
歸る雁今はのこころ有明に月と花との名こそ惜しけれ　院初度百首
おしなべて思ひしことのかずかずになほ色まさる秋の夕暮　同

新古今時代の新風歌人等とは次元を異にしたかの神韻、天來の調べは、現代人の心にも沁み入る。特に「見ぬ世まで」は絶唱中の絶唱であらう。

77
夜夜《よるよる》に出づと見しかど儚《はかな》くて入りにし月といひてやみなむ

元良親王《もとよししんわう》

月はなやかにありけり
　ここまで出て來ない？
人あえかにゐまひけむ
　ああ何てつめたい手！
月須臾《しゆゆ》にこそ翳りけれ
　あなたはどこのたれ？
人の香も覺えざりける
　もう行つてしまふの！
月ふたたび照りにけり

『元良親王御集』は後世の他撰であるがその冒頭には次のやうな詞書が見える。「陽成院の一宮《いちのみや》元良のみこ、いみじき色好みにおはしければ、世にある女のよしと聞ゆるには、逢ふにも逢はぬにも、文やり歌よみつつやりたまふ」。

その言葉通り御集に収められた約百七十首は、ほとんどが後宮の女性達との華やかなかつ深刻な戀の贈答歌である。掲出の作は、月の明るい夜どこかで女の囁く聲がする。どうやら外へ出て月を見よう、いや出なくつてもなどと言つてゐる様子である。聲の主はちらと見えただけでたちまち局《つぼね》の中へ入つてしまつたといふ趣を前提としてゐる。恐らく窈窕《えうてう》たる佳人であらう。その見ぬ面影を短夜の月光に托して、仄かな戀の歌としてゐる。

王朝物語にはしきりに現れる風流貴公子の一典型であり、漁色《ぎよしよく》もさることながら、弟元《もと》平親王《ひらしんわう》と共に高踏的な歌合を主催し、歌人としての才もなまなかのものではない。

百人一首の「わびぬれば今はた同じ」は宇多天皇の后、京極御息所《きやうごくのみやすどころ》、藤原褒子《ふぢはらのほうし》との密事が顯《あらは》れて、宮中の噂となり煩悶の極にあつた時の作である。深刻な内容ではあるが懸詞も使ひ古されたものであり、歌としての面白さも感じない。それよりも後撰集の中では、

逢ふことは遠山鳥《とほやまどり》の狩衣《かりごろも》著てはかひなきねをのみぞ鳴く

などはるかにうつくしい。また御集中にもあざやかな心ばへの見える歌が少くない。

埋れ木の下に歎けと名取川こひしき瀬にはあらはれぬべし
帚木《ははきぎ》を君がすみかにこりくべて絶えじ煙の空に立つ名は
麓さへ熱くぞありける富士の山嶺のおもひの燃ゆる時には
天雲のはるばる見ゆる嶺よりも高くぞ君を思ひそめてき

また女の返歌の中にも贈歌を淩ぐばかり冱えた歌が數多あるのもなかなかの眺めだ。

なかなかに飛火の杜《もり》のほととぎす君こひなきは夜はにこそ鳴け
散りぬべき花のこころとかつみつつたのみそめけむわれや何なる
鶯は鳴かむ雫に濡れねとやわが思ふ人の聲ぞよそなる

『徒然草《つれづれぐさ》』によれば親王が元朝に奉賀する聲は朗朗として、鳥羽の造道《つくりみち》まで響いたといふ。艷聞、文名共に高かつた貴種にふさはしい逸話の一つであり、彼のすぐれた眉目、躰軀が偲ばれて愉しい。

78

いくめぐり空行く月もへだてきぬ契りしなかはよその浮雲

源《みなもとの》 通光《みちみつ》

水のやうに
弦月《げんげつ》が空に匂ふ
あの夜も青い二日月
それから幾度目の新月か
貴女は待たず私はたづね得ず
逢はずに過す雲を隔てて
雲はたましひの脱殻《ぬけがら》
明日もただよふ
夕闇の中に

戀歌、それも不遇戀《あはざるこひ》、寄月戀《つきによするこひ》の趣のある歌だ。新古今には千五百番歌合の歌として、

めぐりあはむかぎりはいつと知らねども月なへだてそよその浮雲　良經
戀ひわぶる涙や空に曇るらむひかりもかはる閨の月かげ　公經《きんつね》
今來むと契りしことは夢ながら見し世に似たるありあけの月　通具

等の他同趣向の作六首を戀歌四の中ほどに連ねてゐるが、掲出の通光の一首だけは千五百番歌合には見えぬ。

良經の歌と共に『拾遺集』の「忘るなよ程は雲居になりぬとも空行く月のめぐりあふまで」を本歌とするといふ定説があるやうだが、それにこだはることはあるまい。むしろ名手良經と、さほど聞えの高くない通光の作を比べた方が面白からう。良經の歌は月の周りに浮ぶ雲への禁止の呼びかけであり、「月な隔てそ」は永い月日に渡らぬこと、すなはち早く逢へることへの願望をも籠めてをり、六音の初句、接續助詞「ども」で終る三句は重いうねりを伴つて下句の禁止、願望に溶け入る。

通光の歌は詠歎、それも浮雲、周圍の條件に煩はされて契りを遂げ得ぬことの恨みである。上句はそのまま永らく逢ふこともできなかつた嘆きであるが、下句の「契りしなかは」と「よその浮雲」は直喩と見えながら大膽な省略であり、省かれた心は上句に纏綿《てんめん》し

てゐるのだ。「よその浮雲」は新古今獨特の用語であり、特に「よそ」はこの時期には單に此處以外の場所といふ意味を超えたニュアンスを含むやうになる。
千五百番歌合では右方に列し勝を得た佳品も少くない。

あだにやは麓の庵に眺むべき花よりいづる嶺の月影
歸るらむ行方も知らぬ曙にたのむの雁の雲深きこゑ
思ひ來し眺めはこれか秋萩の花にほのめく野邊の夕暮
誰となく招く尾花の一つ野に心おきける葛のうら風
衣うつ夜はの心に賤《しづ》の女《め》がいそぐ心や夜はの秋風
入日さす麓の尾花うちなびきたが秋風に鶉鳴くらむ
明日よりは秋をしのぶの草枕名殘なるべき袖の露かな
逢ふことは夢にのみこそ習ひきてうつつともなき今宵なりけれ

通光は、新古今撰者であり俊成卿女の夫であつた通具の弟。父に建久の政變で惡名高い通親、土御門內大臣をもち、榮職は弟の彼が繼いだ。

79
春日野《かすがの》の若紫のすりごろもしのぶのみだれかぎりしられず

在原業平《ありはらのなりひら》

ああ
しのぶ
なぜ私の
心を搔亂す
たつ旅の狩衣《かりぎぬ》
一生《ひとよ》の戀の中空《なかぞら》に
みだれて匂ふ紫の彩《あや》

『伊勢物語』の冒頭に見える作品であり、傳《でん》業平作の歌としてもつとも高名な一首であらう。そしてその名に背かぬ若紫のみづみづしい美しさは、千年の後の今日も決して褪せることがない。物語では、男が自家の莊園のある春日野へ鷹狩に赴き、美しい姉妹を見そめ、信夫《しのぶ》摺《ずり》の狩衣の裾を切つてそれにこの一首を認めて遣るといふくだりである。

「むかし、男ありけり。初冠《うひかうぶり》して、奈良の京《みやこ》、春日の里に領《し》るよしして狩に行にけり。その里にいとなまめいたる女はらから住みけり。この男かいま見てけり。おもほえずふるさとに、いとはしたなくてありければ心地まどひにけり。男の著たりける狩衣の裾を切りて歌を書きてやる。その男しのぶずりの狩衣をなむ著たりける」。と語られる閑雅な文體と、この歌はわかちがたいが、當然歌のみを獨立させても優艷な趣はいささかも變らず、却つて無限定なふくらみを持つことになるだらう。新古今戀の部では「女に遣しける」と詞書を約《つづ》めてゐるが、窮極はこのことわりさへ無用である。

　若紫は紫染の染料となる紫草の別稱であると同時に、摺つて染めた麻の狩衣のうす紫をも現してゐる。忍綟摺《しのぶもぢずり》はもと忍草を原料、意匠に用ゐた、一種の唐草文様《アラベスク》だつたらう。下句は百人一首にもある河原左大臣《かはらのさだいじん》、源融《みなもとのとほる》作「みちのくのしのぶもぢずり誰ゆゑにみだれそめにしわれならなくに」を踏まへ、伊勢物語にも明記がある。

　考證はともかく上句明るく華やかに下句寂しくつゆけく、一首にロマンティックな昂揚を感じさせるのは、A音とO音の錯綜がO音とI音の交響に轉じ、かたみに共鳴するといふ音韻効果も與つてゐよう。すべて作者の計算の他、作詩法の理外の理が生む歌の調べが不思議であつた。

王朝百首第一首に飾つた「月やあらぬ春や昔の春ならぬ」と共に、『業平集』四十七首中の白眉であり、戀歌の傑作の一つとしてこの後にも語り傳へられるだらう。

今日來ずば明日は雪とぞ降りなまし消《け》ずはありとも花と見ましや
移し植ゑば秋なき時や咲かざらむ花こそ散らめ根さへ枯れめや
濡れつつぞ強ひて折りつる藤の花春は今日をし限りと思へば
秋萩をいろどる風は早くとも心は吹かじ草葉ならねば

どの歌も以後幾百度幾千度か繰返し詠まれる主題だが、業平の歌は永遠に新しい。百人一首に「千早ぶる神代も聞かず龍田川」を採つたのは一に定家晩年の妙な好みであり、「心餘りて詞《ことば》足らず」なる貫之の評を跳返すくらゐの意圖があつたかも知れないが、著想の奇以外に見所はない。心詞共に一首の中に滿ち溢れてゐるのは、うたがひもなく「月やあらぬ」であり「春日野の若紫」であつた。

80

ふる畑のそばのたつ木にをる鳩の友呼ぶ聲のすごき夕暮

西行法師《さいぎやうほふし》

ぼろろんぼろろろん
おおぼろろん
鳩が鳴く崖《がけ》の野鳩が
それでも「今日」は死んでしまふ
白い秋、黒い冬、紺の黄昏
狂はずに私は生きて
友など忘れ
私自身にも忘られ
襤褸《ぼろ》をまとひ
いつはりの泪《なみだ》を流してゐる
おおぼろろん
ぼろろん

鳥羽院北面の武士佐藤憲清《さとうのりきよ》が保延六1140年に二十三歳で出家し、建久元1190年二月十六日七十三歳で入寂するまでの五十年は傳說、逸話、插話、實錄入亂れてまことに賑やかである。そしてそのいづれもが彼の一面、一面を印象的に捉へながら、全體像を浮彫にするには到らず、なほ不明、不可解な部分が少からず保留されてゐる。それはとりもなほさず彼の個性、性情、生き方の反映でもあらう。彼の家集には『異本山家集《いほんさんかしふ》』、『山家集』、『聞書集《ききがきしふ》』、『聞書殘集《ききがきざんしふ》』等が殘されてゐるが、その歌自體も人口に膾炙《くわいしや》したたとへば「願はくは花の下にて春死なむ」「心なき身にもあはれは知られけり」「遙かなる岩のはざまに獨《ひとり》ゐて」あるいは百人一首の「歎けとて月やはものを思はする」等も、やはり彼の作品の眞に觸れてゐるとは言ひがたい。勿論彼の歌は同時代の宮廷派職業歌人のやうに晴の場所で、構へて作られた藝術作品ではない。すべてありのすさびに、心赴くままに自由自在に歌ひ散らしたものが多い。その生き方、作歌態度自體が逆に後鳥羽院、俊成ら新古今時代の人人を魅了したのであらう。彼の秀歌は自然であるゆゑに異色であり、その異色は和歌の一面の眞理に他ならなかつた。掲出の山鳩の歌など卒然と讀めば現代短歌と見紛《みまが》はう。

吉野山梢の花を見し日より心は身にも添はずなりにき　山家集
時鳥ふかき嶺より出でにけり外山《とやま》のすそに聲の落ちくる　同
道の邊の清水流るる柳蔭しばしとてこそ立ちとまりつれ　同

松風の音のみなにか石《いは》ばしる水にも秋はありけるものを　山家集
きりぎりす夜寒に秋のなるままに弱るか聲の遠ざかりゆく　同
鶯の古巣より立つほととぎす藍よりも濃き聲の色かな　同
鶉伏す苅田のひつぢ思ひ出でてほのかに照らす三日月の影　同
津の國の難波の春は夢なれや蘆の枯葉に風渡るなり　同
年たけてまた越ゆべしと思ひきや命なりけりさやの中山　同
髫髪子《うなゐご》がすさみに鳴らす麥笛の聲に驚く夏の晝臥《ひるふし》　聞書集
篠ためて雀弓はる男《を》のわらはひたひ烏帽子のほしげなるかな　同
底澄みて波こまかなるさざれ水わたりやられぬ山川《やまがは》のかげ　同
たちばなのにほふ梢にさみだれて山時鳥こゑかをるなり　殘集

いづれも高名な述懐歌などよりもうつくしく面白く、彼の隠れた美質を明らかにし、その人生の秘密を語りかけてゐるやうに思はれる。

81

あひ見てもちぢに砕くるたましひのおぼつかなさを思ひおこせよ

藤原元眞《ふぢはらのもとざね》

愛とはなに
きずつくために逢ひ
癒えるために別れる
戀とはなに
別れてのちは二人の
たましひのかけらを
掌《てのひら》に轉がす
轉がるのは私達の愛
取り返しのつかぬ戀
一瞬の青春

これは戀歌の一つの極致であらう。藤原範永（31）の「つらかりし多くの年は忘られてひと夜の夢をあはれとぞ見し」と共に、この歌は戀する者、あるいは戀に身を灼いた人人の心にひびく永遠のかなしみを祕めてゐる。ただ一目の逢ひを切望しながら、いざ愛する人を目の前にすれば、かなしみに心は亂れる。その心、不安な、もどかしい人間の心を思ひ出してほしい。アラゴンの「しあはせな愛は無い」の疊句《ルフラン》がふと浮んでくるやうな、重く切なくほろ苦い味はひがある。この歌は元眞集の中にひつそりと收められてゐるだけで敕撰集等には一度も選ばれてゐない。元眞は三十六歌仙の一人、村上天皇の代、すなはち後撰集時代の代表歌人であるが、後拾遺になつて初めて歌が見える。家集は三百三十七首、揭出作に竝んで、

逢ひ見ぬに死ぬべきものと知りぬれば心をさへぞ殺し果てつる

があり、これも沈痛なひびきを傳へるが、「たましひ」の一語に籠められた前歌のかなしみには及ぶまい。

袖の上にうべ白露ぞかかりける別るる道の草のみどりに
別れては思ひ出でよと朝ぼらけ露消《け》ながらも濡るる衣ぞ

思ひつつ經ぬる月日のほどよりも忍びかねつるわれにやはあらぬ
君戀ふる夢のたましひ行きかへり夢路《ゆめぢ》をだにもわれに敎へよ
思ふこと言はでやみなば山しろのとはに苦しき身とやなりなむ
雨降ればつねよりまさる澤水と聞きしは君が涙なりけり
雲かくれ過ぎゆく月の夜もすがらおぼろげにてはかへる心か
今はとて別るる袖の涙こそ雲のたもとに落つるしらたま
鴛鴦《をし》の聲たえず鳴きつる早霜にこころをさへもおかせつるかな
君戀ひのつゆの命の消えかへるほどをだになど待たず消えぬる
わびぬれば曉かけてかへりたる鴫の羽搔きわれぞ數かく

約百首はこのやうな鬱鬱とした悲戀の歌であり、題詠でも贈答でもなく、一途に嘆きを述べた趣のもので占められる。有名な天德歌合960には能宣（17）、兼盛（24）、中務（8）、忠見（47）等と共に出席、忠見と兼盛が「戀すてふ」「忍ぶれど」で勝負を爭った「戀」には「君戀ふとかつは消えつつ經《ふ》るものをかくても生ける身とや見るらむ」を殘してゐる。

82 忘るなよ忘ると聞かばみ熊野の浦の濱木綿《はまゆふ》うらみかさねむ

道命法師《だうみやうほふし》

六本の蘂に六たび裏切り
六枚の花瓣《はなびら》に六たび誓ひ
また繰返す君のたはむれ
＜補陀落《ふだらく》や岸打つ波は＞
泪よりからい波に弄《もてあそ》ばれ
夏の日の緋のゆふぐれに
白白と花の裏見せて立つ
＜三熊野の戀の濱木綿＞

後白河法皇の撰による平安末期の歌謡集『梁塵祕抄《りやうぢんひせう》』第一巻、今様歌二百六十五首の中に、

「和歌にすぐれてめでたきは人丸、赤人、小野小町、躬恆、貫之、壬生忠岑、遍昭、道命、和泉式部」。

がある。これに續く歌が「常に消えせぬ雪の島、螢こそ消えせぬ火はともせ、巫鳥《しとど》といへど濡れぬ鳥かな、一聲なれど千鳥とか」であるのを見ると、勿論一種の流行唄《はやりうた》として口遊《くちずさ》まれたものだが、當時は道命がかなり高い名を止め傳へられてゐたことが察せられる。

彼は攝政兼家《せつしやうかねいへ》の孫、右大將道綱《うだいしやうみちつな》の子で、叡山により道命阿闍梨《あじやり》となつた貴族出身の僧、法華經《ほけきやう》讀誦の美聲と巧な旋律、抑揚にかけては竝ぶものがなかつたと傳へられる。一方好色無雙の聞えも隱れなく、たとへば御伽草子等には和泉式部との物語さへ見えるが勿論眞僞は明らかではない。さういふ傳說と、王朝初期では破格と思はれる大膽な歌が彼の名を高からしめたのでもあらう。

揭出歌も歌意は單純であるが、疊句《でふく》「忘る」と「浦」「恨み」「裏見《うらみ》」の緣語が「三熊野」に觸發されて呪文的なひびきを釀《かも》し出し、戀歌としては類の少い味はひがある。異色歌人曾禰好忠(70)とはほぼ同時代の人であるが、彼のやうに構へて斬新な作を試みる意識はなく、歌の面白さはおのづから人となりの反映と思はれる。

見やすべき見ずやあるべきさくら花もの思ひますもの思ひます
玉の緒のみだれたるかと見えつるは袂にかかる霰《あられ》なりけり
いでやいであかつきがたのほととぎす聞かでぞただにあるべかりける
春雨は古りにし人の形見かもなげき萌えいづるここちこそすれ
今すこし深くも春のなりななむ花見がてらに來る人やある
夜はに來る人もあるかと出でて見よ前の川邊に千鳥鳴くなり
君ゆゑに手をふるるかな女郎花心をくらす野邊のしらつゆ
見ぬほどはいぶかしかりき見てのちはもの言はまくのほしき君かな
ゆく春のあまりありとか聞くなべに雨の足音のどかなるかな
流れいづる涙ばかりを先立ててゐぜきの山を今日越ゆるかな
ほととぎす聞くとはなくて世の中を歎きがほにていさや山邊に

いづれも作歌技法の常識からはみ出したところで、思ひのままに俗語さへ採り入れて歌ひ放してをり、梁塵祕抄に謳《うた》はれたのもなるほどに頷かれる。

83

さ夜ふけて蘆のすゑ越す浦風にあはれ打ちそふ波の音かな

肥後《ひご》

一筆聞え上げ參らせ候
天王寺に詣で候ひし砌《みぎり》
その夜の泊《とま》りは岸の邊《ほとり》
ふと目を覺まし候へば
深夜の濱風水面《みのも》渡らひ
さらぬだにさびしきを
難波《なには》の浦に寄する小波《さざなみ》
蘆の穗を越ゆるひびき
身に心に沁み入り申候
恙《つつが》なうすぐさせたまへ

同じ難波江の夕べの波間の蘆でも秀能（19）の「夕月夜《ゆふづくよ》潮滿ち來らし難波江のあしの若葉をこゆる白波」とは對照的で、かなしみに身を細らせるやうな趣がある。譯《やく》は新古今詞書の「天王寺に參りけるに難波の浦に泊りてよみ侍りける」を加味し、『肥後集』の「舟にて目を覺まして聞けば、港の波にきほひて蘆の風に靡く音を聞きて」を採入れた。

この歌の聞きどころは「あはれ」の一語にある。これは普通なら「ああ、打ち添ふ波の音よ」と解してもよからうが、「あはれを、さびしさを打ち添へる波の音よ」と取った方が肥後の心によりふさはしからう。「浦風に」と「あはれ打ちそふ」の間には譯の「さらぬだにさびしきを」が省かれてあり、その省略によってこの歌のさびしさは却って身に迫る。韻文と散文の微妙な相違であらう。

家集肥後集は二百餘首、金葉集以後入撰の作もまじへて永い歌歴がしのばれる。

春はいかに契りおきてか過ぎにしとおくれて匂ふ花に問はばや
つららゐしほそ谷川のとけゆくは水上よりや春は立つらむ
道もなくつもれる雪に跡たえてふるさといかに寂しかるらむ
おもかげの忘れぬ人によそへつつ入るをぞしたふ秋の夜の月
思ひやれとはで日を經るさみだれにひとり宿もる袖のしづくを
來ぬ人をまちかね山の喚子鳥おなじ心にあはれとぞ聞く

秋の夜をあかしかねては曉の露とおきゐて濡るる袖かな

肥後は肥後守藤原定成《ひごのかみふぢはらのさだなり》の女、はじめ關白師實《くわんぱくもろざね》の室、京極北政所《きやうごくきたのまんどころ》麗子に仕へ、後には前《さきの》齋院《いつきのゐん》令子内親王《れいしないしんわう》に仕へて二條皇太后宮肥後《にでうくわうたいこうぐうのひご》と呼ばれ、夫定宗《さだむね》の官名に従って常陸《ひたち》と呼び變へられた。堀河百首、永久百首の作者であり、神祇伯《じんぎはく》源顯仲《みなもとのあきなか》(57)の母院大進《ゐんのだいしん》は姉にあたる。

堀河天皇が二十四歳の時催された艷書歌合《えんしようたあはせ》には、俊頼(58)、國信(38)、一宮紀伊《いちのみやのきい》(25)等に混って姉妹で出席してゐる。この歌合は清涼殿《せいりやうでん》の二間で男女の懸想文《けさうぶみ》の唱和、結番を試み、後後戀愛贈答の模範文集とされたものであった。

つらさにはおもひ絶えなむと思へどもかなはぬものは涙なりけり　藤原忠教《ふぢはらのただのり》

うけひかぬあまのを舟の綱手《つなで》繩《なは》絶ゆとてなにか苦しかるらむ　肥後

私が引いてゐるわけでもなし、綱が切れたつて一向構ひませんといふまことに辛辣な返歌にも、彼女の才氣が十分窺はれよう。

84

あひ見てもかひなかりけりむばたまのはかなき夢におとるうつつは

藤原興風《ふぢはらのおきかぜ》

夢も夢だが
うつつもうつつ
空しさは何れ劣らぬ
逢へばたちまち冷《さ》めはて
別れればまた夢見る
無益な鼬《いたち》ごっこ
うつつの夢

この歌の本歌を『古今集』戀讀人不知《よみびとしらず》の「むば玉の闇のうつつはさだかなる夢にいくらもまさらざりけり」であるとし、本歌は哀感、本歌取の揭出歌は批判が主となつてゐて本歌には及ばぬと說く書もある。果してさうだらうか。『古今集』の「まさらざりけり」といふ強い斷定は含みも餘情もない。「さだかなる夢」も言葉だけのもので、「いくらも」なる消極的な修辭が白白しくひびく。結果的には暗黑の中の現實がいささかは勝ると言つてゐるのだらうが、言ひ切りの結句に反して上句は曖昧、古今集の言ひ切つて厭味な一面を代表するやうな戀歌だ。

興風は儚い夢よりも現實の方がさらに儚いといひ、そして夢を本然の闇に引戻し、未必の逢ひの幻滅を「かひなかりけり」と嗟嘆するに止めてゐる。本歌にこだはるなら見事な本歌取といふべきだらう。上下句の倒置も、儚いと知りながらそれでも逢はずにはゐられぬたゆたひを感じさせ、本歌の散文的な直敍よりはるかに深い味はひを殘す。

興風は貫之(14・32)、是則(11)、伊勢(68)、躬恆(75)と共に古今集を代表する歌人である。宇多法皇一代の晴儀、亭子院歌合《ていじのゐんうたあはせ》にも、この五人は中心となつて左右に連つてをり、夏四月の彼の勝歌、「夏の池によるべさだめぬ浮草の水よりほかに行く方もなし」など秀逸の一つであらう。

興風集はわづか五十七首を止めるばかりであるが、

咲く花は千種《ちくさ》ながらにあだなれど誰かは春を恨み果てたる
春霞色の千種に見えつるはたなびく山の花の影かも
白波に折り延《は》へ蜑《あま》の漕ぐ舟は命にかはるみるめ刈りにぞ
戀しとも今は思はずたましひのあひ見ぬさきになくなりぬれば
夢にだにあひ見ずながら消えねとや戀しきことの唯にさむらむ
恨みても泣きてもいはむ方ぞなき鏡に見ゆる影ならずして
睦まじくかこひ隔てぬ杜若《かきつばた》誰が方にかは移ろひつらむ
歎きみる斧のひびきの聞えぬは山の山彦いづちいにしぞ
泣きわびて世を空蟬となりぬれば恨むることも今は聞えず
をりからにわが名は立ちぬ女郎花いざ同じくは花花に見む
涙川底は鏡に淸けれど戀しき人の影も見えぬを

などそれぞれに興風の才分明らかであり、百人一首の「誰をかも知る人にせむ」よりも味はひは深い。なほ彼は歌と共に管絃、殊に琴の名手であつたと傳へる。

85

影見てもうきわが涙おちそひてかごとがましき瀧のおとかな

紫式部《むらさきしきぶ》

あけぼのの
水の面に今
うつるのは
たれのかげ
こころの影

見しやそれともわかぬ間に

瀧は落ちる
涙ははしる
こころ浮き
身はしづみ
影は移ろふ

藤原道長の邸土御門殿《つちみかどどの》で五月五日法華三十講の修された折のこと、池の篝火と御燈明《みあかし》は光り合ひ、あたらしい菖蒲の香に匂ふその一夜はほのぼのと明け、紫式部は透渡殿《すいわたどの》にイんで遣水《やりみづ》を眺めてゐた。水は局の下から出て小さな瀧になつてゐる。生涯の親友であつた小《こ》少將《せうしやう》、源 時通《みなもとのときみち》の女《むすめ》を誘ひ共に水に映る影に見入る。『紫式部集』の中の歌物語風なうつくしい一部分であり、二人はこの爽やかな夏曙を背景にしんみりと人の世のかなしみを語らつたのであらう。讀經《どきやう》の後のまだ仄暗い庭園のささやかな瀧の音であればこそ、「怨《か》言《ごと》」がましくも聞えるのだらう。映る影はわが身と人の身、憂愁の涙はその影の上にしたたり、それもみな瀧となつて流れ落ちてゆく。何故の憂ひ、何に湧く涙かは歌にも詞書にも示されてはゐない。この歌の返し、

ひとりゐて涙ぐみける水の面に浮き添はるらむ影やいづれぞ

が小少將のものか、紫式部の創作かは問はず一對として味はふとさらに面白く、物語的な世界は背後に擴がつてゆく。背後はとりもなほさず『源氏物語』の微妙、複雑、かつ優雅を極めた世界であり、彼女の歌日記の斷片をなす家集は、その意味で得がたい資料であらう。特に結婚後わづか二年で死別した夫宣孝に關る歌は三分の一強を占めてゐる。ただこの空前の天才女流作家も、その和歌作品を家集において見る限り、常凡陳腐の域を出るも

のはほとんどない。

鳴き弱るまがきの蟲もとめがたき秋のわかれや悲しかるらむ
露しげき蓬が中の蟲の音をおぼろけにてや人のたづねむ
おぼつかなそれかあらぬか明《あ》け暗《ぐ》れの空おぼれする朝顔の花
花といはばいづれか匂ひなしとみむ散り交ふ色のことならなくに
澄める池の底まで照らすかがり火のまばゆきまでも憂きわが身かな
なべて世の憂きに泣かるるあやめぐさ今日までかかる根はいかが見る
水鳥を水の上とやよそに見むわれも浮きたる世を過ぐしつつ

掲出の作以外で鑑賞に耐へるのは「澄める池」一首くらゐであらう。これは清少納言(15)も同斷であり、文における同時代の雙璧は、さしたる秀歌を遺してはゐない。『源氏物語』は彼女の二十代後半から三十代前半にかけての執筆にかかるものであり、長和五1016年三十九歳で他界したと傳へられる。一條天皇中宮、道長の女、上東門院彰子に仕へたのは三十歳以後のことであつた。

86
時雨《しぐれ》かと驚かれつつふるもみぢ紅《あか》き空をも曇るとぞ見し

源順《みなもとのしたがふ》

夏は白雨《はくう》
秋は花野の
むらさきの雨
冬ちかく
くもる心に
くれなゐの雨
ああ時雨
もみぢ葉の
なごりの血潮

初冬の散る紅葉を詠んだ歌は夥しく、いきほひ類歌も目に餘るほど存在するが、掲出の一首は抜群の趣向、特に「紅き空」といふ表現が新しく面白い。散り紛ふ紅葉が目交《まなかひ》を覆ひ、作者の意をさらに汲むなら紅の時雨が降るかと驚き疑ふとでもいつたところだらう。勿論古今集より約半世紀後の『後撰集』時代の歌であるから、誇大表現の臭味は多多あるが、さういふ修辭癖の好き嫌ひは一まづおいて、鷹揚な、意表を衝《つ》いた歌ひぶりを愛《め》でるべきだらう。

順は『後撰集』を選んだ梨壺《なしつぼ》の五人の中、學識においては筆頭に數へられる歌人であるが、歌才も清原元輔（60）や藤原能宣（17）に比べていささかも遜色はない。特に高度の言語遊戲ともいふべき技巧の驅使にかけては、彼の右に出るものは三十六歌仙の中にもゐまい。躬恒（75）がわづかに壘を摩する程度であらう。たとへば康保三966年に試みた「馬《うまの》名合《なあはせ》」など、數數の馬の毛並の色を隱題《かくしだい》として二十首、問答形式の自歌合《じかあはせ》に仕立て、奔放自在、無類の妙趣を誇る。

ほのぼのと山の端《は》の明け走り出でて木《こ》の下蔭を見てもゆくかな　　左　馬名　山葉緋《やまのはのあけ》

山の端の明けて朝日の出づるにはまづ木の下の蔭ぞさきだつ　　右　馬名　木下鹿毛《このしたかげ》

またその家集には雙六盤《すごろくばん》の目に字をあてはめて縱横中に歌が脈絡するやうに仕立てた

り、一首の頭尾に「天地星空《あめつちほしそら》」の一音づつをたがひに按排した沓冠歌《たふくわんか》八首を示すなど、その機智はまこと樂しい。掲出の歌以外にも、

ひを寒み氷もとけぬ池水やうへはつれなく深きわが戀
思ひをも戀をも瀬瀬に禊《みそぎ》する人形《ひとかた》なでて祓《はら》へてはおく
ねを深みまだあらはれぬ菖蒲草《あやめぐさ》人を戀路にえこそ離れね
けさ見ればうつろひにけり女郎花われに任せて秋は早ゆけ
瑠璃草《るりくさ》の葉におく露の玉をさへもの思ふ君は涙とぞ見る
照る月ももるる板間のあはぬ夜は濡れこそわたれ返す衣手
秋風になびく夕べの花薄ほのかに招く立ちとまりなむ
紅葉ゆゑ家も忘れて明すかな歸らば色の薄くなるとて
一昨年《をととし》も去年《こぞ》も今年も一昨日《をととひ》も昨日も今日もわが戀ふる君

など複雜な手法を驅使したものが竝び、彼のありあまる才能が察せられる。『宇津保《うつぼ》物語』『落窪《おちくぼ》物語』等の作者とする說のあるのも當然であらう。

87
誰ぞこの昔を戀ふるわが宿に時雨降らする空のたびびと

藤原道長《ふぢはらのみちなが》

たはむれに
時雨降らし給ふな
神よ
舊い悲しみは蘇り《よみがへ》
私は額伏す《ぬかふ》
終《つひ》の栖《すみか》さへ
全き寂しさの領土
神よ
氣紛れな天の旅人
また歸らず

道長の代表作とされる「この世をばわが世とぞ思ふ望月の欠けたることもなしと思へば」は、彼の高名な日記『御堂關白記《みだうくわんぱくき》』にも、家集『御堂關白集』にも見えない。これは道長の唯一の批判者であり、薄幸非運の三條天皇の側に立つた藤原實資《ふぢはらのさねすけ》の日記『小右記《せういうき》』の記し止めるところである。寛仁二1018年十月十六日、道長は娘の威子《ゐし》を後一條天皇の后として立て、その祝宴の席上でこの作を披露し、實資に唱和を命じたが彼は巧に言葉をかはしてこれに應じなかつた。榮耀《えいえう》の限りを盡した道長の一代はこれらの他、『榮華物語』『紫式部日記』にも詳しく、專横《せんわう》、驕慢《けうまん》、奢侈《しやし》の一面は古來語り草となつてゐる。「望月」の歌はこの面を裏書するものであらうが、また一面彼自身傑れた歌人であり、「御堂七番歌合」等を主催し、宮廷歌人を統率後援した功績も忘れてはなるまい。

掲出の一首はその意味での道長を代表するものと言つてよからう。この歌には、嵯峨野で時雨に逅ひ雨宿りした折土器《かはらけ》に書いたとの詞書があるが、それはともかく、悠然とした文體、高らかな響きに作者の資質は紛れもない。特に「空の旅人」といふはろばろとした發想はさすがだ。「昔を戀ふるわが宿に時雨降らすは誰ぞ・空の旅人」の意で、問ひかけを初句に置き、手を翳して雨天を眺めた趣となり、しかもその問ひにゆつたりと結句で應じてゐる。やはり長者の風格であらう。

家集はわづか七十餘首を止めるのみであるが、他の集、物語等にも歌は數多傳はる。

霞立つ春の宮へと急ぎつる花ごころなる人にやあるらむ
霞こめかばかりをしむ梅の花いづれの隙《ひま》に誘はれぬらむ
ほととぎす聲をば聞けど花の枝にまだふみなれぬものをこそ思へ
からごろも花の袂にぬぎかへてわれこそ春の色はたちつれ
白露はわきてもおかじをみなへし心からにや色の染むらむ
いかなれば插頭《かざし》の花は春ながらをみの衣に霜のおくらむ
夜もすがら水鷄《くひな》よりけに鳴くなくぞ槇の戸口にたたきわびぬる
今朝かふる夏の衣は年を經てたちしくらゐの色ぞことなる
わが宿の花のころほひは常よりも春の都と思ひやるかな

彼はまた作文《さくもん》にも長じ、邸内でも賦詩《ふし》の會を催して幾つかの秀作を示し、『本朝麗藻《ほんてうれいさう》』にも採られた。三條天皇中宮であった二女姸子《けんし》の歿したのは萬壽四1027年九月。彼はその十二月に痢病と惡性の腫物のため六十二歳で生を畢った。御堂とは彼が巨費を投じて造營した法成寺《ほふじやうじ》の謂《いひ》である。

88

消えわびぬうつろふ人の秋の色に身をこがらしのもりの下露

藤原定家《ふぢはらのさだいへ》

燃え盡きた
黄葉《もみぢ》の梢に
吹きすさぶ
夜夜の木枯
下草の藪枯《やぶからし》
藍の鴨跖草《つきくさ》
露におぼれ
霧にみだれ
後を知らず

情《つれ》ない人よ
ああ秋深み
戀は一縷《いちる》の
こゑかれて
あふれる泪《なみだ》
こがれ死ぬ
その命すら
からうじて
なごりの紅

定家の代表作であることは勿論だが、秀歌ひしめく千五百番歌合の中でも屈指の作品であらう。33にも彼の特異な戀歌を掲げたが、ここに抄出の一首はさらに複雑な詠風であり、彼の特徴は集約的に現れてゐると見てよい。この歌の見所は初冬の自然描寫を軸とし、遂げ得ぬ戀の悶えの心理描寫がそれに絡みつくといふ二重構造にあらう。すなはち「消え侘びぬ・うつろふ人・身を焦がす」は心を「消え侘びぬ・秋の色・木枯・森の下露」は景色を指しながら、當然言葉は頒ちがたく縺れあふ。秋は冬へと移ろひ、木枯吹き荒ぶ森の下草の露は結びかつ消え、消えがたい。心變りしてもはや自分のことも思はぬ愛人になほ戀ひ焦がれる私は、死ぬばかり思ひ煩ふ。自然と心理はいづれを軸、いづれを絡みと決めるのも一應の解釋の便宜であつて、實はその逆と考へてもよく、主從、表裏は全くない。「秋の色」はそのまま心の移ろひ、「露」は涙あるいは露の世の露の命とならう。この言葉の錯綜による交響的效果は定家の得意とするところであつた。

牀の霜枕のこほり消えわびぬ結びもおかぬ人の契りに　水無瀬戀十五首歌合
白妙の袖のわかれに露おちて身にしむ色の秋風ぞ吹く　同
忘ればや花に立ちまよふ春がすみそれかとばかり見えし曙　同
ながめつつ待たばと思ふ雲の色を誰ゆふぐれと君たのむらむ　同
暮ると明くと胸のあたりも燃えつきぬ夕べの螢夜はのともしび　文集百首

さもこそは湊は袖の上ならめ君にこころのまづ騒ぐらむ　皇后宮大夫百首

あぢきなし誰もはかなき命もてたのめばけふの暮をたのめよ　六百番歌合

ふるさとを出でしにまさる涙かな嵐の枕夢にわかれて　同

あしびきの山路の秋になる風はうつろふ人のあらしなりけり　同

忘れずば馴れし袖もやこほるらむ寢ぬ夜の牀の霜のさむしろ　同

いかにせむ浦のはつ島はつかなるうつつの後は夢をだに見ず　內大臣家百首

袖の上も戀ぞつもりて淵となる人をば峯のよその瀧つ瀬　春日同詠百首

尋ね見るつらき心の奥の海よ潮干の潟のいふかひもなし　千五百番歌合

等いづれも微妙な言葉の重層性を活用した秀作である。百人一首の「來ぬ人を松帆の浦の夕凪に」は緣語、懸詞が露骨にひびき、同趣向の歌では下位に屬しよう。家集『拾遺愚草』は約三千五百首、二十歳の『初學百首』から「見渡せば花も紅葉もなかりけり」を含む二十五歳の『二見浦百首』を初めとして、七十一歳の『關白左大臣家百首』まで、まさに王朝末期最高の詞華である。

89

露は霜水は氷にとぢられて宿借りわぶる冬の夜の月

二条《に》院《でうゐん》讃岐《のさぬき》

秋は遠く過ぎ去り
きらめく露の水晶球《すいしやうきう》も
玻璃《はり》張りつめた水鏡《みづかがみ》も
すべて白白と凍《い》て
月光は宿る處さへない
忘られて疎《うと》まれて私も
終夜《よもすがら》さすらひの旅

冬ともなれば水はことごとく凍り、春夏秋は草の露、池の水に宿つてゐた月も、もはや映るよすがもないといふ。月の嘆きは人の世の沈淪の様にも通じよう。この歌は千五百番歌合の中の作、當時讃岐は還暦前後、八十を越えた小侍從（10）と共に閨秀歌人中の長老格であつた。父源三位《げんざんみ》頼政（13）、兄仲綱（20）が宇治平等院に討死してから、すでに二十年の歳月が流れてゐる。ながらへて父や兄を凌ぐ歌の上手として名を高め、『千載集』に採られた「わが袖は潮干に見えぬ沖の石の人こそ知らね乾く間もなし」で「沖の石の讃岐」と謳はれたが、源平盛衰を目のあたりに見、しかも頼朝の死後間もないこの頃、彼女の感慨は察するにあまりあらう。

「わが袖は」は百人一首にも選ばれ、百首中の稀なる佳作の一つだが『二條院讃岐集』には「わが戀は潮干に見えぬ沖の石の人こそ知らね乾く間ぞなき」となつてゐる。俊成の手が入つたのであらうが、私は原歌の方に讃岐の個性がより明らかで面白いと思ふ。

新古今入撰十六首、宮内卿、丹後、小侍從を上廻り、俊成卿女に次ぐ殊遇である。

おほかたに秋のねざめのつゆけくはまたたが袖にありあけの月
世に經《ふ》るはくるしきものを眞木の屋にやすくも過ぐる初時雨かな
あと絶えて淺茅《あさぢ》がすゑになりにけりたのめし宿の庭の白露

『千載集』時代に人と成つたゆゑに新古今の妖艶鮮烈の趣はないが、燻《いぶ》しのかかつた抒情と丹念な修辭力は心に沁むものがあり、「初時雨」はその中でも逸し得ぬ佳品である。

掲出歌は千五百番歌合中の作であるが、時に讃岐は六十歳前後、老の花を名殘なく咲かせる好個の機會に惠まれた。以下數首その勝歌を引かう。

春風をさらに雪げに吹きかへて峯の霞ぞ雲がくれゆく
思ひ寢の花を夢路にたづね來て嵐にかへるうたた寢の牀
荒れ果ててわれもかれにしふるさとにまた立返り菫をぞつむ
人はみな心のほかの秋なれやわが袖ばかりおける白露
夢にだに人を見よとやうたた寢の袖吹き返す秋の夕風
深草の野邊の鶉よなれはなほ假にはとだに待たぬものかは

歿年は建保五1217年頃、鴨長明（71）にやや後れ源實朝（67）に先立ち、承久の亂はその四年後、新古今時代にさきがけ、その終焉に立合つて死んだ彼女の歌人としての人生は幸福であつた。

90 天の原空さへ沍《さ》えやまさるらむ氷と見ゆる冬の月

惠慶法師《ゑぎやうほふし》

天に四季が周り
そのいやはてには冬
かつて淡緑《うすみどり》の霞たなびき
かつて純白の雲湧き
またある日血紅《けつこう》の時雨
今は冬
しんしんと冬
鳥は竦《すく》み
星は死を睡り
心を殺《そ》ぐ
するどい氷片《ひようへん》の月

初冬凜烈の夜天を厳しい調べで見事に表現した佳品である。「空さへ冱えや」のS音重複が冷やかに響き、「氷と見ゆる」の秀句表現もぴたりと決つた。新古今時代になれば家隆の「志賀の浦やとほざかりゆく波間よりこほりて出づるありあけの月」なども見えるが、その歌にしても定説となつてゐる本歌、後拾遺の「さ夜ふくるままに汀《みぎは》やこほるらむとほざかりゆく志賀の浦波」もさることながら、一首の核となつてゐる「こほりて出づる」に惠慶の先蹤《せんしよう》を感じてもよからう。

惠慶法師集は四季の移り變りを敏感に反映した諷詠が美しく鏤められてをり、

あさりする與謝《よさ》の蜑人《あまびと》誇るらむ浦波ぬるく霞渡れり
ふるさとを戀ふる袂は岸近みおつる山水いづれともなし
都鳥君に後れし春よりも聲鳴き弱るわれと知らずや
水莖の跡踏みならすわれならば草の螢をよそに見ましや
降る雪に霞みあひてやいたるらむ年行き違ふよはの大空
天の河影を宿せる水鏡たなばたつめの逢瀬知らせよ
あらたまの一夜ばかりをへだつるに風の心ぞこよなかりける
もみぢ葉を惜む心のわりなきにいかにせよとか秋の夜の月
百千鳥聲のかぎりは鳴き古りぬまだおとづれぬものは君のみ

唐衣夜風涼しくなるゆゑにきりぎりすさへ鳴き亂れつつ
たまぼこの道行き違ふ狩人の跡見えぬまでくらき朝霧
鳴く聲もわれにて知りぬきりぎりす浮世背きて野邊にまじらば
波よする葦のうら葉も音せぬは池の氷やとぢはてぬらむ
紅葉ゆゑみ山ほとりに宿りして夜の嵐にしづこころなし
飽くまでもそこの月影見るべきに蘆のうら葉の山にかくれて
契あらばまたはこの世に生るとも面《おもがは》變りして見も忘れなむ

等、どの一首にも飄乎《へうこ》とした風情、到り得た達人の境地がうかがはれる。惠慶は十世紀末、拾遺集の頃の俊秀歌人の一人、源　融《みなもとのとほる》がかつて趣向を盡した名園河原院の、今は荒れ果てた跡に、彼を中心として重之、能宣、兼盛らは來り會し、一つの時代を形成した。百人一首の「八重葎繁れる宿の」も、その河原院を前提として初めていささかは興趣も唆られよう。一首自體は人事と自然の對照とか、「人こそ見えね」が點睛とか、ことごとしく稱《たた》へるほどのものでもあるまい。

91

空さむみこぼれて落つる白玉のゆらぐほどなき霜がれの庭

殷富門院大輔《いんぷもんゐんのたいふ》

冷えわたる今朝のくさむら
凍る光のつゆのたまゆら
ゆりかごの稚児《ちご》百合《ゆり》は枯れ
ひあふぎの烏羽玉《うばたま》失《う》せて
つゆの世はつゆもやどらぬ

『新敕撰集』の冬に慈圓、忠良、家隆と竝んで採られてゐる。大輔は晩年の定家が相當以上に高く評價した歌人であつた。この新敕撰の入撰歌數も女流としては相模の十八首に次いで第二位の十五首、式子内親王十四首、讃岐、高倉十三首、俊成卿女八首、宮内卿二首に比べるならその破格の扱ひは明らかである。ちなみに新古今の場合は相模十一首、大輔十首、式子内親王四十九首、讃岐十六首、高倉八首、俊成卿女二十九首、宮内卿十五首となつてをり、彼女の再評價とは逆に、新古今の華式子内親王、俊成卿女、宮内卿への風當りの強さは、定家の存念の現れであらう。

　掲出の一首も決して目立つ歌ではない。晩秋から初冬への季節の移ろひを露に集約し、零《ふ》れば搖れる間もなく霜となつてしまふといふ微かな一瞬をうつくしく描いてゐる。しかも露とはあらはに言はず「こぼれて落つる白玉」と優雅に表現したところも牀しい。

　彼女は後白河院第一皇女亮子《りやうし》内親王すなはち殷富門院に仕へ、小侍從より十歳ばかり年下の高名な女房歌人で千五百番歌合直前に七十歳くらゐで歿してゐる。家集は賀茂社奉納の壽永百首を主として自撰されたものだが、

霞みたつ巨勢《こせ》の春野のはまつばき連《つら》ねもあへず見えみ見えずみ
たぐひなく心ぼそしやゆく秋のすこし残れる有明の月
山ざくらそれかあらぬか思ふよりみなむつまじき嶺の白雲

思ひ寝の夢かうつつかほととぎす今ひとこゑに行方知らせよ
おしなべて深みどりなる夏木立それも心に染ますやはなき
柴の戸をたたくあらしの音寒み明くるものうき冬のつとめて
蟲の音は弱りはてにし庭の面に荻の枯葉のおとぞ殘れる
つのぐみし蘆はほどなく枯れにけり難波のこともかかる世ぞかし
にくかりしやもめ烏もうれしきはただひとり寝るあかつきの空
ちはやぶる千尋たくなは百結《ももむす》びうちとけてみよながき心を
わが戀は繪に描《か》く野邊の秋風のみだるとすれどきく人もなし

其他獨特の技法をもつ作品が多く印象的である。

百人一首の「見せばやな雄島《をじま》の蜑《あま》の袖だにも濡れにぞ濡れし色は變らず」も達意の作だが、この松島の歌枕は王朝戀歌の決り文句の一つで、「濡れにぞ濡れし」といふ係り結び四句切の面白さ以外見るべきところはない。定家の六百番歌合の作品にも「袖ぞ今は雄島の蜑の漁《いさ》りせむほさぬたぐひと思ひけるかな」があり、難解奇怪な當時の新風の代表歌の一つとして聞える。使ひ古された歌枕もこれくらゐ捻ると新味が生れよう。

92
月清み瀬瀬《せぜ》の網代《あじろ》による氷魚《ひを》は玉藻に冱《さ》ゆる氷なりけり

源經信《みなもとのつねのぶ》

溺死直後に魚に變身したので
私は透きとほり
はらわたを月光が貫く
藻《も》は喪のアラベスク
網代木《あじろぎ》のみじろぎ
こはい！
こはくない氷なんか
怖ろしいのはむしろ光
これ以上浄められること

『金葉集』冬の部に煌《きらめ》く經信の代表作の一つであり、また秋の部、俊頼(58)の「うづら鳴く眞野の入江」と共に、この集の名を高からしめる秀歌と言へよう。氷魚《ひを》は鮎の稚魚の古稱、半透明で目高ほどの大きさ、古歌の冬の部にかならず現れる魚である。後世の俳諧、早春の白魚と良き對照をなす。澄みわたる月光、川瀬の網代木《あじろぎ》に堰かれてささめく黒綠の水藻と氷魚、それらも薄氷の破片にまじり、きらきらと光を返す。氷魚は玉藻の氷のごとしなどと言はず「氷なりけり」ときつぱり隱喩で通したところに、この歌の冷やかな風體は生れた。夥しい類歌の中でも凜然と他を壓する響きをもつ。家集は大納言經信集。

春も見る氷室《ひむろ》のわたり氣《け》を寒みこや栗栖野《くるすの》の雪のむら消え
苦しけれ春の心よさかしらに咲きては散らす花となしけむ
風冱えて浮寢の牀やこほるらむあぢむら騷ぐ志賀の辛崎
雲はらふ比良のあらしに月冱えて氷かさぬる眞野の浦波
今は咲けみ山がくれの遲櫻思ひ忘れて春を過《すぐ》すな
ふるさとをあはれいづくと定めてか秋來し雁の今日歸るらむ
待たで聞く人もやあらむほととぎす鳴かぬにつけて身こそ知らるれ
うたた寢の涼しくもあるか唐衣袖のうらにや秋の立つらむ
月影の澄みわたるかな天の原雲吹きはらふ夜はの嵐に

ふるさとの花の盛りは過ぎぬれどおもかげ去らぬ春の空かな

彼はそのかみの藤原公任と相似て、詩、和歌、管絃に秀で、學識竝ぶ者なく、子に俊頼、孫に俊恵をもつ。しかも後冷泉、後三條、白河院時代の重臣として榮え、八十歳の天壽を全うした。

歌においてはみづから凡河内躬恆(75)に比肩すると誇つてゐた逸話もあるが、兩者家集を比較すると殘念ながら、躬恆の豊かな構想力、奔放な修辭力には遠く及ばない。百人一首の「夕されば門田の稲葉おとづれて」も定家が重ね重ね推すほどの秀作とも思はれず、自讃歌、

沖つ風吹きにけらしな住吉の松のしづ枝を洗ふしらなみ

等も、「夕されば」よりはやや面白いといふ程度だ。私の目には揭出の一首に及ぶものは見當らない。

93
思ひ出でよたがかねごとの末ならむ昨日の雲のあとの山風

藤原家隆《ふぢはらのいへたか》

今
では
きみの
あの日の
約束もみな
夢かうつつか
絶えてつれなき
つれないのはきみ
忘れたとは言はさぬ
忘れたと言ひたければ
あの雲の異様な赤ささへ
明日は名残も止めぬ理由を
私に向つて昂然と説明なさい
たれがこの心に消しがたい傷を
彫りつけたのか今一度考へて御覧

家隆は良經、定家と共に新古今時代を飾る傑出した歌人であり、揭出の歌はその代表作の中の一、二を争ふ佳品といふべきだらう。昨日山にかかつてゐた雲を吹き拂つた風、それこそ誰あらうあなたの約束のなれの果てと、情《つれ》ない愛人に放つ恨言であるが、初句切命令形、三句切疑問詞、體言止隱喩、しかも意味の上では逆順の構成をもち、新古今獨特の象徴技法の典型を見せる。定家(88)の「消えわびぬ」と同じく千五百番歌合の戀、家隆四十四歳の作である。

きのふだに訪はむと思ひし津の國の生田の森に秋は來にけり　堀河題百首
夜もすがら重ねし袖は白露のよそにぞうつる月草の花　同
清見潟波も袂も一つにて見しおもかげをよする月影　同
秋ふかき閨の扇もあはれなり誰が手にふれて忘れきぬらむ　百首和歌
花はさぞ色なき露のひかりさへ心にうつる秋の夕暮　同
水鳥の浮寢絶えにし波の上に思ひを盡きて燃ゆる夏蟲　同
霞立つ末の松山ほのぼのと浪にはなるる横雲の空　六百番歌合
いかにまた秋は夕べとながめきて花に霜おく野邊のあけぼの　同
思ひやるながめも今は絶えねとや心をうづむ夕暮の空　同
逢ふとみてことぞともなく明けにけりはかなの夢の忘れがたみや　院初度百首

時も時それかあらぬかほととぎす去年の五月のたそがれの聲　千五百番歌合

思へども人の心の淺茅生におきまよふ霜のあへず消ぬべし　同

思ひ出づる身は深草の秋の露たのめしすゑや木枯の風　水無瀬戀十五首歌合

篠原や知らぬ野中のかりまくら待つもひとりの松風の聲　同

ながめつつ思ふもさびしひさかたの月の都の明方の空　仁和寺宮五十首

櫻花夢かうつつか白雲の絶えてつれなき嶺の春風　老若五十首歌合

明けばまた越ゆべき山の嶺なれや空行く月のすゑの白雲　同

秀歌は數多あるが、中でもこれらは家隆の冷え冷えとした格調の高い詠風の遺憾なく現れた作品だ。定家とはうらはらに、隱岐遷幸後も後鳥羽院を忘れず、かの遠島歌合にはまづ名を連ねた奇特の士、院もその志には口傳《くでん》でねんごろに應へてゐる。

百人一首の「風そよぐならの小川の夕暮」は作者七十二歳の、昔の面影も止めぬ凡作である。定家も明月記に、これを含む女御入内屏風歌《にょうごじゅだいびゃうぶうた》が芳しからず、「六月祓《みなづきのはらへ》」の一首だけはまづまともだといふ意見を記してゐる。何も殊更にこの一首を採ることはなかつたらう。他も推して知るべしと言ひたいところだ。

94 夢通ふみちさへ絶えぬ呉竹《くれたけ》の伏見の里の雪の下折《したをれ》

藤原有家《ふぢはらのありいへ》

昨日
君の夢と
僕の夢を繫ぐ
間道《かんだう》に夜もすがら
赤い雪が降りつづいた
ここは呉竹の緑青《ろくしやう》の竹千本
暗闇に押し伏せられて
夢を捕へる雪の罠
もはや通はぬ
うつつも
夢も

新古今冬を飾る有數の名歌、また有家一世一代の秀作であらう。夢の通ひ路を歌つた作品は數知れぬ。だが、「夢通ふみちさへ絶えぬ」といふこの二句切のうつくしさは比類がない。わづか十二音に悲しみは滿ち、その細やかな響きは心に沁みとほる。悲しみに顫へて立ち盡す二句切、それに重なる枕詞つきの體言止下句は、作者の嗟嘆と諦觀を一氣に連ね、嫋嫋たる餘韻を殘しつつ消え入る。夢の中でのみ通ひあふことを許された戀、その戀の道さへ雪で閉ざされる。雪で折伏す淡竹《はちく》の音、折れた竹の柵《しがらみ》、それも夢を阻《はば》み、醒ます。雪は降らずとも現實には往來《ゆきき》もかなはぬ。かなうたとしても雪が鎖《とざ》す。「呉竹」は「伏見」の枕詞であり同時に雪に折れる竹、その節が「伏」にかかり、折れ伏す樣を誘ふ。枕詞や縁語が單なる修飾に止らずここでは生きて働く。現實と幻想が夢・竹・雪の三點を軸として仄かに溶けあひ絡みあひ、作者の吐息と下折れの鋭い音がひびきあふ。

　この歌は當時攝政太政大臣であつた藤原良經の邸で催された冬の歌の探題《さぐりだい》で作られたものだ。有家は多くの題の中から籤引《くじびき》で「伏見の里の雪」を引き卽興の妙手を見せたのだらう。契機は遊戲的な氣分が濃厚であり、寫實一邊倒の歌人なら唾棄するところかも知れぬ。だがその作意は作者の感性に映發して、このやうな秀作を生んだ。現實に雪の日に伏見へ出向いて寫生せねば氣の濟まぬ人はさうするがよい。ただ詩歌の不思議はそのやうな態度論では一向に解明できぬことも銘記すべきである。

六百番歌合には良經、定家、顯昭等に列して左方に廻り、右方の慈圓、家隆、寂蓮等と歌を競ふ。その代表的な秀作を幾つか見よう。

山河の氷のくさびうちとけて石に砕くる水のしら浪
春來れば空に亂るる絲遊をひとすぢにやはありと頼まむ
夕暮に思へば今朝の朝霞世をへだてたるここちこそすれ
夕涼み閨にも入らぬうたた寢の夢を殘して明くるしののめ
橘の匂ひを風の誘ひ來て昔にかへす夜はのさごろも
夕まぐれあはれ籠れる野原かな霧の籬《まがき》にうづら鳴くなり
時しもあれ寢覺の空に鳴立ちて秋のあはれをかき集むらむ
わが戀はふる野の道の小笹原いく秋風に露こぼれ來《き》ぬ
すみなれし人は梢に絶えはてて琴の音にのみ通ふ松風

有家は六條家の四代目、すなはち顯輔(73)の孫、清輔(51)の弟重家の子であるが、新古今竟宴時彼は五十一歳、かつての對立流派御子左家に同化して、このやうな纎麗な歌風を示すやうになつてゐた。また和歌所寄人、新古今撰者の一人でもある。

95
三島野に鳥踏み立てて合せやる眞白の鷹の鈴もゆららに

顯昭法師《けんせうほふし》

鷹は
純白の鷹は
鈴を振る
死の前觸《さきぶ》れの鈴の瓏《もゆら》
その淸らかな
神樂《かぐら》に逐ひつめられる男巫《をとこみこ》の鳥
三島、三島野の鳥
雪の上の鳥

顯昭は有家の義理の叔父にあたる。顯輔の養子であり年齢順に言へば長男顯方、次男は清輔、三男重家、續いてこの顯昭となる。

彼は歌人としてよりも歌學者、六條家を代表する論客として高名であつた。掲出作は千五百番歌合の冬に見えるが當時既に七十を越えてゐた。歌合作者三十名の中にも六條家は彼以外には季能、保季、有家とみな四代目、昔日の矜恃と意地は顯昭ただ一人が保ち續け、それももはや末期を目前にしてゐた。

顯昭の歌は新古今に二首採られたのみである。

水莖の岡の葛葉も色づきて今朝うらがなし秋の初風　千五百番歌合

萩が花ま袖にかけて高圓《たかまど》の尾の上の宮に領巾《ひれ》振るやたれ　仁和寺宮五十首

いづれも秀作とは言ひがたいが、古典に精通し學識に關しては義兄清輔さへはるかに及ばぬと言はれた人だけに、歌の背景となる世界は遠く深い。ただ知識と詩才は全く別のものであることの例證として記憶されてよい。

掲出の鷹狩の歌は顯昭の、思はぬ佳き一面の現れたものだらう。季節は霜月、師走、おそらくは交野《かたの》あたりの御狩《みかり》。鳥を威して立たせ、獵用の鷹を獲物に向はせる寸前の緊張に、純白の鷹が炯炯と目を瞠き羽搏きする。つけた鈴がりんりんと響かひ、狩人の胸も高鳴る。悲調、愁嘆をもつぱらとする歌群の中で、彼の生の躍動《エラン・ヴイタール》とも言ふべき明快、かつ雄大な作は珍重に價する。この歌の源には彼が尊重してやまぬ萬葉の土のにほひ、血のにほひがあるのだ。

歌論は後世の歌學者に重視される『袖中抄』『日本紀歌註』『萬葉集時代難事』『柿本朝臣人麿勘文』等十を越える著書があるが、さらに彼の面目を傳へるのは、判者俊成に六條家を代表して眞向から對立した、六百番歌合の『顯昭陳狀』だらう。博引旁證彼の蘊蓄と造詣を網羅する堂堂の論陣は、さしもの俊成をしばしば窮地に逐ひつめる。「寄海戀」の「鯨取り」のくだりなどその代表的なものである。また御子左家の寂蓮と連日獨鈷《どくこ》を握っての峻烈な論戰ぶりも井蛙抄《せいあせう》の傳へるところだ、作品も佳作は決して少くない。

いつとなく思ひ亂れて過る世にうらやましきは遊ぶ絲遊
言ひ渡るわが年波を初瀬川映れる影もみづわさしつつ
慰めし月にも果ては音をぞ泣く戀やむなしき空に滿つらむ

良經、定家らの新風に幻惑を覺える半面、彼の端正な詠風にも涼味を感じる。

96

朝氷《あさごほり》とけなむ後と契りおきて空にわかるる池の水鳥

守覚法親王《しゆかくほふしんわう》

薄氷《うすらひ》は薄情《うすなさけ》
張りつめたこころも
いつしかゆるみ
また逢はうとささやく聲にふと私は
なみだぐむ
空ゆくは戀のなごり
水ゆくは鳥の影
明日は明日のあはれを
見ずに別れよと

後白河帝第二皇子、永暦元1160年十一歳で出家、仁和寺《にんわじ》に入り世に北院御室《きたのゐんおむろ》と呼ばれた守覺法親王は、式子内親王とは一、二歳を隔てる同母姉弟の間である。新古今時代の俊秀を召して仁和寺宮五十首を催し、顯昭を支援激勵して數數の歌學書を書かせ、あるいは俊成に家集長秋詠藻を編ませるなど、十二世紀末王朝和歌の爛熟の蔭の有力者として記憶すべき人物である。

「朝氷」の歌は家集『北院御室御集』に「朝、水鳥を見る」の題で收められてをり、當時の新風から數歩退いての穩《おだや》かな詠風である。空から池に降りる水鳥、池にはゆるみ初めた薄氷、朝の冷えはまだきびしく、蕭條《せうでう》とした自然の中に、空と鳥、鳥と人のやさしい言問ひが響く。「契りおきて」「空に別るる」は單なる技巧ではなく、作者が自然と人生によせる溫い心ばへであつた。

かへるさのすゑほど遠き山路にもいかが見すてむ花の夕映
梅が香をおのがはぶきに匂はせて友誘ふなり鶯のこゑ
梅の花咲きおくれたる枝見ればわが身のみやは春によそなる
かねてよりなほあらましにいとふかな花待つ峯を過ぐる春風
見れば惜し花散る峯の夕霞立ちへだつるも心ありけり
更けてしも山ほととぎす來鳴くなり宵には待たぬ人も聞くとや

過ぎぬとも聲のにほひはなほとめよ時鳥鳴くやどのたちばな
今こそや螢とも知れ散りてなほ返りやはおく草の上露
うきながら宿らむ月を待つほどにいづれは乾く袖の露かな
白妙の色をうばひて咲きにけりいつぬき川の岸の村菊
誘ひゆく嵐を道のしるべにて峯移りする木木のもみぢ葉
群れてゐるおのが羽風に浪立ちて心とさわぐ浦千鳥かな
雪のうちにささめの衣うち拂ひ野原篠原分《わ》きゆくやたれ

守覺法親王はしかしながら新古今集の成立を見ることなく、建仁二1202年五十三歳で薨ずる。これと前後して同じく新古今集を見ずに身罷つた歌人は、姉、式子内親王をはじめ、俊成、寂蓮、小侍從、宮内卿等であり、一つの時代の終熄の豫兆を思はせる。また宮内卿以外は千載集歌人でもあり、新古今の巨花を開かせるための根幹は、彼等の營營たる努力によつて形成されてゐたのだ。「いかが見すてむ花の夕映」とは作者の心からなる嗟嘆でもあつた。

97
ふるままに跡絶えぬれば鈴鹿山雪こそ關のとざしなりけれ
藤原良通《ふぢはらのよしみち》

ゆきくれて
鈴鹿は鈴の音絶えて
かなしみをさへぎる關の扉
ここ過ぎて
わが後を人は知らず
弟よ逢ふなら黄泉《よみ》の雪の道

良通は良經（22・76）の兄であり兼實の長男、二十二歳で薨じた。夭逝の例は謙德公（69）の三男義孝（3）等少くないが、この場合父の悲歎は想像に餘る。兼實はその有名な日記『玉葉《ぎよくえふ》』に言葉を盡して臨終から葬送までの顚末を書き止めてをり、讀む者の涙を誘ふ名文である。良通の遺骨は芳香を發したといふ。火葬に從つた右馬權頭兼親の言上によれば、これは先蹤のあることで、善人の骨は異香を發するとか。善人ゆゑに馨つたのではあるまい。まだ見盡さぬ世に名殘を止め、その天才の香りを傳へたかつたのだらう。日記玉葉は正治二1200年十二月三十日以後を缺く。もしその六年後の三月が記されてゐたならば、兼實の愁傷はいやさらに烈しかつたらう。

文治四1188年、當時二十歳の良經はその死の翌月彌生九日に夢の中で亡き兄と逢ふ。兄良通は「春月は羽林《うりん》に秋よりも悲し」と詩を賦す。四年後にもふたたび夢に入り、良經は彼に歌を送る。秋篠月清集には「見し夢の春の別れの悲しきは永き眠りの覺むと聞くまで」と記されてゐる。永き眠りとは佛語の「無明長夜《むみやうぢやうや》」、この世の生を意味する。死とはその眠りから覺めることであり、良經のその後十八年、三十八歳までの短い人生はまさしく死を生きてゐたと言へよう。

良通は賦詩《ふし》作文《さくもん》において非凡の才を見せ、良經は和歌に天才ぶりを示す。掲出の一首は千載集入撰四首中のものであり、題は「關路に雪滿つ」。「ふるままに」は雪降るままに、關古るままにであり、跡形も無い鈴鹿の關は、降り積る雪が扉をなすと歌つたのだ。薄命

の一生を思へば「雪こそ關のとざし」なる下句にも暗澹とした響きがさしそふ。また入撰歌他の三首は、

軒近くけふしも來鳴く時鳥ねをや菖蒲にそへてふるらむ　夏
白菊の葉におく露にやどらずば花とぞ見ましてらす月影　秋
忍びかね今はわれとや名のらまし思ひすつべき景色ならねば　戀

菖蒲と菊は初初しく尋常な詠風であるが、戀の歌、特に下句「思ひすつべき景色ならねば」は、苦澁を湛へた重い調べである。いづれも二十歳前後の作とは信じかねる老成した心境と技法が見られ、惜しむべき秀才を喪つた感は深い。

建久元1190年良經は二十二歳で花月百首を主催した。記念すべき二十二歳、恐らく彼は良通の志をも籠めて、ここに若書の花を鏤め、夭死の恨みを月に托したことだらう。「散る花も世を浮雲となりにけり虚《むな》しき空を寫す池水」「明方の深山の春の風さびて心くだけと散る櫻かな」「月宿る野路の旅寢の笹まくらいつ忘るべき夜はのけしきぞ」、これらの秀作ことごとく他界の兄と現世の弟の二重唱を聽くやうである。

98 いとどまた誘はぬ水に根をとめて氷にとづる池のうきくさ

後鳥羽院下野《ごとばゐんのしもつけ》

誘ふ水あらばとは
思ひもしなかつた
池は眞冬
一夜明ければ厚氷
絶《た》ち殘された根が
釘づけ！
流れ出る希《ねが》ひも夢
憂世《うきよ》疎《うと》めど浮草よ

小野小町（23）の「わびぬれば身をうきくさのねを絶えて誘ふ水あらばいなむとぞ思ふ」を逆手に取つた趣の歌である。一方が誘はれるなら流れて行かうと自分に即して歌ふのに對し、この作は誘はない水に定著して氷ると浮草に卽して歌つてゐる。

小町の、女身の儚さと業《ごふ》もあはれであるが、下野の氷の檻に閉ぢこめられる浮草の生もむごい。内攻的で一種凄じい思考が輕やかな調べに乘せられたところなど作者の才をうかがはせるに足りよう。

下野は和歌所開闔源家長（46）の室、俊成卿女らと共に後鳥羽院に仕へた。家長は承久の亂後は宮廷を辭し在野の歌人として生き文暦元1234年歿したが、妻下野はそれよりなほ二十年ながらへた。嘉禎二1236年七月隱岐の院が催した遠島歌合には家隆父子、秀能の如願法師ら十六人の中にまじつて詠進、御判を受けてゐる。

忘られぬ昔は遠くなりはてて今年も冬ぞしぐれきにける　　下野
神無月時雨ばかりぞ槇の屋に昔ながらの音ぞかはらぬ　　親成
和田の原八十島かけてしるべせよ遙かに通ふ沖の釣船　　如願法師
かくばかり定めなき世に年經りて身さへしぐるる神無月かな　　家隆
數ならぬみしま隱れに年を經て鹽垂れわぶと問はば答へよ　　後鳥羽院

歌の出來、不出來はともかく、院の悲涙、面面の舊主に盡す殉情は心を搏つ。家隆の女土御門院小宰相《つちみかどゐんのこざいしやう》と共にその香魂は記憶されてよい。

彼女の歌は新古今では信濃《しなの》なる女房名で二首見える。新敕撰は下野名で同じく二首、揭出作は『續後撰集《しよくごせんしふ》』の冬に見える。これは定家の子爲家の催した百首歌の中のものであらう。すでに王朝も名殘を止めぬ時期であるが、その青春を記念してここに揭げた作者の一人である。

人もまだ踏みみぬ山のいはがくれ流るる水を袖に堰くかな
ありあけの月は涙にくもれども見し世に似たる梅が香ぞする
心していたくな鳴きそきりぎりすかごとがましき老いの寢覺に
時雨つつ袖もほしあへずあしびきの山の木の葉に嵐ふくころ
かた絲のあはずばさてや絕えなまし契ぞ人の長き玉の緒

三敕撰集からさらに一首づつを拔いたが、下野の數十年にわたる歌人としての生が、その一途な詠風の中に濃く滲んでゐる。

99 僂くてこよひ明けなば行く年の思ひ出もなき春にや逢はなむ

源《みなもとの》 實朝《さねとも》

年のうちに春が立つとか
薄闇の中に目を瞠《みひら》けば
後退《あとずさ》りしながら來る春が見える
何して一年を生きたか
何ゆゑに明日があるのか
想ひ出も期待も
＜……なきが僂さ＞
見えるのはただ
腥《なまぐさ》い時間と冷やかな空間
梅がひらくとて咳入り
水が溫《ぬる》むとて川の邊《ほとり》にくるめく
死は近くて遠いうつつ
罰はいつ畢《をは》るのか

『金槐和歌集』に見える絶唱の一つ「萩の花」(67)と竝び、この歌も亦實朝の逐ひつめられた心の惻惻として迫る秀作である。逝く年にも來る年にも思ひ出や期待をもたず、ただうつろな目を瞠いて中有《ちゆうう》を見据ゑてゐる青年の姿、二十八歳の横死を思へば一種慄然たるものがある。一首の調べも滞り口籠り、鎌倉振《かまくらぶり》の冱えぬ響きながら、それがすなはち作者の心境を如實に現し、却つてうつくしい。「春にや逢はなむ」の結句など語尾を濁らせて口歪める實朝の表情が髣髴《はうふつ》する。

彼は蹴鞠と和歌に耽り官位昇進に異様な熱意を示してゐた。しかしそれが目的でも本心でもなく、明日の見え過ぎる目、覺めきつた魂のよそほふ狂氣ではなかつたらうか。すべては虚無、源家が自分を最後として絶えることも、その虚無に通ずる必然に過ぎぬ。空の空なる短い人生を和歌と呼ぶ言葉の鏡に映し、ひたすら嘆き訴へる。その凄じい調べがすなはち『金槐集』一巻に滿ちてゐるのだ。

流れゆく木の葉の淀むえにしあれば暮れてののちも秋は久しき
眺めやる心もたへぬわたの原八重の潮路の秋のたそがれ
來む年も頼めぬ上の空にだに秋風吹けば雁は來にけり
紅《くれなゐ》の千入《ちしほ》のまふり山の端に日の入る時の空にぞありける

「流れゆく木の葉の淀むえにし」とはまた暗鬱なイメージである。石が流れて木の葉の沈む現世の不條理に、抗ふすべもない彼には、秋は秋、滅びの色を湛へながらいつまでも滅び切らぬ世界、すなはち煉獄の季節であつた。結句の詠歎は痛切を極める。「眺めやる心もたへぬ」の調べはまさに新古今調である。しかし宮廷職業歌人の技巧の極致も、つひに實朝の絶叫を祕めたこの一首には及ぶまい。及ぶはずも決してない。「來む年も頼めぬ」心はそのまま「儚くてこよひ明けなば」に通じよう。歳暮にさきんじて、彼は歸雁におのれの明日を見てゐた。雁こそ黄泉への使に他ならぬ。「紅の千入のまふり」この夕映の莊嚴の凄じさは言語を絶する。紅はすなはち彼の心の中にしたたる血、いつかは流される血潮であつた。「空にぞありける」と言つて彼は口を噤《つぐ》む。萬斛の涙を嚙み、口を衝く悲鳴を押へて立ちつくす。かつては良經の最期をもこの夕映は照らした。後鳥羽院も隱岐でその頽齢の頬を染めたことだらう。すべては終りかつそこから創まる。何が始まらうと非運に果てる者のあづかり知るところではなかつた。

定家はまだ竟宴も濟まぬ新古今集を十四歳の實朝に贈る。爾來彼は定家を師として歌に沒入するが、その歌風は新古今調、萬葉調を超えた實朝獨自のものとなつてゐる。そして二十八年の生涯に一度も師に見《まみ》えることはなかつた。

100

はかなしやさても幾夜か行く水にかずかきわぶる鴛鴦《をし》のひとり寝

藤原雅經《ふぢはらのまさつね》

ぬばたまの夜にひびき
ひりひりと凍《し》む水の上
鴛《ゑん》・鴦《あう》かたみに缺けて
怖ろしい夢を見てゐる
波紋一重《ひとへ》二重《ふたへ》三重《みへ》四重《よへ》
いつまでも閉ぢる世界
そこは死の後まで凍る
墓もない水の上の一生《ひとよ》
私は啞の鳥かたはの鳥

建仁元1201年二月、後鳥羽院主催老若五十首歌合に詠進、作者三十二歳。この歌は新古今の冬の部に入撰してゐる。

眞冬の水の上に鴛鴦《をしどり》の一羽が浮び、獨寢の夜夜のその數を書くやうに筋を引き、引き疲れてゐる空しさを、作者はもの憂い目で見つめてゐる。仄かに戀、それも逢はぬ戀の趣が漂ふが、あくまでも冬の歌であり、後鳥羽院が新古今の四季や戀の部立《ぶだて》にきびしい配慮を見せたことも念頭におくべきだらう。

冷やかに侘しい心象風景が、細細と顫へ波立つやうな調べに乗りまことにうつくしい一首を成す。初句A音の連續から結句O音I音の交互配置まで、五句三十一音の響きは歌の描き出す幻像と至妙な脈絡を見せ、雅經の才質が十二分に盡された秀歌である。

家集『明日香井集《あすかゐしふ》』は和歌、蹴鞠に堪能な彼がその祖となつた飛鳥井家《あすかゐけ》の名によるものであり、俊成門の秀才の名に恥ぢぬ作を集めて千六百七十餘首。歌風は御子左家の新風には倣はうとせぬ、優雅端正な姿であるが個性の輝きには乏しい。百人一首の「みよし野の山の秋風さよふけて」もその一例である。しかし集の中には鴛鴦の獨寢に比肩すべき作も少くはない。

契りとて結ぶか露のたまゆらも知らぬ夕べの袖の秋風

眺めじやこころづくしの秋の月露のかごとも袖ふかきころ

涙さへ鴫の羽掻きかきもあへず君が來ぬ夜のあかつきの空
草枕むすびさだめむ方知らずならはぬ野邊の夢のかよひ路
見し人のおもかげとめよ清見潟袖にせきもる波のかよひ路
おほかたはあはれも知らぬもののふの八十氏川の冬のあけぼの
降るかなほ春のあはゆきあはれ世にいつまで消えぬものとかは見む
さだかなる夢も昔とむばたまのやみのうつつに匂ふたちばな
消えかへりこころ一つの下荻《したをぎ》にしのびもあへぬ秋の夕露

冒頭五首は水無瀬戀十五首歌合の作、「草枕」「見し人の」は新古今入撰、秀作ひしめくこの歌合の中に、彼の歌も一きは煌めく。

雅經は頼朝の腹心の軍師學者大江廣元の女婿であつたゆかりで、度度鎌倉にも下り、將軍頼家、實朝の鞠の師を勤めたこともある。家集には屛風歌とは類を絶した、旅日記風の名所歌が數多見える。彼も亦和歌所寄人、新古今撰者の一人であり、五十二歳で承久の亂寸前に世を去つた。

をはりに

私撰王朝百首作者九十四人、初めは一人一首を念頭に置いたが、業平、貫之、定家、良經、式子內親王、實朝は二首づつ採つた。この六人を私はかねてからひそかに王朝六歌仙と呼んでゐる。

名を盡すか歌を盡すかの二者擇一は易きに似て難い。たとへば私稱六歌仙のやうに一人の家集の中に珠玉作品が連なり、割愛するのに困ずる作者もあれば、凡凡たる作品群一巻の中に、ただ一首きらりと光る者、名高い作家であるにもかかはらず鐵中《てつちゆう》の錚錚《さうさう》を拾ふにも苦心を要する人等樣樣であるが、この度は作者の展望にやや重點をおき、作品はそれに從つて百首を編むこととした。

人選もさることながら、歌は當然その人の眞の代表作を選りすぐらねばならぬ。傳定家撰小倉百人一首に對する不滿、これにまつはる存念は序の詞に書き止めたが、作者の採否についてもいささかならず異を稱へてこの九十四人を選んだ。

百人一首と重なる歌人はほぼ時代順に次の五十四名。

小町23 業平1 79 敏行50 伊勢68 元良親王77 素性16 千里36 躬恆75 忠岑49 是則11 友則37 興風84 貫之14 32 深養父72 兼盛24 忠見47 元輔60 伊尹69 好忠70 惠慶90 能宣17 義孝3 和泉式部48 紫式部85 大貳三位34 伊勢大輔54 清少納言15 相模27 周防内侍26 良暹9 經信92 紀伊25 匡房62 俊頼58 基俊30 崇徳院42 顯輔73 堀河65 實定7 俊成40 清輔51 西行80 寂蓮21 式子内親王2 35 殷富門院大輔91 良經22 76 讃岐89 實朝67 99 雅經100 慈圓61 定家33 88 家隆93 後鳥羽院5 順徳院74

百人一首に缺けた作者は次の四十名である。

小大君55 孝標女6 道命82 元眞81 順86 中務8 顯綱29 範永31 馬内侍41 徽子53 高遠66 輔親63 道長87 國信38 顯仲57 頼政13 小侍従10 仲綱20 越前52 肥後83 丹後59 顯昭95 守覺法親王96 良通97 良平56 惟明親王18 建禮門院右京大夫28 忠良43 家長46 下野98 高倉院45 秀能19 八條院高倉39 安藝44 通光78 有家94 隆祐64 宮内卿4 俊成卿女12 長明71

四十名中特に小大君、中務、徽子、頼政、小侍従、丹後、建禮門院右京大夫、忠良、秀

能、有家、宮内卿、俊成卿女の十二人は、王朝和歌を論ずる時逸することのできぬ歌人であらう。小大君、齋宮女御徽子はその作品の特異性ゆゑに、中務は母伊勢とのかかはりも含めて、頼政、小侍從、宜秋門院丹後、建禮門院右京大夫はその背後にある源平相剋の歴史とそれぞれの歌柄の面白さを愛でて、忠良、有家は掲出した各一首の輝きを以て記念せねばならぬ歌人であり、秀能、俊成卿女、宮内卿は彼等を疎外して新古今時代は語り得ぬと考へる。

歌の配列は春二十二首(1〜22)夏十八首(32〜49)秋二十七首(50〜76)冬十五首(86〜100)戀・雜十八首(23〜31・77〜85)とした。勿論嚴密な部立《ぶだて》の意圖はなく、四季と戀はかたみに混りあひ、羈旅歌、雜歌もこれに準ずる。王朝和歌は花・月・戀に盡きる。九十四人の歌人の秀作もここに集中し、歌題や部類に必須の賀、神祇、釋教には採るべき秀歌がこの度は皆無に等しかつた。俊成、慈圓、式子内親王、寂蓮等はこれらの部にも佳作、問題作の多多存するのは周知のことであるが、これは詳細な作家論にでも讓る他はあるまい。

王朝とはもともと廣義には奈良、平安時代の總稱であるが、私は狹義の平安朝を採り、ゆゑに原則として八代集とその背後の人と時代を典據とした。九十四人中、實朝、順德院、隆祐、下野等はむしろ鎌倉期に屬する歌人であるが、それぞれに後鳥羽、定家、家隆らとの切實な結緣のゆゑにあへてこの中に收めた。王朝の名殘、それも荒寥無殘な餘響ではある。業平、小町ら六歌仙時代の靉靆たる豫兆の趣とはきびしい對照をなす。一首一首の彼方には時代がある。一首一首の連りには歴史がある。否、歌とはその時間の流れに浮ぶ言葉の花であつた。時間を無視し、古歌を一平面に竝べ、現代の眼で分析裁斷するのは危險でありかつ愚行と呼ばれる懼れも多多あらう。たとへば、この觀點からすれば、

茜さす紫野行き標野《しめの》行き野守は見ずや君が袖振る　額田王
春日野の若紫のすりごろもしのぶのみだれかぎり知られず　業平
人心うす花染のかり衣さてだにあらで色やかはらむ　小大君
つきくさにすれる衣の朝露にかへるけささへ戀しきやなぞ　基俊
くちなしの色の八千《やち》入《しほ》戀ひそめし下の思ひや言はで果てなむ　定家
花染の色とも聞かぬ日數さへとはねば易く移る頃かな　兼好
紫のゆかりもにくむことわりや忘れてたどる藤のたそがれ　持資

右は額田王七世紀、業平九世紀に始まつて十五世紀の持資まで、各歌人の時代は約一世紀づつ隔たつてゐる。戀歌を彩る紫、縹《はなだ》、支子《くちなし》について考へるだけでも、有職故《いうそくこ》實《じつ》に竝竝ならぬ素養を要求されよう。作者を律する社會も、奈良朝の宮廷人、末期平安京の貴族、

室町中期江戸の武人と比較を絶するばかりの相違があり、和歌制作の基盤に到つては、萬葉はもとより古今集から新續古今集《しんしよくこきんしふ》までの二十一代集にわたつて精讀しなければ解明は困難であらう。

それはあくまでも理想論である。世の詩歌を好む人人さへも、この鑑賞上の繁文縟禮《はんぶんじよくれい》に僻易して古典から遠離らうとする。傳統詩歌は詩歌人のものでさへなくなり、専門家の研究對象として隔離され、不可觸の聖域に齋《いつ》き祀《まつ》られる結果となるだらう。否、既になりおほせてゐる。専門家の折紙をつけた作品のみが麗麗しく公表され、それ以外のものは一顧もされぬか、稀なる愛好者の暗中摸索によつてからうじて語り傳へられる。

私はこの王朝百首を、異論を承知の上で、あくまで現代人の眼で選び、鑑賞した。權威の座を數世紀にわたつて獨占した趣の百人一首にことごとく反撥を示した。私の擇びこそ、古歌の眞の美しさを傳へるものと信じての試みに他ならぬ。單に晩年の定家の信條に對する彈劾の志ばかりではない。資質、才能、業績にふさはしからぬ作品を以て代表作と誤認されてしまつた各歌人の復權、雪辱の意も多分に含めたつもりである。

さらに言へばこの百首は譯《やく》も解説も蛇足であり、任意の時、任意の作品を、自由に吟誦して樂しむのが最上の鑑賞である。難解な用語は、もし必要とならば古語辭典一冊を座右に置けばおのづから解けよう。さうして、歌自體のうつくしさに陶然とすることのできる讀者には、もはや作者名さへ無用である。

百首の選擇に臨んでの配慮に今一言を加へるなら、私の不如意は、あるいは口惜しさは、讀人知らずの作を加へ得なかつたことである。古今集は作者不詳の戀歌を除いては甚しくその價値を減じるだらう。もし王朝に奈良朝を加へたとするなら、萬葉はこの場合どうなつたらう。歌は作者名によつてその美を左右されることは決してない。作者名によつて陰影を深め、あるいは享受者の第二義的な欲求を滿たすことはあらうとも、それ以上の何かを附加し得ると考へるのは幻覺に過ぎまい。私達は今日まで、いかに作者名に惑はされてその作品を受取つて來たことか。これは單にこの王朝和歌に限ることではないのだ。作者名も註譯もすべて虛妄であらう。眞にすぐれた作品はそれらを拒み、無視して聳え立つものである。逆に言へば、その絕唱、秀吟は、おのづから作者の、唯一人の小宇宙の中に浮び、その背後には彼を生かしめた時間と空間が透いて見えるはずである。詩歌にそれ以上のいかなる要素を求めようといふのか。

私がこの後選ぶとならば、記紀から現代に到るあらゆる詩歌の中からのみづから發光することによつて享受者を誘ふ無名の、あるいは名を消し去つた、日本人の魂の糧ともなるべき詞華一千であらう。

解説

美しさの本

橋本 治

敢えて言うならば、『王朝百首』は日本国民必読の書である。現在がどうであれ、和歌が日本文化の中心に根を下ろして、日本文化のメンタリティを作り上げたことだけは、動きようがない。この本は、その和歌がいかなるものであるかを明確に説く、啓蒙の書なのだ。そのことは、序文である「はじめに」で詳細に語られている――。

《かつて咲き匂つた日本の言葉の花を、今日私たちは果してどれほど端《ただ》しく深く享《う》け繼いでゐるだらうか。國文學専攻の人人、あるいは詩歌《しいか》創作をライフ・ワークとする人人を除いては、恐らく教科書の中で出會ふごく限られた古歌や小倉百人一首かるたを記憶してゐるのが精精で、忘れるともなく忘れ去り折にふれて懐しむのみではあるまいか。》

《古典は學生が教科書の中で無理矢理に對面を強ひられたちまちに別れる不可解な呪文で

も、専門家が獨占して研究の對象に腑分《ふわけ》を試みるためにあるものでもない。日本語を愛し憎み、これから終生離れ得ぬ私たちの、今日のため、否明日のために存在するものであり、心ある人の手で呼び覺まされる時を待ちわびつつ霞の奥で眠つてゐる。》《花筐《はながたみ》は今覆ひの下で七世紀の後の子女弟妹《しぢよていまい》に見えようと息をひそめてゐる。》

序文というものは時として「形ばかり」で、書かれる本の内容を直接的に訴えたりはしないものでもある。しかし、『王朝百首』のそれは、その先に続く本文の書かれた意図、方向、目的が明確に記されている。『王朝百首』は、その序文で説かれるままにある本なのだ。だから私はこれを引いて、「日本国民必読の書」と言う。それを言わなければ、この本を書いた人に申し訳が立たない。

一九七四年の十二月、書店でこの本と出会った時、私は二十六歳だった。私は《國文學専攻の人人》の一人だった過去を持ちながら、《教科書の中で出會ふごく限られた古歌や小倉百人一首かるたを記憶してゐるのが精精》であるような人間の一人だった。日本文化――それを成り立たせる言語文化の中心には和歌があるということは、その以前にもう分かっていたと思う。ただ、それはかなり不思議な分かり方で、「日本文化の中心には和歌がある」と言われれば分かるが、それを言う人の頭の中や、それを言う人の「日本文化」

著者（昭和59年、自宅書斎にて）

がいかなるものであるのかは分からないというようなものである。

言われれば分かるのは、自分の体の中に「七五調」という言葉のリズムが明確に存在しているからである。それが江戸時代以降になって定着した俳句や川柳のおかげだとしても、それをなさしめた根本は、やはり和歌である。「七五調はもう古い」と言われ、「そりゃそうだ」と自分が同調出来るのも、「自分の中には七五調の言語文化が生きている」という自覚が一方にあるからである。だから、中学生の段階で「和歌が好きだ」という感覚は生まれていた。分かるか分からないか以前に「好きだ」という感覚があるから、まだカリキュラムに「古文」というものが存在しない中学生段階で、小倉百人一首を暗記してしまった。不思議なもので、覚えてしまうと「分からない」という感覚がなくなる。頭の中で百人一首を反芻していると、浮世離れのした「美しさ」が感じられて、幸福になる。「日本文化の中心には和歌がある」というのは、私の場合、まず知的な理解ではなく、「自分自身の身体実感」として訪れた――だから、その後になって厄介なことになる。

高校に入って「古文」という授業科目と出会い、しばらくして嫌いになる。《教科書の中で無理矢理に対面を強ひられたちまちに別れる不可解な呪文》と言われれば、「その通り」と思う。ただ私は、それが「意味のない呪文」になってしまうことが訝しくて、「訝しい」と思うような一、二年は付き合っていたから、《たちまち》というわけでもなかった。しかし、古文が嫌いになったことだけははっきりしている。だから、大学に入って国文科に籍を置いても、古典文学の本流であるような、平安から鎌倉初期くらいまでの文学――この『王朝百首』が守備範囲とする領域に目を向けようともしなかった。そうして私は、国文学専攻でありながら《小倉百人一首かるたを記憶してゐるのが精精》の日本人の一人になる。

「どうしてそれを毛嫌いするようになってしまったのだろうか」という理由は、今やはっきりしている。私の十代、二十代の段階で、古典というものが「近代文学的人生観で理解されるもの」になっていたからだ。

それで解釈されてしまうと、私がぼんやり見て「美しい」と思っているものが、「たちまちに別れたくなる不可解な呪文」になってしまう。「古文の解釈」というものは、「この文章は、こんなにもどうでもいいことを分かりにくい表現で言っている」にしかならなくて、その文章に対して私が感じた「なにか」は、きれいさっぱりと消え失せてしまうのだ。だから、国文科に入って「古典文学の本流」を拒絶してしまう私は、その以前に「近代文学」の方も拒絶して、その中間にある江戸時代で鎖国状態を続けることになる――そういう私の蒙を啓いてくれたのが、塚本邦雄氏の『定家百首』と、この『王朝百首』だった。

書店で棚に置いてあった『王朝百首』の原本は、函入りだった。これを手に取り函から出して、まず「目次」を見て、私はボーッとなった。体がわなわなと震え出すような気がした。そこにはただ「美しいもの」が並んでいたからである。

百首の歌が並んでいた。店頭でそれをいきなり見せられて、すぐに意味が分かるわけではない。ただボーッとなって、霞に覆われて全貌をあらわにしない、極美の春の山を眺めるような気分になった。それ以前に私が通読した和歌の本は『定家百首』だけで、その時も書店の店頭で目次を披《ひら》き見て絶句し、唸ったが、それは自分で出合ってしまった「前衛」の難解さに感嘆の息を吐いているようなものだった。しかし、『王朝百首』のそれは違う。目次に目を合わせた私は、その瞬間、春霞の向こうで輝やく美しい景色の中に吸い込まれていた。

「文字の並び」が生きた景色となって動く。焦点の合わない百首の歌の並びは、静かに動く季節の流れとなって、ゆっくりと進んで行く。それは、風に揺れる紗《しゃ》のカーテンの向こうの景色のようで、時には曖昧で、時には鮮やかに、その姿を見せる。突然ピントの合ってしまった景色の美しさもさることながら、ぼーっと霞むような「なんだか分からない美しさ」が、これまたただものではない。文字の並びが「流れる季節の美しさ」になって存在している目次などを見たのは、その時が初めてで、最後だった。私は、自分が知りたいと思っていた「和歌のなんたるか」がこの本の中にあると確信して、迷わずに買った。あるいは、興奮して買った。

私が知りたがっていた「和歌とはなんなのか?」の答は、ただ「美しいもの」というだけのことである。「人生に関する云々」などというものは、その後でいい。まず、なんだか分からなくても、「美しい」ということを実感させて耳に飛び込んで来る。目から飛び込んで来て、耳に訴えかける。「人生云々」は、その後でいいのだ。和歌というものがただ「美しい」の一語で表されるものであることは、本書の跋文である「をはりに」に明確に記されている――。

《さらに言へばこの百首は譯《やく》も解説も蛇足であり、任意の時、任意の作品を、自由に吟誦して樂しむのが最上の鑑賞である。難解な用語は、もし必要とならば古語辭典一冊を座右に置けばおのづから解けよう。さうして、歌自體のうつくしさに陶然とすることのできる讀者には、もはや作者名さへ無用である。》

もちろん、ここに書かれていることは、そう簡単に実現出来るようなことではない。《任意の時、任意の作品を》へ至るためには、『王朝百首』全篇をまず通読しなければならない。なにしろこの本は「歌から歌への推移の見事さ」を前提にして成り立ってもいるから、一首の和歌に関する章を読み終えて陶然あるいは惘然としているところに、次の一首が、まるで襲いかかるかのように出現して、「任意の一首」で立ち止まることを不可能にする。しかも、和歌というのは「一首で完結した世界」を表すものでもあるから、魅入られたらそこで立ち止まって、動くことが出来なくなる。「歩くことの自由」を与えられながら、同時に足枷をも渡されているようなものである。それでもかまわないのは、和歌というものがまず《歌自體のうつくしさに陶然とする》が第一にあるものだからだ。『王朝百首』をなんとか読み進んで、私はいつも21の寂蓮法師の歌で立ち止まる。《暮れてゆく春のみなとは知らねども霞に落つる宇治の柴船《しばぶね》》の文字の並びを見ると、満開の花霞の向こうで、春というものが滝になって落ちて行くように思われてならない。それまでに詠まれて来た「春の景」が、すべて滝壺の下の「春の湊《みなと》」に落ち合うように思えて、惘然とする――惘然とするその指で頁を繰ると、次の《あすよりは志賀の花園まれにだにたれかはとはむ春のふるさと》が飛び込んで来る。「春」という長い夢を見ていて、気がつくと目の前には、その春がのどやかな光を浴びる白い廃墟として存在している。いつもそう感じて、その先の小野小町の歌へと進めない。廃墟の先に、《わびぬれば身をうきくさのねを絶えて誘ふ水あらばいなむとぞ思ふ》と言う女の声があることは分かってもいるのだけれど、「ちょっと待ってくれ」と思って、私は、21と22のダブルショックで、しばし陶然としている。寂蓮法師と藤原良経の二首は、もちろん『新古今和歌集』の「春の部」の掉尾を飾るものではあるけれど、『新古今和歌集』では、寂蓮法師と良経の間に四首の歌が存在していて、それがなんだかまだるっこしい。寂蓮から良経へといきなり続くスピード感と見事さが、この『王朝百首』の現代性でもあろうかと思う。

もちろん、こういう書き方をすれば、和歌の「美しさ」に対する誤解だって生むだろう。それは「幻想的な美」であって、「象徴を巧みにする技巧の美しさである」というように。しかし、我々は誤解をしているのだ。それが紛れもなく「美」であっても、「美しさの実感」はそればかりではないのだということを——。

「近代」という段階に入ってから、日本人は諦めが悪くなった。「絶望」を訴える声の向こうには、いつの間にかしぶとい我欲がある。「この絶望状況は、自分にとっての当然の権利達成を妨げる不当なものだ」という思いが、「絶望」を受け入れることを頑なに拒んでいる。しかし、昔の人にとって、絶望はただ「絶望」なのだ。受け入れるも受け入れないもない。絶望は、冬の初めに降る冷たい時雨と同様に、人生と共に在《あ》るものなのだ。このことを了承して、絶望はいくらでも「美しい声」になる。それが「絶望の歌」であると気づく前に、我々はその歌の持つ「美しさ」に捕えられる。それは、技巧とか象徴美とかいうようなものではない。絶望を受け入れることを当然としていた人達は、技巧の上で「絶望に遊ぶ」ということをしもしたが、同時に、絶望に冒されて崩れることのない免疫力も備えていた。だから、絶望の歌は美しい歌ともなる——、ただの「美しさ」の向こうに喜怒哀楽の気は、霧や霞のように漂う。だからこそ、14の紀貫之のように、雲一つない晴天に「散る花の作った漣《さざなみ》」さえ見る。

『王朝百首』のベースとなるのは、言うまでもない『新古今和歌集』である。しかしベースになるのは、『新古今和歌集』の美学でもなく、技巧でもない。「技巧過多の煩わしさ――その浅ましさ」も、著者は明確に指摘するし、「言葉のたどたどしさが美しさを見事に成り立たせている」という際どい指摘もしてくれる。つまり、「難解な歌だけがいい歌ではない」ということである。だから、16の素性法師や、50の藤原敏行の歌も登場する。清少納言の《言の葉は露もるべくもなかりしを風に散りかふ花を聞くかな》という、自身の理性過剰を持て余しているような歌の後に、忽然と《見渡せばやなぎさくらをこきまぜて都ぞ春のにしきなりける》という素性法師の単純明快なる「春の讃歌」が登場するのを見れば、「おお」と感嘆の声を放つ人も多いだろう。この一首の出現で、『王朝百首』は「単純明快なる王朝の美を説く本」ともなる。

手放しに単純明快な「讃歌」もあれば、屈曲した嘆きの感情もある。「嘆き」というもののありようを考えれば、それは当然「屈曲せざるをえないもの」なのだ。明快と屈曲、その二つを一つにして「美しさ」はある。『王朝百首』はその両方にまたがって、セレクションの見事さで私達を唸らせる――「感情から出たものに結論はない。ただその〝美しさ〟を実現させる潔さばかりがある」と。つまるところ、その「潔さ」が美しさなのだ。繊細だから美しいのではない。繊細にならざるをえない複雑さを凝視して、それに打ち克ったからこそ、美しいのだ。

『新古今和歌集』を踏まえて『王朝百首』を編んだ著者は、『新古今和歌集』の代表的歌

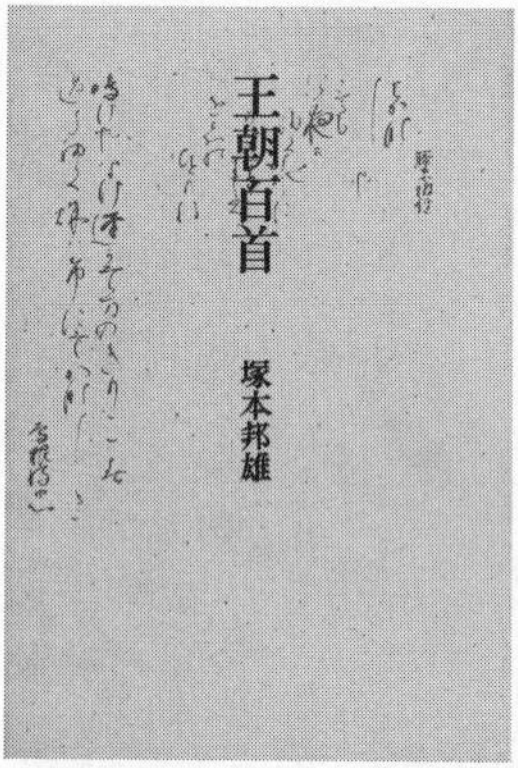

『王朝百首』函
（昭49・12　文化出版局）

『定家百首』函
（昭48・6　河出書房新社）

『閑雅空間』函
（昭52・6　湯川書房）

『寵歌』カバー
（昭62・11　花曜社）

人であり、「小倉百人一首の撰者」となることによって、その後の日本の和歌のあり方を変えてしまった藤原定家に激しい戦いを挑む——「百人一首に名歌はない」の類は、本書の中で何度も繰り返される。『王朝百首』と出合った二十六歳の私は、このことに何度も戸惑った。戸惑った理由は、よく考えたら「なにが名歌なのか」という基準が、その私の中になかったからである。そんなことを考える前に、百首を諳《そら》んじて馴染んでいるから、「いい、悪い」がないのである。「もっといいのがあるじゃないか、もっと深いものがあるじゃないか、もっと素直に明快なものがあるじゃないか」と言われて、それが体に入らない限りは、「いい、悪い」の判断が起こらない。馴染んでしまっているものは、馴染んでしまっているそのことにおいて、もう「いいもの」なのである。

ずっと後になって、私は『桃尻語訳百人一首』として、その百人一首を三十一文字の和歌形で現代語訳をした。それをして、「もっといいものがあるじゃないか!」と訴える塚本邦雄氏の怒りが分かった。訳せるものは「所詮訳せるもの」なのである。「複雑そうな顔をしていても、内容は〝なーんだ〟と言いたくなるようなもの」が、そこにはあった。『王朝百首』の百首歌は、訳せない。訳す必要がないし、それをしてしまえば、歌であることが壊れてしまう。和歌というものはそのままにある。そのままにあることが和歌の美しさで、だからこそ《この百首は譯《やく》も解說も蛇足であり》ということになる。

あるものを「そのままに受け入れる」ということは、そこに入り込むことである。王朝和歌の最終局面に立って百人一首を撰した藤原定家のしたことは、「一般人はそこまで立ち入る必要がない」として、いたってカジュアルな標縄《しめなわ》を張ってしまったのに似ている。私の中には「和歌を詠みたい」という志向が絶無なのだが、その私が「和歌を知りたい」と思うのは、その眠れる花筐の中には、この先の日本を活性化する重要な「なにか」が眠っていると思うからだ。それは確かに眠っていて、だからこそ二十六歳の私は、読みかけのこの本を胸に抱えて、何度も空を仰いだ。「こんなにすごいものがあるのに、まだ人は気がついていないんだ」と思う私は、ついに100の歌の前で涙を流した――《はかなしやさても幾夜か行く水にかずかきわぶる鴛鴦《をし》のひとり寝》孤独がこのようにも深く身に沁みて美しかったら、困ってしまう――。

年譜

塚本邦雄

一九二〇年（大正九年）

八月七日、近江商人発祥の地である滋賀県神崎郡五個荘村字川並（現、東近江市五個荘川並町）六三七番地に、父塚本欽三郎（明治一一年生）と母壽賀（明治二三年生）の次男として出生。この地には、天智天皇の子である川島皇子の伝承が残る。聖徳太子ゆかりの石馬寺、織田信長の安土にも近い。長姉絹子（明治四二年生）、次姉経子（大正二年生）、兄春雄（大正四年生、近江商人郷土館館長）がいた。母の旧姓は、外村。母方の祖父は、俳諧の点者。母方の叔父の外村吉之介は、倉敷民芸館初代館長。邦雄の芸術的才能は、母方の血か。一二月四日、父死去、享年四二。

一九二七年（昭和二年）　七歳

四月、村立南五個荘小学校（現、東近江市立五個荘小学校）入学。

一九三三年（昭和八年）　一三歳

四月、滋賀県立神崎商業学校（現在の五個荘中学校の場所にあった）入学。

一九三八年（昭和一三年）　一八歳

三月、神崎商業学校卒業。四月、繊維を中心に扱う商社・又一（「金商又一」を経て、現在は「金商」）株式会社に就職。

一九四〇年（昭和一五年）　二〇歳

八月頃、徴兵検査を受けた。極度の近眼のため、検査官から、「お前のような奴を前線に送ったら、敵味方の区別なく撃つので使い物にならん」と言われた。第三乙種合格。

一九四一年（昭和一六年）二一歳
八月、広島県呉市の広《ひろ》海軍工廠に徴用され、会計部に配属。市内の喫茶店で、西洋音楽に親しむ。年代は不明だが、洋画の俳優名を書いた手紙が検閲に引っかかり、一箇月拘留されたことがあった。

一九四二年（昭和一七年）二二歳
一〇月、兄春雄が北原白秋の「多磨」に入会。この兄を通して、短歌に興味を抱き始める。

一九四三年（昭和一八年）二三歳
五月、「潮音」系の歌誌「木槿」（幸野羊三主宰）に入会、初出詠。「ガスマスクしかと握りて伏しにけり壕内の濕り身に迫りくる」「眠る間も歌は忘れずこの道を行きそめしより夜も晝もなし」。一〇月、これも「潮音」系の歌誌「青樫」（当時は「紀元」、秋田篤孝主宰）に入会、初出詠。「曼珠沙華わが掌《て》に傷み平安は光り無く身より亡《う》するかなしも」。誌面で、七月に入会していた竹島慶子（大正一五年二月一〇日生、奈良県北葛飾郡居住）を知る。慶子には、後に歌集『花零れり』（昭和六一年・書肆田中）があり、邦雄は解題「蘇枋乙女」を書いた。

一九四四年（昭和一九年）二四歳
一月号の「日本短歌」への投稿歌に、「新樹遙」の筆名を用いる。八月三〇日、母死去、享年五四。当時詠んだ挽歌は、後に『薄明母音』として刊行された。

一九四五年（昭和二〇年）二五歳
八月、広島の原爆と終戦を、呉で迎える。原爆雲は呉からも見えた。八月二三日、帰郷。一〇月、又一株式会社に復職。兵庫県川辺郡の独身寮に居住。

一九四六年（昭和二一年）二六歳

一月、「シネマ時代」に寄稿。五月、「木槿」の復刊に参加。八月号には、歌論「技巧に關する考察」を発表。

一九四七年（昭和二二年）二七歳

一月、「青樫」復刊。翌月の大阪歌会で、竹島慶子と初めて対面する。同月、復刊された歌誌「日本歌人」（当時は「オレンヂ」、前川佐美雄主宰）の第二号に初出詠。誌面で、第一号から参加していた杉原一司に注目。七月、尾道出張所に勤務。一一月、広島出張所も兼務。

一九四八年（昭和二三年）二八歳

五月一〇日、竹島慶子と結婚。岡山出張所勤務となり、倉敷の叔父・外村吉之介宅に同居。叔父から結婚祝いに「聖書」をもらう。大原美術館でモロー「雅歌」などに親しむ。六月、同人誌「くれなゐ」に、後の『水葬物語』に収録する作品を発表。一二月、天理語学専門学校（現、天理大学）の学生だった杉原一司と初めて会う。年末から、松江出張所に勤務。

一九四九年（昭和二四年）二九歳

四月九日、長男青史誕生。後に青史は、中国を題材とする歴史小説の第一人者となる。八月、杉原一司・塚本慶子・稗田雛子らと同人誌「メトード」を創刊。社内文芸誌「またいち」に短歌を発表。

一九五〇年（昭和二五年）三〇歳

二月、「メトード」七号で廃刊。五月、杉原一司死去、享年二三。一二月、「日本歌人」の合同歌集『高踏集』に「クリスタロイド」七六首を発表。

一九五一年（昭和二六年）三一歳

八月、「短歌研究」に初めて作品を発表。編集長中井英夫の知遇を得る。八月七日の誕生日を奥付とする第一歌集『水葬物語』を一〇月に刊行し、亡き杉原一司に献じる。西欧的象徴美学を定型詩に導入し、「和歌・短歌」

を抒情性から解放せんとしたが、黙殺された。一二月、大阪転勤に伴い、大阪府中河内郡盾津町（現、東大阪市南鴻池町）に居宅を購入。以後、この地を動かず。なお、「短歌研究」で「二〇代歌人」と紹介されたことから、実年齢との二年間の齟齬は死去する直前に訂正されるまで続いた。また、歌壇では最終学歴も彦根高商卒とされたが、これも事実と異なっていた。

一九五二年（昭和二七年）　三二歳

五月、俳人高柳重信が来訪。九月、三島由紀夫の推挽で、『水葬物語』からの抜粋一〇首が「文学界」に掲載される。

一九五三年（昭和二八年）　三三歳

一一月、肺結核の診断を受ける。

一九五四年（昭和二九年）　三四歳

七月、療養のため休職。

一九五五年（昭和三〇年）　三五歳

「短歌研究」に加えて、「短歌」にも発表の場が広がる。一二月、かねて注目していた岡井隆と、大阪天王寺の市立美術館で初めて対面。邦雄と対照的な文学スタイルを持つ岡井は、生涯の盟友となる。

一九五六年（昭和三一年）　三六歳

三月、第二歌集『裝飾樂句《カデンツァ》』を刊行し、口語から文語への転身を試みた。七月、復職。なお復職の直前、詩人大岡信と「短歌研究」誌上で大論争を展開。それぞれ三度ずつ応酬し、戦後短歌の定型詩としての意義を問いかけた。

一九五七年（昭和三二年）　三七歳

この年も、「短歌」「短歌研究」に、作品と評論を意欲的に発表。

一九五八年（昭和三三年）　三八歳

一〇月、第三歌集『日本人靈歌』を刊行し、戦後日本の醜悪な現実をどこまで美しく定型詩で歌えるかを実験。一二月、『日本人靈歌』出版記念会が大阪で開催され、「短歌」

「短歌研究」の中井英夫・杉山正樹両編集長・寺山修司・春日井建と初めて対面。

一九五九年（昭和三四年）　三九歳

六月、『日本人靈歌』により、第三回現代歌人協会賞を受賞。授賞式のため、戦後初めて上京し、葛原妙子らと会う。これ以降、「前衛短歌」に対する歌壇からの風当たりは強く、賞から遠ざかる。

一九六〇年（昭和三五年）　四〇歳

六月、同人誌「極」を創刊したが、一号で終わる。他の同人は、岡井隆・寺山修司・春日井建・安永蕗子・濱田到・原田禹雄・山中智恵子・菱川善夫・秋村功。

一九六一年（昭和三六年）　四一歳

二月、第四歌集『水銀傳說』を刊行し、ヴェルレーヌとランボーの天才詩人の愛憎を連作として歌い上げた。「壮大な失敗作」とも批評されたが、連作という方法の可能性を探究した意義は大きい。

一九六二年（昭和三七年）　四二歳

二月、関西青年歌人会「黒の会」の第一回例会。以後、同会の中心メンバーとなる。一一月、加藤郁乎の句集『えくとぷらすま』の出版記念会に出席。

一九六三年（昭和三八年）　四三歳

九月、「律」三号に、共同製作の定型詩劇『ハムレット』を構成・演出。ハムレット役は佐佐木幸綱、ガートルード役は馬場あき子。

一九六四年（昭和三九年）　四四歳

五月、小説家に転じた中井英夫の『虚無への供物』の出版記念会で、三島由紀夫・澁澤龍彥と初めて会う。この頃から、詩人・歌人たちと連歌の会を頻繁に催す。一二月、深作光貞編集の「ジュルナール律」が創刊され（昭和四〇年六月で終刊）、毎号に作品・批評を発表。

一九六五年（昭和四〇年）　四五歳

五月、第五歌集『綠色研究』を刊行。西欧的高踏詩の世界を、短歌に移植することに成功し、邦雄の美学はここに一つの完成を見た。
一九六六年（昭和四一年）　四六歳
五月、篠弘の斡旋で、三島由紀夫と会食。
一九六七年（昭和四二年）　四七歳
頂点を極めた短歌の世界でいかなる新しいスタイルを創出するか、歌壇の外部の広大な文学の領域にいかにして打って出るか。思索と準備の日々であった。
一九六八年（昭和四三年）　四八歳
五月、三河犬「百合若」を飼い始める。一一月、澁澤龍彥責任編集「血と薔薇」が創刊され、評論「悅樂園園丁辭典」を連載。歌壇から一般読書界へと、主たる活躍の場が移動し始める。
一九六九年（昭和四四年）　四九歳
九月、第六歌集『感幻樂』を刊行し、中世歌謡を大胆に短歌に取り込む。日本古典への旋回が本格化した。一一月、「幻想派」主宰の『感幻樂』批評会。永田和宏・安森敏隆・河野裕子・福島泰樹らが出席。
一九七〇年（昭和四五年）　五〇歳
夏、前衛短歌の片翼だった岡井隆が、突然に歌壇を去る。一一月二五日、三島由紀夫が自決。その九日前、詩人の政田《まさだ》岑生《きしお》（東京海上火災勤務）と初めて会う。政田は、これ以後、邦雄のすべての著書のマネジメントを担当。全著書のブックデザインにも腕を揮い、献身した。邦雄の限定豪華本が作り始められるのも、政田の意図。一二月、全歌集を集成した『塚本邦雄歌集』が刊行され、歌人としての邦雄は歌壇で試みんとした素志のほとんどを達成した。
一九七一年（昭和四六年）　五一歳
初の散文評論集である『悅樂園園丁辭典』と『夕暮の諧調』を、一月と九月に刊行し、満を持して文壇へと船出する。歌壇では独立独歩を貫き、一二月、文語定型詩の純度を最高度に高めた第七歌集『星餐圖』を刊行。一頁に一首を一行で印刷した。

一九七二年（昭和四七年）五二歳

二月、初の小説集『紺青のわかれ』を刊行し、小説の世界にも進出。八月、死別した三島由紀夫と生別した岡井隆に献じた第八歌集『蒼鬱境』を少部数で刊行。『水葬物語』と並ぶ稀覯本である。一〇月、短歌は幻を見るためにのみ存在するという邦雄の初期歌論の集大成『定型幻視論』を刊行。

一九七三年（昭和四八年）五三歳

一年間で一二冊の単行本を刊行（うち二冊が、政田岑生が社主の書肆季節社から）。著述家として、大車輪の活躍。まず、三月の小説『藤原定家』と六月の評論『定家百首』とで、新古今美学の現代文学への有効性を見極めた。一〇月の第九歌集『青き菊の主題』は、短歌と小説が含まれ交響し合うという実験。「第〇〇歌集」という本格的な「序数歌集」だけでなく、収録歌の少ない「間奏歌集」、知友の催しや祝い事への餞を一〇首前後で詠んだ「小歌集」も、この年から頻繁に刊行する。本格的に書道にも乗りだし、一一月に初の墨蹟展を開く。「塚本邦雄」と聞いて直ちに連想する華麗な筆跡は、この時期に確立した書体である。

一九七四年（昭和四九年）五四歳

この年、九冊を刊行。著述活動に専念するため、一月末日、経理部長の要職にあった金商又一株式会社を円満退職。異色のミステリー小説『十二神將變』（五月）、寺山修司との往復書簡集『麒麟騎手』（七月）、俳句評論『百句燦燦』（一〇月）、評論『煉獄の秋』（一一月）、古典評論『王朝百首』（一二月）など。また、短篇よりも短い小説を「瞬篇小説」と名づけ、瞬篇小説集『雨の四君子』（一一月）も刊行。

一九七五年（昭和五〇年）　五五歳
この年は、一六冊を刊行。中央公論社の編集者安原顕を通して、文芸誌「海」に定期的に発表の場を得た。また、集英社の「すばる」の常連ともなった。三月の『獅子流離譚』は、敬愛する万能の天才であるレオナルド・ダ・ヴィンチの評伝。また文芸春秋の編集者箱根裕泰を通して、書き下ろし単行本を同社から続々と上梓。六月の『戀』は、六百番歌合の和歌をめぐる評論集・訳詩集・瞬篇小説集を兼ねた異色作。その他に、第一〇歌集『されど遊星』（六月）、青春期から愛聴してきたシャンソン評論『薔薇色のゴリラ』（九月）。

一九七六年（昭和五一年）　五六歳
三月、古典評論『雪月花』。四月、在原業平の恋物語『露とこたへて』。八月、イエス・キリストを描く小説『荊冠傳說』など、一五冊を刊行。一〇月一一日、長男青史、一色礼子（昭和二六年生）とロードス島で結婚。一一月、「サンデー毎日」に「七曜一首・七曜一句」の連載を開始。週刊誌にも、活動の場を開拓した。

一九七七年（昭和五二年）　五七歳
五〇歳代のライフワークとなる「茂吉秀歌」全五巻シリーズの第一巻『「赤光」百首』（四月）と、日本語の危機に警鐘を鳴らす評論『國語精粹記』（一一月）など、一三冊を刊行。五月、慶子夫人とヨーロッパ旅行。元来は飛行機嫌いだったが、以後毎年、夏には海外旅行を楽しんだ。六月、第一一歌集『閑雅空間』。

一九七八年（昭和五三年）　五八歳
二月一一日、初孫の磨耶が誕生。命名は、青史夫妻による。五月、後鳥羽院を描いた小説『菊帝悲歌』。八月、「サンデー毎日」で公募した『現代百人一首・一九七八年版』。九月、日本の地名の美しさを称揚した『新歌枕東西百景』などを刊行。
一九七九年（昭和五四年）五九歳
七月、第一二歌集『天變の書』。九月、「サンデー毎日」の投句欄「サンデー秀句館」の撰者となる。
一九八〇年（昭和五五年）六〇歳
二月、自歌自註『綠珠玲瓏館』。三月、日本語論『ことば遊び悦覧記』。七月二八日、二人目の孫、志帆が誕生。命名は、青史夫妻。
一九八一年（昭和五六年）六一歳
七月、「毎日新聞」朝刊に「けさひらく言葉」の連載を開始（～八六年一二月）。爽やかな朝の食卓に、邦雄の毒を帯びた美学がどう受けとめられるか、話題となった。一二月、小説風の評論『半島』。
一九八二年（昭和五七年）六二歳
五月、『定本塚本邦雄湊合歌集』二巻を文芸春秋から刊行。本巻は全歌集で一五〇〇頁超、別巻は索引・年譜で三〇〇頁超の豪華箱入り本（定価三万円）。政田岑生のマネジメント、箱根裕泰の出版編集、精興社の総力を挙げた正字正仮名活版印刷の美学は、空前の大歌集を生み出した。一〇月、第一三歌集『歌人《うたびと》』。
一九八三年（昭和五八年）六三歳
四月、アンソロジストの才を発揮した古典評論『清唱千首』。一一月、香りに敏感だった邦雄の蘊蓄が横溢する『芳香領へ』、二音節の厳密な脚韻を日本語で試みたソネット詩集『樹映交感』。
一九八四年（昭和五九年）六四歳
八月、第一四歌集『豹變』。以後、序数歌集に「變」を用いることが増える。この年の刊行は五冊で、やや落ち着きを見せ始める。九月二四日、愛犬百合若、死去。一七歳。
一九八五年（昭和六〇年）六五歳
一〇月、政田岑生の努力で、邦雄の美学の継承を志す老若男女が結集し、塚本邦雄撰歌誌

「玲瓏」の創刊準備0号が刊行された（翌年一月に創刊第一号。編輯人は、江畑實を経て、山城一成。発行人は、政田岑生を経て塚本青史）。「玲瓏」は、林和清・尾崎まゆみ・阪森郁代・塘健・魚村晋太郎・小黒世茂・松田一美などの歌人を送り出し、歌壇の一勢力となった。一一月、「茂吉秀歌」第四巻の『白桃』「暁紅」「寒雲」「のぼり路」百首』。

一九八六年（昭和六一年）六六歳

二月、短篇小説集『トレドの葵』。九月、第一五歌集『詩歌變』。

一九八七年（昭和六二年）六七歳

一月、名古屋の「美の談話館」（館長の梶浦公は邦雄の初版本・限定本・肉筆本・自筆原稿のコレクターとして著名）で、「塚本邦雄の著書――その美の世界」展が開催。「毎日新聞」に「塚本邦雄の選歌新唱」の連載開始（～九一年一〇月）。五月、『詩歌變』により、第二回詩歌文学館賞受賞。久しぶりの受賞となった。八月、大阪ガーデンパレスで「塚本邦雄の〈變〉を嘉する會」を開催。邦雄は、最終歌集を「神變」と命名することを宣言。九月、「茂吉秀歌」シリーズが、最終巻『「霜」「小園」「白き山」「つきかげ」百首』で完結。

一九八八年（昭和六三年）六八歳

三月、第一六歌集『不變律』。八月、第一回の「玲瓏全國の集ひ」が開催。以後、毎年秋に継続。

一九八九年（昭和六四年・平成元年）六九歳

四月、近畿大学文芸学部教授に就任。文部省関連の名簿では、「大正九年生まれ」と「神崎商業卒」が明記された。塚本ゼミからは、芥川賞候補・すばる文学賞の楠見朋彦、現代短歌評論賞の小林幹也・森井マスミなどが巣立った。邦雄サロンでは、男子学生はダンディズムを、女子学生は慶子夫人から茶道と着付けを教わった。学生との歌会を頻繁に催し、荒削りながらも新鮮な青年たちの言語感覚が、邦雄晩年の歌風確立に寄与した。六月、『不變律』により、第二三回迢空賞受賞。八月、第一七歌集『波瀾』。
一九九〇年（平成二年）七〇歳
七月、『現代百歌園』。一一月、紫綬褒章受章。一二月、『現代詩コレクション』を監修。政田岑生の詩も、収録されている。
一九九一年（平成三年）七一歳
四月、第一八歌集『黃金律』。これからの一〇年間を「大世紀末の時代」と捉えた邦雄は、歌そのもの・天皇・戦争の世紀末と新世紀を挑発的に歌い続けた。九月、『不可解ゆゑに我愛す』。
一九九二年（平成四年）七二歳
三月、亡母への追悼歌集『薄明母音』を刊行。五月、『黃金律』により、第三回斎藤茂吉短歌文学賞受賞。アララギの短歌風土と真向かいつつ、「茂吉秀歌」を完成させた邦雄は感無量だった。
一九九三年（平成五年）七三歳
三月、第一九歌集『魔王』。一二月、『魔王』により、第一六回現代短歌大賞受賞。同月、『世紀末花傳書』。
一九九四年（平成六年）七四歳
六月二九日、永年にわたり邦雄を支えてきた政田岑生が急逝。以後、書肆季節社からの刊行はなくなる。一一月、第二〇歌集『獻身』を刊行し、政田に献じる。
一九九五年（平成七年）七五歳
一月、阪神淡路大震災に遭い、書棚が倒れ、ガラスが割れる。六月、才能を持ちつつマイナーで終わった歌人への紙碑『殘花遺珠』。一一月、岩波セミナーの講義録『新古今集新論』。
一九九六年（平成八年）七六歳
一〇月、政田の装幀の後継者・間村俊一の秀抜なブックデザインで、第二一歌集『風雅默示録』を刊行。

一九九七年（平成九年）　七七歳
四月、NHK衛星放送「短歌王国・市民参加短歌大会」に出演。同月、勲四等旭日小綬章受章。五月の国立劇場での授章式に、慶子夫人は百人一首の意匠の優雅な着物で同伴。八月、第二二歌集『汨羅變』。

一九九八年（平成一〇年）　七八歳
九月八日、慶子夫人が多臓器不全のために死去。数年来、腸閉塞の持病があった。享年、七二。戒名は、白蓮院妙慶日徳大姉。最愛の「蘇枋乙女」を喪った邦雄は、衝撃を受け途方に暮れる。一〇月、第二三歌集『詩魂玲瓏』。一一月、満を持した企画『塚本邦雄全集』全一五巻・別巻一巻が、ゆまに書房から刊行を開始（〜二〇〇一年六月）。活版印刷技術が消滅した中で、どこまで「正字正仮名」の美学が守れるかの、ぎりぎりの戦いが続いた。

一九九九年（平成一一年）　七九歳
三月、近畿大学文芸学部教授を退任。青年子女との別離は、永遠の青年である邦雄を深く悲しませた。同月、歴史小説家として自立した青史は、勤務先の日本写真印刷株式会社を退職。

二〇〇〇年（平成一二年）　八〇歳
五月、安森敏隆とイエス・キリストを論じ合った『獨斷の榮耀』を刊行。七月、胆管結石と急性肝炎を併発し、入院。八月、青史は東大阪の実家に戻り、父邦雄と同居しながら介護と執筆の日々に入る。青史の妻の礼子も、全面協力。九月に退院するも、全身麻酔手術の後遺症のためか、明澄と博識を誇った邦雄の意識に濁りが生じ始める。以後、著述は激減。

二〇〇一年（平成一三年）　八一歳
三月、第二四歌集『約翰傳僞書』を刊行。これ以後、第二五歌集『神變』が企図されたが、諸般の事情で中止のやむなきに到った。

二〇〇二年（平成一四年）～**二〇〇四年**（平成一六年）　八二歳～八四歳

意識は徐々に薄れつつあったが、明瞭な時間帯もあり、「玲瓏」の撰歌作業や、自作短歌の揮毫、署名などは可能であった。新作短歌もわずかながら、「玲瓏」に発表された。一年に一度の「玲瓏全國の集ひ」には、車椅子に乗って出席するのが常だった。

二〇〇五年（平成一七年）

五月、選歌集『寵歌變』を刊行。六月九日午後三時五四分、呼吸不全のため、大阪府守口市の病院で死去。享年、八四。東大阪玉泉院にて、一二日通夜、一三日葬儀告別式。戒名、玲瓏院神變日授居士。喪主、長男青史。葬儀委員長、現代歌人協会理事長篠弘。弔辞は、馬場あき子、岡井隆（加藤治郎代読）、福島泰樹。本門法華宗大本山妙蓮寺に、慶子夫人と共に眠る。生前最後の一首、「皐月待つことは水無月待ちかぬる皐月まちゐし若者の信念」。上句は、「皐月待つ如は」の意か。

塚本邦雄は、芸術家の実人生と作品とを截然と区別し、実人生から作品へと遡及する通常の研究方法を峻拒した。精神が普遍性のはるかな高みへと飛翔する点にこそ、芸術の意義があるからである。それゆえ、「邦雄研究」のためには、「年譜研究ではなく、作品に込めたありあまる真実を解読してほしい」と、本人は強く願っていた。将来の邦雄作品の読者のために、最小限の年譜的事実をまとめたが、「芸術家塚本邦雄」の人生は、彼の作品の中にありありと封じ込められている。なお、年譜の『水葬物語』以前の記述については、楠見朋彦氏『塚本邦雄の青春』（二〇〇九年二月、ウェッジ文庫）に多大の教示を賜った。

（島内景二編）

著書目録

塚本邦雄

【単行本Ⅰ】序数歌集

水葬物語　昭26・8　メトード社
装飾樂句　昭31・3　作品社
日本人靈歌　昭33・10　四季書房
水銀傳說　昭36・2　白玉書房
綠色研究　昭40・5　白玉書房
感幻樂＊　昭44・9　白玉書房
星餐圖＊　昭46・12　人文書院
蒼鬱境＊　昭47・8　湯川書房
青き菊の主題＊　昭48・10　人文書院
水葬物語　昭50・2　書肆季節社
されど遊星＊　昭50・6　人文書院
閑雅空間＊　昭52・6　湯川書房
天變の書＊　昭54・7　書肆季節社
歌人＊　昭57・10　花曜社
豹變　昭59・8　花曜社
詩歌變　昭61・9　不識書院
不變律　昭63・3　花曜社
波瀾＊　平1・8　花曜社
黃金律＊　平3・4　花曜社
魔王＊　平5・3　書肆季節社
獻身＊　平6・11　湯川書房
風雅默示錄＊　平8・10　玲瓏館
汨羅變　平9・8　短歌研究社
詩魂玲瓏　平10・10　柊書房
約翰傳僞書　平13・3　短歌研究社
水葬物語　平21・1　書肆稲妻屋

【単行本Ⅱ】間奏歌集・未刊歌集

青帝集＊　昭48・3　湯川書房
黄冠集＊　昭48・11　書肆季節社
驟雨修辭學＊　昭49・6　大和書房
森曜集　昭49・11　書肆季節社
芒彩集　昭50・5　文化出版局
摩多羅調　昭50・9　書肆季節社
透明文法＊　昭50・12　大和書房
睡唱群島　昭51・6　文化出版局
新月祭　昭51・9　書肆季節社
白露帖　昭51・11　書肆季節社
海の孔雀＊　昭53・12　書肆季節社
初學歷然　昭60・9　花曜社
花劇＊　昭60・11　書肆季節社
風雅＊　昭62・8　書肆季節社
玲瓏　昭63・8　書肆季節社
ラテン吟遊　平1・4　短歌新聞社
薄明母音＊　平4・3　書肆季節社

【単行本Ⅲ】小歌集（肉筆本を含む）

金牛宮　昭47　肉筆私家版
花曜抄　昭47　肉筆私家版
銅曜集　昭48・9　湯川書房
花曜墨韻　昭50・5　永井画廊
寄花戀＊　昭50・7　書肆季節社
香柏割禮　昭51・4　書肆季節社
趨翅箋　昭51・5　書肆季節社
水無月帖　昭51・6　書肆季節社
雀羅帖　昭51・10　書肆季節社
神無月帖＊　昭52・10　書肆季節社
如月帖　昭53・2　書肆季節社
香風帖　昭53・3　書肆季節社
青雲帖　昭53・3　書肆季節社
銀朱帖　昭53・3　書肆季節社
惜翠帖　昭53・3　書肆季節社
鶴唳帖　昭53・3　書肆季節社
晨遊帖　昭53・3　書肆季節社
斷金帖　昭53・3　書肆季節社

七弦集　昭53・6　書肆季節社
黑曜帖*　昭53・7　書肆季節社
新歌枕東西百景*　昭53・9　毎日新聞社
青弦帖　昭53・12　書肆季節社
麗日帖　昭53・12　書肆季節社
朱硯帖　昭54・1　肉筆私家版
花にめざめよ　昭54・10　文化出版局
Marengo　昭55・10　私家版
陽帝領*　昭55・11　書肆季節社
味蕾帖　昭55・11　書肆季節社
銀箭　昭55・11　書肆季節社
出埃及記　昭55・11　湯川72倶楽部
連火帖　昭56・1　書肆季節社
花影帖　昭56・5　書肆季節社
羅甸繪骨牌　昭56・11　書肆季節社
翠華帖　昭56・11　書肆季節社
香霞帖　昭57・3　書肆季節社
霜花帖　昭57・11　書肆季節社
燦花帖*　昭58・11　書肆季節社
玄玉帖　昭62・11　書肆季節社
華變　昭62・11　書肆季節社
瓔珞帖　昭62・11　書肆季節社
甘露十二滴　昭62・11　書肆季節社
寵歌抄　昭62・11　書肆季節社
四季變　昭62・11　書肆季節社
巴里眩暈紀行　昭63・8　書肆季節社
歌仙玉霰の巻　平2・2　書肆季節社
詞花芳名帖*　平2・11　書肆季節社
桃夭帖　平3・3　書肆季節社
星漢帖　平4・12　湯川書房
相聞歌　平5・9　ワムアートジャパン
黄昏燦爛帖　平14・5　伊吹洋一郎

【単行本Ⅳ】句集・詩集・連句

斷絃のための七十句　昭48・4　書肆季節社
青菫帖　昭52・7　書肆季節社
花鳥星月*　昭52・10　書肆季節社
殘花帖　昭53・3　書肆季節社
六白嬉遊曲*　昭53・12　書肆季節社

晩紅帖　昭54・1　肉筆私家版
塚本邦雄レコードコンサートI　昭55・10　書肆季節社
塚本邦雄レコードコンサートII　昭55・11　書肆季節社
夏鶯の巻　昭58・3　書肆季節社
建築紅花青鳥圖　昭58・5　三省堂
樹映交感＊　昭58・11　書肆季節社
歌曲集・雪月花（曲　長谷川和光）　昭59・11　書肆季節社
燦爛＊　昭60・11　書肆季節社
魔笛　昭61・3　書肆季節社
裂帛＊　昭62・10　書肆季節社
甘露　昭62・11　三一書房
流露帖＊　平4・11　海人舍
浩雅帖　平7・10　玲瓏館

【単行本V】小説

紺青のわかれ＊　昭47・2　中央公論社
藤原定家＊　昭48・3　人文書院
連彈　昭48・5　筑摩書房
十二神將變＊　昭49・5　人文書院
夏至遺文＊　昭49・6　書肆季節社
雨の四君子＊　昭49・11　六法出版社
獅子流離譚　昭50・3　集英社
黄昏に獻ず＊　昭50・3　大和書房
戀　上　昭50・6　文芸春秋
戀　下　昭50・6　文芸春秋
琥珀貴公子＊　昭50・7　六法出版社
夢の庭　昭50・10　湯川書房
空蟬昇天＊　昭50・12　書肆季節社
露とこたへて　昭51・4　文芸春秋
虹彩和音　昭51・6　文化出版局
花信風　昭51・7　文化出版局
遊神圖　昭51・8　文芸春秋
荊冠傳說　昭51・8　集英社
繪詞夷蘇府譚　昭51・9　文化出版局
聽け、雲雀を＊　昭52・7　鹿鳴荘
石榴　昭53・3　書肆季節社
夏至遺文　昭53・4　湯川書房

菊帝悲歌＊ 昭53・5 集英社
松蟲變奏曲 昭53・10 湯川書房
麗しき旅 昭53・10 文化出版局
黄道遺文 昭55・10 書肆季節社
星月夜の書 昭56・8 湯川書房
四時風餐 昭59・8 書肆季節社
彗星樂 昭60・11 書肆田中
トレドの葵＊ 昭61・2 花曜社
新・繪釋夷蘇府 平2・11 花曜社
青海波 平6・11 伊吹洋一郎

【単行本Ⅵ】評論・対談集

悦樂園園丁辭典 昭46・2 薔薇十字社
夕暮の諧調＊ 昭46・9 人文書院
定型幻視論＊ 昭47・10 人文書院
序破急急 昭47・11 筑摩書房
定家百首 昭48・6 河出書房新社
花隱論 昭48・8 読売新聞社
詞華榮頌＊ 昭48・10 審美社
麒麟騎手＊ 昭49・7 新書館
百句燦燦 昭49・10 講談社
煉獄の秋＊ 昭49・11 人文書院
王朝百首＊ 昭49・12 文化出版局
薔薇色のゴリラ 昭50・9 人文書院
藤原俊成・藤原良經＊ 昭50・11 筑摩書房
雪月花 昭51・3 読売新聞社
玉蟲遁走曲 昭51・8 白水社
翡翠逍遙 昭52・1 湯川書房
非在の鴫 昭52・2 人文書院
茂吉秀歌『赤光』百首 昭52・4 文芸春秋
定家百首 昭52・5 河出書房新社
君が愛せし 昭52・10 みすず書房
國語精粹記＊ 昭52・11 講談社
火と水との對話 昭52・12 新書館
詞華美術館 昭53・5 文芸春秋
斷言微笑＊ 昭53・8 読売新聞社
茂吉秀歌『あらたま』百首 昭53・9 文芸春秋
秀吟百趣＊ 昭53・10 毎日新聞社
百花遊歴 昭54・3 文芸春秋
童貞使徒殉教 昭54・5 日本基督教団

ロゴス教会
稀なる夢　昭54・6　小沢書店
珠玉百歌仙＊　昭54・6　毎日新聞社
虹彩と蝸牛殼　昭54・6　みすず書房
風神放歌＊　昭54・7　書肆季節社
幻想紀行＊　昭55・1　毎日新聞社
綠珠玲瓏館　昭55・2　文芸春秋
ことば遊び悦覧記　昭55・3　河出書房新社
詩歌宇宙論　昭55・7　読売新聞社
塚本邦雄新撰小倉百人一首＊　昭55・11　文芸春秋
茂吉秀歌『つゆじも』『遠遊』『遍歴』『ともしび』『たかはら』『連山』『石泉』百首　昭56・2　文芸春秋
句句凜凜　昭56・2　毎日新聞社
新古今新考　昭56・10　花曜社
齋藤茂吉　昭56・10　角川書店
半島　昭56・12　白水社
華句麗句　昭57・1　毎日新聞社
けさひらく言葉・その一　昭57・6　毎日新聞社
百珠百華　昭57・7　花曜社
詩歌星霜　昭57・8　花曜社
句風颯爽　昭57・10　毎日新聞社
けさひらく言葉・その二　昭57・11　毎日新聞社
詩魂紺碧　昭58・3　花曜社
清唱千首＊　昭58・4　冨山房
花月五百年　昭58・11　角川書店
新・悦樂園園丁辭典　昭58・11　花曜社
芳香領へ　昭58・11　ポーラ文化研究所
味覺歳時記　昭59・8　角川書店
花名散策　昭60・6　花曜社
茂吉秀歌『白桃』『曉紅』『寒雲』『のぼり路』百首　昭60・11　文芸春秋
うつつゆめもどき　昭61・9　創元社
青霜百首　昭61・11　文化出版局

先駆的詩歌論　昭62・3　花曜社
茂吉秀歌『霜』『小園』『白き山』『つきかげ』百首　昭62・9　文芸春秋
定本・夕暮の諧調　昭63・11　本阿弥書店
國語精粋記　平2・7　創拓社
現代百歌園　平2・7　花曜社
新装版ことば遊び悦覧記　平2・8　河出書房新社
花より本　平3・7　創拓社
不可解ゆゑに我愛す　平3・9　花曜社
詩歌博物誌・其之壱　平4・12　弥生書房
詩趣酣酣　平5・9　北沢図書出版
世紀末花傳書　平5・12　文芸春秋
花の源氏五十四帖　平7・4　同朋社出版
殘花遺珠＊　平7・6　邑書林
薔薇色のゴリラ＊　平7・10　北沢図書出版
新古今集新論　平7・11　岩波書店
詩歌博物誌・其之弐　平10・5　弥生書房
獨斷の榮耀　平12・5　葉文館出版
百珠百華（新装版）　平14・5　砂子屋書房
麒麟騎手（新装版）　平15・10　沖積舎

【単行本Ⅶ】編著・撰著

ハムレット　昭47・10　深夜叢書社
現代百人一首・一九七七年版　昭52・4　書肆季節社
現代百人一首・一九七八年版＊　昭53・8　書肆季節社
現代百人一首・一九七九年版＊　昭54・6　書肆季節社
現代百人一首・一九八〇年版＊　昭55・7　書肆季節社
星曜秀句館・第Ⅰ輯＊　昭56・3　書肆季節社
現代百人一首・一九八一年版＊　昭56・11　書肆季節社
星曜秀句館・第Ⅱ輯＊　昭57・7　書肆季節社
星曜秀句館・第Ⅲ輯＊　昭58・1　書肆季節社
現代百人一首・一九八二年版＊　昭58・11　書肆季節社

千歌燦然　昭59・12　書肆季節社
百囀集　昭60・1　書肆季節社
香（日本の名随筆）　昭61・10　作品社
青陽集　昭62・12　書肆季節社
麗鳴集　昭63・4　書肆季節社
花と緑の短歌俳句　平2・4　毎日新聞社
現代詩コレクション　平2・12　書肆季節社
青琴集　平4・7　書肆季節社
茂吉の山河　平15・3　求龍堂
ハムレット　平17・11　思潮社

【全集・全歌集・自選歌集】

塚本邦雄全集　全15巻・別巻1　平10・11〜13・6　ゆまに書房
塚本邦雄歌集　昭45・12　白玉書房
定本塚本邦雄湊合歌集（本巻・別巻）　昭57・5　文芸春秋
茴香變　昭46・6　湯川書房
眩暈祈禱書　昭48・7　審美社
反婚默示錄　昭54・11　大和書房
寵歌　昭62・11　花曜社
寵歌變　平17・5　短歌新聞社

【文庫】

定家百首　昭59　河出文庫
けさひらく言葉（解＝八木亜夫）　昭61　文春文庫
塚本邦雄歌集＊（解＝春日井建）　昭63　国文社・現代歌人文庫
塚本邦雄歌集（解＝岡井隆）　平4　短歌研究文庫
茂吉秀歌『赤光』百首（解＝北杜夫）　平5　講談社学術文庫
茂吉秀歌『あらたま』百首（解＝本林勝夫）　平5　講談社学術文庫
茂吉秀歌『つゆじも』から『石泉』まで百首（解＝　平6　講談社学術文庫

芳賀徹）

茂吉秀歌『白桃』から『のぼり路』まで百首（解＝中西進）　平6　講談社学術文庫

茂吉秀歌『霜』から『つきかげ』まで百首（解＝岡井隆）　平7　講談社学術文庫

日本人靈歌（解＝菱川善夫）　平9　短歌新聞社文庫

十二神將變（解＝島内景二）　平9　河出文庫

続塚本邦雄歌集（解＝菱川善夫）　平10　国文社・現代歌人文庫

源氏五十四帖題詠（解＝島内景二）　平14　ちくま学芸文庫

定家百首・雪月花（抄）（解＝島内景二　年　著）　平18　講談社文芸文庫

塚本邦雄歌集（解＝楠見朋彦・他）　平19　思潮社・現代詩文庫

百句燦燦（解＝橋本治　年　平20　講談社文芸文

著）　庫

【主要共著】

高踏集　昭25　国際文化協会出版部

全集・現代文学の発見13　昭44　学芸書林

日本文化の表情　昭47　講談社現代新書

現代短歌大系7　昭47　三一書房

日本の詩歌　昭49　河出書房新社

古典と現代　昭49　中央公論社

現代文学のフロンティア　昭50　出帆社

NHK日曜美術館8　昭53　学習研究社

世界美術全集5　昭54　小学館

現代短歌全集11・14　昭56　筑摩書房

北畠親房公歌集　昭59　北畠親房公顕彰会

「著書目録」には、再刊本も含めた。タイトルのみを記し、副題は省略した。書名の後の＊は、同タイトルの限定特装版があることを示す（出版社および刊年が若干異なる場合がある）。【文庫】の解は解説、年は年譜、著は著書目録を示す。

（作成・島内景二）

本書は、『王朝百首』（昭和四十九年十二月　文化出版局刊）を底本として使用しました。文庫化にあたって、古典和歌などからの引用の不備をただし、句読点、かぎ括弧、およびルビを必要最小限で追加し、底本に見られる誤植や、明らかに著者の錯覚によって生じたと思われる誤記を訂正するなどしましたが、原則として底本に従いました。なお、前述の訂正、表記上の変更に際しては、島内景二氏の教示を得ました。

また、本文の表記は著者の生前の強い意向を尊重して正字正仮名遣いによる底本のままとしました。解説、年譜、著書目録などは新漢字新仮名遣いで表記しましたが、著者の氏名、著書の題名などには正字を使用しました。

また、底本にある表現で、今日からみれば不適切と思われる言葉がありますが、作品が書かれた時代背景と作品的価値、および著者が故人であることなどを考慮し、底本のままとしました。よろしくご理解のほどお願いいたします。

王朝《おうちょう》 百首《ひゃくしゅ》
塚本邦雄《つかもとくにお》
二〇〇九年七月一〇日第一刷発行
二〇二四年三月二一日第七刷発行
発行者――森田浩章
発行所――株式会社 講談社
東京都文京区音羽2・12・21 〒112-8001
電話 編集(03)5395・3513
販売(03)5395・5817
業務(03)5395・3615

デザイン―菊地信義
印刷――株式会社KPSプロダクツ
製本――株式会社国宝社
本文データ制作―講談社デジタル製作

定価はカバーに表示してあります。

講談社
文芸文庫

ISBN978-4-06-290055-3

講談社文芸文庫

塚本邦雄 — 茂吉秀歌『赤光』百首　島内景二——解
塚本邦雄 — 新古今の惑星群　島内景二——解／島内景二——年
つげ義春 — つげ義春日記　松田哲夫——解
辻邦生 —— 黄金の時刻の滴り　中条省平——解／井上明久——年
津島美知子 - 回想の太宰治　伊藤比呂美-解／編集部——年
津島佑子 — 光の領分　川村 湊——解／柳沢孝子——案
津島佑子 — 寵児　石原千秋——解／与那覇恵子-年
津島佑子 — 山を走る女　星野智幸——解／与那覇恵子-年
津島佑子 — あまりに野蛮な 上・下　堀江敏幸——解／与那覇恵子-年
津島佑子 — ヤマネコ・ドーム　安藤礼二——解／与那覇恵子-年
坪内祐三 — 慶応三年生まれ　七人の旋毛曲り 漱石・外骨・熊楠・露伴・子規・紅葉・緑雨とその時代　森山裕之——解／佐久間文子-年
鶴見俊輔 — 埴谷雄高　加藤典洋——解／編集部——年
鶴見俊輔 — ドグラ・マグラの世界｜夢野久作 迷宮の住人　安藤礼二——解
寺田寅彦 — 寺田寅彦セレクション Ⅰ 千葉俊二・細川光洋選　千葉俊二——解／永橋禎子——年
寺田寅彦 — 寺田寅彦セレクション Ⅱ 千葉俊二・細川光洋選　細川光洋——解
寺山修司 — 私という謎 寺山修司エッセイ選　川本三郎——解／白石 征——年
寺山修司 — 戦後詩 ユリシーズの不在　小嵐九八郎-解
十返肇 —— 「文壇」の崩壊 坪内祐三編　坪内祐三——解／編集部——年
徳田球一・志賀義雄 — 獄中十八年　鳥羽耕史——解
徳田秋声 — あらくれ　大杉重男——解／松本 徹——年
徳田秋声 — 黴｜爛　宗像和重——解／松本 徹——年
富岡幸一郎 - 使徒的人間 —カール・バルト—　佐藤 優——解／著者——年
富岡多惠子 - 表現の風景　秋山 駿——解／木谷喜美枝-案
富岡多惠子編 - 大阪文学名作選　富岡多惠子-解
土門拳 —— 風貌｜私の美学 土門拳エッセイ選 酒井忠康編　酒井忠康——解／酒井忠康——年
永井荷風 — 日和下駄 一名　東京散策記　川本三郎——解／竹盛天雄——年
永井荷風 — [ワイド版]日和下駄 一名　東京散策記　川本三郎——解／竹盛天雄——年
永井龍男 — 一個｜秋その他　中野孝次——解／勝又 浩——案
永井龍男 — カレンダーの余白　石原八束——人／森本昭三郎-年
永井龍男 — 東京の横丁　川本三郎——解／編集部——年
中上健次 — 熊野集　川村二郎——解／関井光男——案
中上健次 — 蛇淫　井口時男——解／藤本寿彦——年